九河龙蛇

天下霸唱 著

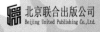
北京联合出版公司
Beijing United Publishing Co.,Ltd.

图书在版编目（ＣＩＰ）数据

火神．九河龙蛇 / 天下霸唱著 . -- 北京 ：北京联
合出版公司，2024.7
ISBN 978-7-5596-7616-0

Ⅰ．①火… Ⅱ．①天… Ⅲ．①长篇小说－中国－当代
Ⅳ．① I247.5

中国国家版本馆 CIP 数据核字（2024）第 085445 号

火神. 九河龙蛇

作　　者：天下霸唱
出 品 人：赵红仕
责任编辑：牛炜征
封面设计：吴黛君

北京联合出版公司出版
（北京市西城区德外大街83号楼9层 100088）
北京新华先锋出版科技有限公司发行
三河市中晟雅豪印务有限公司印刷　新华书店经销
字数227千字　620毫米×889毫米　1/16　17印张
2024年7月第1版　2024年7月第1次印刷
ISBN 978-7-5596-7616-0

定价：59.50元

目录

第一章	枪打美人台	001
第二章	收尸白骨塔	033
第三章	金麻子卖药	065
第四章	杜大彪捉妖	091
第五章	邋遢李憨宝	117
第六章	斗法分龙会	138
第七章	张瞎子走阴差	159
第八章	孙小臭儿下山东	187
第九章	火烧三岔河口 上	216
第十章	火烧三岔河口 下	250

火 神: 九 河 龙 蛇 --

第一章　枪打美人台

1

三岔河口出奇人，

六把真火披在身。

九河下梢多异士，

等闲之辈怎称神？

几句残词，引出一部《火神：九河龙蛇》。书中说的这个地方东临渤海，古称陈塘关。到后来退海还地，明成祖朱棣又在此凿城设卫、屯兵存粮，改称天津卫。相距北京城二百四十里地，控扼南北运河，水旱两路的码头，诸行百业齐聚，乃是第一等钱粮浩大的去处，无论穷富都能在这儿混口饭吃。有本事的吃肉，没本事的喝粥：舍得出力气，肯定饿不死。如若想闯出个名号吃香喝辣，没有降人的能耐不成，老百姓讲话"得有绝活儿"。清末以来，天津卫的能人号称"七绝八怪"，比如"扛鼎的杜大彪、金枪陈疤瘌眼、开水铺的王宝、吃仓讹库的傻少爷、刨坟掘墓的孙小臭儿、变戏法儿的杨遮天、混白事的李大嘴、走阴差的张瞎子、守城门的常大辫子、说书的净街王、押宝的冯瘸子、劫道的白四虎、挑大河的邋遢李、倒脏土的黄治安、剃头的十三刀、窑姐儿夜里欢、耍猴的连化青、卖野药的金麻子、哭丧的石寡妇、磨剪子抢菜刀的闫老屁、喝破烂的花狗熊、干窝脖儿的高直眼、骑木驴的毛艳玉"等等，或占一绝，或为一怪，其中有正有邪，有善有恶；有土生土长的本地人，也有来天津卫闯码头，在九河下梢成的名。年代不同，包括的人也不一样，前前后后好几拨，说起来可不止一十五位。

正所谓"人分三六九等、肉有五花三层"，人上有人，天外有天。天津卫的奇人异士层出不穷，在"七绝八怪"之上还有"四神三妖"，这可不是自封的，而是民间百姓给他们报的号。"四神"乃清朝末年到新中国成立后五六十年代的四大奇人，他们四位的事迹盘根错节，过去人喜欢把事往一块儿说，人往一起凑，因此上合称"四神"，分别是：无宝不识窦占龙、降妖捉怪崔老道、屡破奇案郭得友、追凶拿贼刘横顺。从中信手拎出任何一位，都抵得上一部大书。"三妖"会在书中陆续引出，如果说全了，有一个总回目叫"四神斗三妖"。《火神》只是其中一部，单说火神庙警察所所长飞毛腿刘横顺。

这位刘爷性如烈火，疾恶如仇，天生一双飞毛腿，一辈子破了许多大案，凶顽贼人拿了无数，民间相传此人是火神爷下界。他所在的火神庙警察所位于三岔河口，潞水、卫水在此汇流，东注入海，二水颜色不混，有清有浊。说书得说理，不能信口胡言，三岔河口上为什么会有火神庙呢？因为以前河边上有个"火神庙村"，村子里没有外姓人，家家户户姓刘，大多沾亲带故，均以擀仗、捻鞭炮的手艺为生。在过去来说，炮仗的用途十分广泛，逢年过节、婚丧嫁娶、买卖开张、上梁入宅，连和尚老道开堂作法也得用，红事用喜炮，白事用素炮。

村中的鞭炮作坊一家挨一家，大炮仗、小炮仗、长炮仗、短炮仗，蹿高的、打远的，凡是听响冒烟的，要什么有什么，生意还挺红火。擀炮仗的之所以来此聚居，缘于这个地方全是盐碱地，种什么庄稼也不长，唯独出硝石，做火药讲究一硫二硝三木炭，当地硝石配出来的火药，做成炮仗格外脆响，并且此处离水近，易于防备失火。

火神庙村的人除了炮仗擀得好以外，还净出练家子。过去练武讲究师承门派，分为五宗十三派八十一门户，南拳北腿、刀枪棍棒皆有师承传授，然而这个地方的把式不属于任何宗派，更不在八十一门之中，说好听点儿叫自成门户，说白了就是庄稼把式没宗没派，功夫可也不赖。村民们有活儿的时候干活儿，没活儿的时候练武，起初是为了抵御贼寇，后来又把这一身的能耐用在擀炮仗上，干起活儿来手脚麻利、力道讲究，一招一式拿捏得好。因此火神庙村出的鞭炮火药匀、炮衣紧，沾火就着，又脆又响，没有呲儿稀蹿火的。又依仗紧临运河，漕运便利，上至北京下至江南，行销各地，可谓远近驰名。过去有个对子，上联叫"南通州北通州南北通州通南北"，说的就是这条大运河。北通州在北京，南通州在江苏，两个通州之间全凭运河往来贸易，可谓得天独厚。由于做的是火字门儿里的买卖，村子里的人凑份子，在三岔河口边上起了一座火神庙，供奉火德真君的神像，以求生意兴隆，保一方平安。

火德真君是管火的神道，相当于民间俗称的火神爷。有人说火神是三皇之一燧人氏的化身，燧人氏钻木取火去腥膻，后世称之为"火祖"；有人说火神爷是祝融，祝融不是人名而是官称，也叫火正，乃上古之火官；也有说他是忠君报国的介子推，当初在火中救母而亡；还有人干脆说火神爷是哪吒三太子，因为庙中塑像金盔金甲，三头六臂，脚底下也踏一对风火轮。

反正怎么说的都有，也都讲得出子丑寅卯，各有各的道理，考证不出哪个是正根儿。不过一般老百姓可不敢在家供奉火神爷，因为以前的房子多为木质结构，最怕见火，有句老话叫"火烧当日穷"，再有钱的人家也架不住一把火，扑都来不及，顷刻之间灰飞烟灭。民间还是供灶王爷、财神爷的居多，对火神爷一向敬而远之，避之唯恐不及，躲都躲不过来，岂敢招进家门？

其实民间供奉火神爷的行当也不少，擀炮仗的仅属其中之一，其余比如烧窑的、打铁的、卖炭的、酿酒的，烧锅的等等，凡是借火吃饭、赖火穿衣的都属火字门，得求火神爷保佑。各个火神庙地方不一样，大小不一样，风俗不一样，庙中供奉的神像也不尽相同。咱们不提别处，只说三岔河口这座火神庙，庙宇不大却不失庄严，红砖红瓦，红顶红柱，乍看之下好似一片火海。大殿供台上方端坐一位三头六臂的尊神，赤面红颜，豹头火眼，六只手中各掌一把阴阳火，英明神武，威风凛凛。下列四尊火兽，一是喷火龙，全身金鳞铠甲，面为白色；二是避火猪，蓝洼洼的一张猪脸，身穿黑袍，头戴猪形帽；三是食火猴，尖嘴猴腮，如同猴形，身着黄袍；四是围火虎，一副白袍武将的打扮，头戴老虎帽。座下一左一右两位火童子，分持火剑、火蛇两件火器，门前有站殿的将军，身后是看灯的老君。

相传火神庙警察所所长刘横顺，正是庙中这位真神下界。您就想去吧，世上无非都是俩胳膊俩腿、俩肩膀顶个脑袋，吃五谷杂粮的凡夫俗子，一个警察所所长何德何能，凭什么敢称火神爷？

2

按照说书的习惯，刘横顺是这部书的"书胆"，书胆必须"开脸儿"，咱先说说他长什么样，按老话讲那是"从头到脚一百八十分的人才"。

先说身量，平顶身高一米八五往上，高人一头、乍人一臂，在警察所当差穿制服、扎腰带、绑裹腿，又板又直，顶天立地；再往脸上看，黄白镜子，海下无髯，剑眉凤目，一派英武之气。以前说武将都是环眼、豹眼，可不能一概论之，一千个人一千个长相，一万个人一万个模样，刘横顺就不一样，一双眼又细又长，按过去的话说这叫"丹凤眼"，关二爷同款，而且他身量高，总低着头看人，看谁都跟瞧不起似的；额下一道通关鼻梁，四字方海口，眼角眉梢一团的正气，身前身后百步的威风。往街上一站，真好似鹤立鸡群，别说大姑娘、小媳妇儿，连老爷们儿都爱多看两眼。

天津卫老百姓都知道刘横顺是火神庙警所儿的所长，当地人说话简洁利索嘎嘣脆，为了说得顺口说得快，把很多词中间的字给省掉了，这就是所谓的"吃字儿"，比如"蹬鼻子上脸"，说成"蹬鼻上脸"，百货大楼说成"百大楼"，警察所说成"警所儿"，这是说习惯了，实际上以前叫火神庙保甲所，入了民国改称警察所、简称警所，就相当于后来的派出所，隶属于天津五河八乡巡警总局下边的一个分局。那个年代兵荒马乱，地方上的警力部署至关重要，巡警队、巡河队、保安队的警察加在一起足有五千多人。当时出城不远的白庙、土城一带还有土匪作乱，都是村子里穷怕了的亡命之徒，心黑手狠还有枪，拦路劫道，绑架勒索，无恶不作。当时天津城的警察，不仅要维护治安、弹压地面儿，还得时不时出去"剿匪"。刘横顺因为剿匪有功，当上了火神庙警察所的巡官，不过权力不大，薪俸也不多，手底下有这么俩仨人。当时天津城规模比以前大了好几倍，三岔河口边上的鞭炮作坊全部迁往西郊，仅留下"火神庙"这个地名，久而久之成了脚行苦力的容身之所。

位于三岔河口的火神庙警察所，正好在河口以北。辖区内的住户大多是下苦出力的穷人，指着身子当地种，日挣日吃，家无隔宿之粮。不比钱多粮广的地界，江海不宁、乱匪成群、逢山有盗、遇岭藏贼，穷地方一般出不了大案子，谁家也没有值钱的东西，普遍家徒四壁，除了床板就是破桌子烂板凳，连件囫囵摆设也没有，耗子都不来这样的人家，没地方下嘴，偷能偷得出什么？抢能抢得来什么？所以火神庙一带的巡警无事可做，上班来下班走，成天混吃等死，没什么大作为，转句文言，都是盐罐子里的王八——闲员。可天津卫的老少爷们儿提起刘横顺，真是没有不挑大拇指的。要说能耐大，九河下梢藏龙卧虎，什么能人没有？民间说刘横顺是火神爷下界，主要有三个原因：

一是因为此人在火神庙村土生土长，祖辈儿也是擀炮仗的，打小在硝石堆里长起来，喘气儿都是火药味儿。小时候找算命的先生瞧过，说刘横顺身上的火气比别人旺，从头到肩六把真火，妖魔邪祟不敢近前，可谓百邪不侵。

二一个因为刘横顺身上有把式，他也没出去投名师访高友，是火神庙村祖祖辈辈传下来的把式，爷传爹、爹传儿，无外乎内练一口气、外练筋骨皮，打拳踢腿、弓刀石马步箭。功夫到了家，石头也开花，从小到大每日练把式成了习惯，他们老刘家还有一手绝的，擅使一门兵器叫"金瓜流星"。流星是十八般兵刃之一，链子头上一个小孩拳头大小的金瓜，可远可近、可攻可守，扔出去一条线，甩起来一大片，一旦抖开了、抡圆了，打到谁身上也受不了。

三一个，此人性如烈火、疾恶如仇，一向路见不平、拔刀相助，吃顺不吃戗，刀架在脖子上也不服软，是个点火就着的火暴脾气。

当然了，老时年间传下来的说法，或许有牵强附会愣给刘横顺脸上贴金的成分，不过放在说书先生口中，这几样也不够出奇，往往三言五语就给带过去了，信着他们说，刘横顺这个外号大有来头。相传刘横顺从娘胎落草之时，横生倒长出不了世，眼看母子二人性命不保只在旦夕之间，当爹的急得抓耳挠腮、束手无策，叫天天不应、叫地地不灵，形同热锅上的蚂蚁一般。此时来了一位老道，此人姓崔名道成，平日里在南门口摆摊儿算卦，乃是天津卫四大奇人之一。传说他降妖捉怪、遣将召神，无所不能，实有呼风唤雨的本领，平日里却仅以卖卦为生，正所谓"真人不露相、露相不真人"。崔老道进得火神庙，见火神爷泥像脚下的风火轮年深日久失了光彩，从怀中掏出一个黄布包，里边是一对浑浊无光的珠子。他将珠子碾碎和朱砂调匀，拿毛笔蘸饱了，往风火轮上描绘，笔走龙蛇、上下飞舞，直画得这对风火轮红中透亮、熠熠生辉，这才点了点头转身离去。与此同时，那边的刘横顺也落了地，只因这孩子在娘肚子里横生倒长，故此得名"横顺"。后来有人告诉刘横顺他爹，当天看见一个老道进了火神庙，给火神爷的风火轮上挂了火，刘横顺才降生，脚踩风火轮下界的岂是凡人？

当爹的以为这是恭维话，听完了心里高兴，可也没当真，殊不知崔老道画风火轮的这对珠子非同小可，乃是关外深山老林中的蟒宝，把它埋在腿肚子里，可以日行一千夜行八百。至于崔老道为什么用此宝度刘横顺出世，后文书自有交代，且按下不提，只说刘横顺长大之后果然脚力惊人，没人跑得过他，天生一双飞毛腿，翻山越岭如履平地。当然了，这只是迷信的说法之一。此外还有一说，刘横顺这双腿快得惊人，皆因此人天赋异禀，别人一条腿里只有一根大筋，他却长了两根，经常拧成一个筋疙瘩，一天不跑上几十里，这个疙瘩就抻不开，久而久之筋疙瘩舒展开了，脚力也练出来了。

刘横顺这么大的能耐，偏偏生不逢时，如果说早生几十年，那时候还有皇上，凭他这一双快腿，当一个金头御马快，定能光宗耀祖、显赫门庭；晚生几十年也行，参加个奥运会什么的，为国争光捧几块金牌，偏赶上天下大乱的年头，顶多在天津城做一个捕盗追贼的警察。

3

刘横顺不仅当上了火神庙警察所的巡官，同时也在天津城缉拿队当差，搁现在的话讲叫身兼两职：没事儿的时候，就在警察所当巡官维持地方上的治安；一旦有了案子，他得随时听候调遣。前清的衙门口下设三班六房，头一班称为快班，其中又分为马快和步快，马快行文传票、步快捕盗拿贼，缉拿队等同于步快班。为了抓差办案方便，平时均穿便装。当年天津城的缉拿队直接由巡警总局提调，不是眼明手快、腿脚利索的好手，吃不了这碗饭。您别瞧同在缉拿队办案，待遇却不一样，把名册拿出来一看，上面的人名有红字有黑字，虽然皆为在册人员，但是红名的按月拿薪俸，吃的这叫财政饭；黑名的没人给钱，破了案子抓了贼才有一份犒赏，近似于如今的临时工，还是计件挣钱那种。别看从不按月开饷，却都挤破了脑袋往里钻，为什么呢？只要有了缉拿队这个身份头衔，小老百姓谁也惹不起你，尽可以出去贪赃枉法、到处讹钱，还别说养家糊口了，吃香喝辣也不在话下。

那么说旧社会的警察都是坏人了？其实这话又得两说着，过去的警察确实不好当，一手要托着做买卖的商家，维护地面儿稳定；一手又要保护老百姓，不能让人戳脊梁骨；还不敢得罪洋人以及行帮各派，哪一方势力也招惹不起，都得团乎住了。因此说好说坏都难，坏事是没少干，但是天津城的太平繁荣，也不能说没有他们的一份功劳。

五河八乡巡警总局下属的缉拿队，平日里四处踩点、探访，周围有个大事小情、风吹草动的，都瞒不过他们，江河湖海、官私两路均有给他们打探消息的眼线，故此缉拿队也叫"踩访队"，不是记者那个"采访"，而是踩盘子的踩。鸡毛蒜皮、小偷小摸、蹬鞋踩袜子的事由警察所的巡警处置，到不了他们这儿；出动缉拿队的都是大案子，这叫好钢用在刀刃上。刘横顺最擅长的是拿飞贼，过去的飞贼中不乏能人，咱不说蹿房越脊、飞檐走壁，可还真有会轻功的，寻常老百姓家的院墙顶多一人来高，紧跑几步就能跳过去，这也不简单了，一般的巡警可没这两下子，根本逮不住飞贼；并且来说，干巡警这个行当，日子一长就油了，反正偷的不是他们家东西，犯不上真玩儿命。刘横顺不一样，当贼的别让他撞着，只要看见了，甭管多能跑，没有他追不上的，你上房他跟着上房，你上树他跟着上树，上天追到你凌霄殿，下海追到你水晶宫，纵然是佛爷头上金翅鸟，赶到西天也要拔你顶门三根翎。人的名儿树的影儿，天津卫大小飞贼听到刘横顺的名号，没有不打哆嗦的。还别说那些钻天儿的飞贼，在火神庙一带，就连抢钱匣子、抓切糕的小偷小摸，也不敢作案。什么叫抓切糕的？那会儿卖切糕都是卖热的，切下一块放在荷叶上，当时吃不到嘴，托在手上放凉了再吃，专有一些嘎杂子琉璃球爱占小便宜，什么坏水都冒，看这位买完切糕托手上要走，过去一把抢过来，撒开腿就跑，一边跑一边往切糕上吐唾沫，追上这块切糕也要不得了，干瞪眼你还没辙，为了一块切糕犯不上打官司。刘横顺眼里不揉沙子，让他遇上这鸡鸣狗盗的，非得追上去狠揍一顿不可。

咱们这位刘爷，为人那是没的说。为朋友两肋插刀，财不过手，这是私的；说官的追凶拿贼，屡立奇功。当上巡官以来，也有心图个升腾，常言道：久在江边站，必有望海心，说不想升官那是假的。可是这么多年想上上不去，想下下不来，就钉在这儿了。那位说刘横顺这么大的本事，又抓了那么多飞贼，怎么只是个巡官呢？不是他不想当官，旧社会当官光凭能耐不行，还得会欺上瞒下、阿谀奉承、溜须拍马、贿赂上司、冒滥居功、抱粗腿、捧臭脚、顺风接屁，这绝对是本事，不会这一套没戏。偏偏刘横顺不那么想，总觉得可以积功晋升，干不出丧良心的事，也不愿意厚起脸皮去拍上官的马屁。其实上边也知道，刘横顺本领不小，却从不提拔他，有权的发令，无权的听命，就让他冲锋陷阵，捕盗拿贼。因为案子总得有人破，地面儿上也不能乱，离不开刘横顺这样的人，等破了案抓了贼，可都是上边的功劳。

且说民国初年，刘横顺还只是缉拿队一个没薪俸的黑名。当时的天津城出了一件大案，一夜之间五户老百姓家中的黄花大闺女遭人奸杀，作案手法如出一辙，都是用裹脚布反绑双手，以小衣堵嘴，摁在桌子上先奸后杀。女人裹脚到了民国已经不时兴了，但清末出生的女子裹脚的还不少，为了将来嫁个好人家，小闺女几岁的时候就得把脚裹得周周正正。这件案子惊动了整个天津城，直闹得人心惶惶。

4

天津卫舟车辐辏，百业兴聚，自古名利地，易起是非心。以往也不是没出过采花案，可这次的案子太大了，一夜之间贼人连入五户作案，先奸后杀，不留活口，一刀抹在哽嗓咽喉，血流满室，手段残忍至极，一时间谣言四起，城里城外民心不安。正所谓：好事传三人，有头少了身；坏事传三人，长叶又生根。地头上出了这么大的案子，免不了闹得满城风雨，巡警总局的压力当然不小，派出缉拿队到处明察暗访，接连几天一无所获，老百姓就不干了，都骂这帮穿官衣的是水筲没梁——大号儿的饭桶，任什么能耐也没有，只会欺压良善，平时跟老百姓作威作福，抓贼的时候连个屁都放不出来了。其实缉拿队真没闲着，几乎全员出动，犄角旮旯也不放过，想到想不到的地方全部探访了一个遍。可是这件案子非常离奇，首先来说，五家苦主均为老实本分之人，平时既不招灾也不惹祸，没什么冤家对头；二一个，家里的姑娘也规矩，向来大门不出二门不迈，绝非招蜂引蝶的轻浮女子；再有就是案发当天院门紧锁，门上的插官儿纹丝没动，闺女那屋的门窗也没有撬痕，据此推断出歹人是掀开屋瓦、断去房檩入的户，作完案原路返回，又把房檩、屋瓦都复了位，除此之外，再无他法。此外还有一个线索，由于头一天下过雨，地上有泥，贼人在屋中留下了几个脚印，深浅不一，有虚有实，可见此贼系跛足之人。这个跛脚的淫贼，居然能够蹿房越脊，从屋顶上剜开一个窟窿便能进屋，一夜之间在不同地点奸杀五人，卷走金银细软若干，神也不知，鬼也不觉，这个本事可不小，定是江湖上高来高去的惯盗。

以往江湖上的贼人作案，大多为了图财，可也讲究劫富济贫、盗亦有道，所谓"江湖财，江湖散"，不会轻易伤人性命，亦不会淫人妻女，采花盗柳向来更是为同道所不容。缉拿队撒开人手，在城中各处寻访排查，却如大海捞针一般，天津卫大了去了，哪么容易找？跛脚之人有的是，更有很多地痞无赖，为了显摆自己身经百战，走路时不瘸也得装瘸，这样的你都抓不过来。可是天网恢恢疏而不漏，合该刘横顺露这个脸，这个飞贼让他撞上了。

吃他这碗饭的，必须熟悉人头儿地面儿，过去当警察的都跟贼道上的人有勾结，是为了让他们充作耳目，小偷小摸只要不闹出大事，比如什么顺人一根葱、拿人半头蒜的，伤不了人害不了命，没多大的损失，就睁一眼闭一眼不去为难他们，有时还得护着他们，真出了大案子才容易打听消息。刘横顺让那些相熟的贼偷、混混儿、倒脏土的、讨饭的出去找"点子"，可算是找对人了。老百姓认不出贼，同道中人却一看一个准儿。刘横顺又不像别的警察一样仗势欺人，就凭不欺负人这一点，天津城的大小贼偷都愿意讨好他，心甘情愿给他办事，一听说刘头儿要拿飞贼，就全给留上神了，有什么消息先往他这报。当天就有人带话过来，说看见一个跛足之人，是个生脸儿的，扮成一个乡下妇人，挎了个大包袱，进了北门外一处宅子，形迹鬼祟，一看就不是什么好东西。路上的巡警都没在意，却瞒不过本地这些当贼的。

刘横顺得知此事，也觉得十分蹊跷，一个大老爷们儿乔装改扮、捯饬成妇人，必定是为了掩人耳目，安分守己之辈没有这么干的。他不敢怠慢，立即换上便衣，来到这家宅院门口，找了个隐蔽之处盯着。直等到定更天前后，忽听"吱呀呀"一声门响，一前一后从宅院里出来两个女子。刘横顺可不光腿快，他的眼也快，一看就明白了，前边开门这个女的四十多岁，周身穿红挂绿，脸上搽脂抹粉，刚从面缸里爬出来似的，直往下掉渣儿，说起话来满脸跑眉毛，眼神儿都带钩，摆明了是个鸨二娘，可见这宅子是一处暗娼。跟在后头这位，一身乡下妇人打扮，臂上挎一个包袱，用头巾裹了脸，走路稍有点跛脚，可没那么明显，不细看还真不容易发觉。甫问，这是装扮成乡下妇人的那个主儿，嫖完了准备走，鸨二娘正在开门送客。

暗娼和妓院不同，门户闭多开少，外人并不知道这里边是干什么的。因为暗门子中的多为良家女子，贫困所迫做起了皮肉生意，只不过为了混口饭吃，怕遇上熟人脸上挂不住，不是知根知底的客人不接。

自古以来，做公的见了做贼的，观形望气便知。刘横顺吃的就是这碗饭，看一眼就认准了，此人绝非良善之辈。等鸨二娘关门进去，那个扮成乡下妇人的嫖客脚步匆忙，低头往前走。刘横顺不想打草惊蛇，跛足潜踪远远跟在其后。一路尾随下去，行至一处荒郊野地，就见路旁有一棵大树，此树年深日久、枝繁叶茂，跟旁边的树一比好似鹤立鸡群一般。前边这位左顾右盼，见得四下无人，这才摘去头巾，抹掉脸上脂粉，走到树下抬头看了看高矮，一跺脚纵身上了树，包袱往脑袋下边一枕，顺势躺在树杈上，瞧这意思是要睡觉。

刘横顺暗自点头，心知此人十有八九就是采花的飞贼，且不说脚底下的功夫，安分守己之人谁会躲在树上过夜？纵然兜儿里没钱，找个破瓦寒窑、土地庙窝一宿也比树上舒服，无非是担心夜巡队查问。这么高的大树一纵身就上去了，腰不打弯儿，全凭腿力，这个本领非同小可，想来蹿房越脊不在话下。而且刚才看鸨二娘那意思，这位可是暗门子里的常客，由此可见必是贪淫好色之徒。刘横顺认定树上之人是犯案的飞贼，有心生擒活拿，但是此贼躲在树上不好动手，倘若惊了贼人，顺这棵树往那棵树上一蹿，再拿就不好拿了。所谓"官断十条路，九条民不知"，官差有的是抓贼的法子，不一定上来就动手。刘横顺眉头一纵生出一计，当即从暗处闪身出来，大摇大摆走到近前，冲着树上的人一抱拳，高声说道："大路朝天论分明，拜问仁兄何姓名。山水坐堂谁盟证，龙虎榜取哪州城。并非盘道才相认，恐有差错难为情。树上的朋友，报个蔓儿吧。"

这是江湖上的隐语黑话，又叫"朋友话"，吃江湖饭的都懂，大致的意思是问对方什么来路，平时在何处行走，能否留个名号在此。刘横顺是在缉拿队当差，正经是"白道"上的，可也会说黑话，否则俩贼站你对面说话，你却一个字听不懂，那又如何捉贼？

刘横顺这几句黑话一说，还真把树上这位给说下来了，因为江湖上有规矩，会说朋友话的皆为同道中人，做的是一路生意，拜的是一个祖师爷。有道是"城墙高万丈，全靠朋友帮"，多个朋友多条路、多个仇人多堵墙，人家跟你盘道，你就得答复人家，不知礼数，难以立足，在江湖上就没法混了。再一个，来的这位能一眼看见树上有人，想必也是个绿林人，只有绿林人才有"夜眼"，倒不是天赋异禀，只不过是经常在夜里作案练出来了，否则一般人黑灯瞎火的可看不见他，如若避而不见，就是不拿对方当朋友，万一下边这位打上来一枚暗器或者开上一枪，树杈上没处躲没处藏的，吃亏的还是自己，不下去相见肯定是不行的。

这位一翻身打树上下来，落在地上声息皆无，踩在树叶上连响动也没有，这是为了在刘横顺面前卖派卖派，让你瞧瞧我身上的本领如何，可别小瞧了我。两个人相对而立，你瞧瞧我，我瞧瞧你，彼此给对方相了相面。刘横顺见这个飞贼身材精壮，刀条子脸，两眼冒光滴溜溜乱转，三十大几的岁数，一脸的邪气，看着就不是好人，这叫相由心生，从里到外透出一股子猖狂。虽说双足插地站在当场，脚后跟却没踩实，力气攒在脚尖上，万一有什么不对劲儿，他随时可以跑。此人也对刘横顺抱了抱拳，按规矩回应道："贱字不足脏尊口，过路蝼蚁没名号。借兄半条阳关道，穿街过市走连城。"这意思是不愿意报号，我只是个过路的，你别问我，我也不问你，大路朝天各走半边，咱来个井水不犯河水。

刘横顺见人下来了，心里就有了底，那还有什么可说的，便即冷笑一声："不通名号不打紧，你在天津城做下的案子可抹不掉，还不跟你爷爷我回去，打这桩五条人命的官司！"

5

那么说这个飞贼是什么来头呢？此贼有个绰号叫"钻天豹"，登堂入室采花盗柳的惯犯。一听刘横顺这句话，不由得心中一凛，全身一震，知道刘横顺是缉拿队的官人儿了，脚下暗暗攒劲，正想抽身开溜。没想到刘横顺先他一步，出手又快又准，一抖金瓜流星的链子，就着月色寒光一闪，当场将钻天豹的脖子套住了。按刘横顺的意思，不容分说套住飞贼，直接带去巡警总局交差，他也是没想到，钻天豹真不白给，说时迟那时快，电光石火之间施展缩骨法，俩肩膀一晃，已从锁链中脱身出来，往后一纵，退开七八丈远。此贼也是个"里码人"，行家一伸手，便知有没有，刚才这一过手，知道来人的厉害了，真要动起手来，凭他这两下子，绝不是人家的对手，但是仗着身法快，也没把刘横顺放在眼里，既然被对方道破了案由，也不在乎报出名号了，横打鼻梁说道："不错，案子是我钻天豹做下的，想拿你爷爷我，还得看你有没有这个本事！"话没落地，脚下生风，转过身拔腿飞奔而去。俗话说"卤水点豆腐，一物降一物"，该他钻天豹不走运，哪想到天外有天，人外有人，金河一去路千千，欲到天边更有天，在这儿遇上克星了，换成旁人还真追不上他，可刘横顺是什么人？天津卫头一号的飞毛腿，练的就是"蹿、蹦、跳、跃、闪、展、腾、挪、疾、驰、飘、飞"这十二个字的跑字诀。刘横顺知道"纵虎归山，必定伤人"，说什么也不能让这个飞贼跑了！当下施展陆地飞腾之法，二人一前一后，你追我赶，可就围着天津城跑开了。钻天豹拼了命也甩不掉刘横顺，听身后的脚步越来越近，不免心惊胆寒，两条腿都软了。刘横顺一看这飞贼也就这意思了，抡起金瓜正要打。钻天豹却突然停下脚步，气喘吁吁地对刘横顺说："且慢动手！我钻天豹横跳江河竖跳海，就地挖坑不嫌窄，凭这一身本领作案无数，背的人命没一百也有八十，早知道有抵偿对命的一天，不在刀下死，便在枪下亡，怎么死我也不亏。仁兄你站着是英雄，躺着是好汉，今天栽到你手上我认了，不过我认的是命，可不认你这两条腿比我快，只因我刚从暗门子出来，一把嫖了六个窑姐儿，颠鸾倒凤掏空了身子，脚力还没缓过来，否则你如何拿得住我？"

做贼的都有个贼心眼儿，痴傻呆茶的干不了这一行。采花飞贼钻天豹瞧出刘横顺追了半天才出手，是想看看他的能耐，和他较量一番，足见此人自负已极，当时贼起飞智，反正也跑不了，不如来个缓兵之计，说不定还能死中得活。此刻虽然束手就擒，却将两个眼珠子一瞪，脖子一梗，颇有几分虎落平阳被犬欺的意思。

刘横顺不是不明白钻天豹的用意，他抓过的飞贼不计其数，数都数不过来了，不乏装疯卖傻、耍心眼抖机灵的，他却不在乎，根本没把钻天豹放在眼里，非让这个贼没话可说才行，得让他心服口服，不这样显不出本事，就告诉钻天豹："天津卫这个地界儿，有砖有瓦有王法，从没有贼人可以做下案子一走了之，我让你歇够了再跑一次，不信你能飞上天去。"

钻天豹一听刘横顺的口风，心说有戏，又得寸进尺地说："光歇够了可不成，真有本事你还得让我吃饱了！"

刘横顺说那也容易，不就是吃东西吗？不过这半夜三更的，饭庄子都关门上板儿了，吃饭得去城门口，找摆摊儿卖夜宵的地方。说是城门口，这会儿天津城早没有城门了，1900 年八国联军攻占天津，上来先把城墙都拆了，开通了东、南、西、北四条马路，城墙城门虽然都没了，但老百姓仍习惯过去的称呼，像什么东门里、北门外、南门口，这些地名一直沿用至今。之前两个人一追一逃，绕天津城跑了半宿，正跑到老西门附近，这一带有不少连更彻夜摆摊儿卖小吃的，这个时候还挺热闹。俩人坐下要了烧饼、馄饨，钻天豹也不客气，甩开腮帮子一通狼吞虎咽，吃饱喝足抹了抹嘴头子，这才抬起头来，又对刘横顺说："咱先不忙啊，刚吃完饭，东西还都在胸脯子里，这一跑还不得吐了？你容我再缓一缓。"刘横顺逮钻天豹，有如猫逮耗子，这个飞贼有多大能耐他心里已经有数了，知道钻天豹钻不了天入不了地，三十六拜都拜了，不差这一哆嗦，倒想看看这个飞贼还有什么绝招。等钻天豹吃饱歇足了，又喝了一通大碗儿茶，打了几个饱嗝儿，胳膊腿也伸展开了，俩人才和之前一样，一个在前头跑，一个在后头追，一路往南跑了下去。刘横顺这一趟到底追出多远、追到什么地方，外人无从得知。反正三天之后，刘横顺将钻天豹连同一包袱贼赃，一并拎到了天津五河八乡巡警总局。

民间相传"飞毛腿刘横顺千里追凶一朝擒贼，给天津卫的老少爷们儿出了一口恶气"。采花淫贼钻天豹被缉拿归案，免不了三推六问，封钉入狱，等到秋后插上招子处决示众，这才引出一段精彩回目"枪打美人台，收尸白骨塔"，欲知后事如何，且听下回分说。

<h1 style="text-align:center">6</h1>

且说钻天豹被逮到五河八乡巡警总局，这一次他是彻底死了心，只好认头吃官司，再也不敢打什么歪主意。这个飞贼行事虽然龌龊，但行走江湖这么多年，一贯心黑手狠，倒不至于怯官，不同于寻常的鼠道鼩贼，见了官就吓得屁滚尿流，何况身上有能耐，会缩骨法，手上箍枷，脚下扣镣，五花大绑捆得再紧也不怕，一抖身形，顷刻之间就能挣脱，周身上下的关节都是活的，想怎么摘就怎么摘，想挪到什么地方就挪到什么地方，只要脑袋能钻过去的窟窿，整个人都出得去，因此号称"就地挖坑不嫌窄"。如若他动了歪心起了邪念，在公堂上踹了镣，蹿上前去给审讯他的警官来一刀再翻身上房，这些警察可拿不住他，但他却不敢这么做，为什么呢？这一次不是落在巡警总局的手上，而是栽到了刘横顺的手里，领教过此人的厉害，有这位爷在缉拿队，跑到哪儿也得给他逮回来，就别费那个劲儿了。常言道"瓦罐不

离井口破，大将难免阵前亡"，钻天豹早知道自己是这么个结果，早一天迟一天的没什么分别，又是让飞毛腿刘横顺逮住的，传出去也不丢人，还自己给自己解心宽，这叫英雄爱好汉、好汉惜英雄，棋逢对手、将遇良才，死也值了。当下告诉审问他的警官："别用刑了，我肯定不跑，这么多年到处作案，长几个脑袋也不够掉的，我也够本儿了，你问什么我说什么，绝无任何隐瞒，人活一世、草木一秋，怎么死不是死？大不了等到秋后吃上一颗黑枣儿，二十年后又是一条好汉！"

根据钻天豹的口供交代，此贼熬过两灯油，下了十年苦功，蹦蹦跳跃、闪展腾挪，练成了一身高来高去的本领，可是没往正道上用，出师以来到处作案，进千家、入万户，行的是"窃"字门儿。江湖上"偷"和"窃"不一样，偷指的是近身偷盗，讲究手疾眼快、胆大心细，以往真有手段高明的贼偷，别人藏在裤裆里的东西他也能扒去，被偷那位还什么都不知道呢；"窃"说的是穿房入户盗取钱财，属于入室作案，除了身法灵活，还得眼观六路耳听八方。过去讲究"盗亦有道"，做什么也得有规矩，干这一行原本没什么，因为绿林中从来不乏劫富济贫的侠盗，虽说顶了一个"贼"字，却不做下三烂的勾当。可是钻天豹这小子贪淫好色，不仅入户行窃，凭着高来高去剜窟窿钻洞的本事，居然多次奸淫良家女子，事后从来不留活口。自古说"万恶淫为首"，绿林道也容不下这样的淫贼，结果被人抓住挑了脚筋，扔在乱葬岗子等死。旧时有一种特制的小刀，刀刃上带着一个弯钩，从脚脖子扎进去往外一拽可以钩出脚筋，钩出来不只挑断了，还用两把剪刀同时下家伙，截去一寸大筋。

钻天豹被截去一寸脚筋，不死也废了，可是他命不该绝，遇异人搭救，给他接了两条豹子筋。此贼伤愈之后，蹦蹦纵跃的本事不减反增，精力更十倍于常人，常吃生肉片子，不论什么肉，都愿意带血生吃，一天不嫖，他就浑身冒火、嘴上长燎泡，抓心挠肝坐立不安，真可以说是"色中的饿鬼、花里的魔王"，在江湖上得了"钻天豹"这个匪号。只是接的两条筋一长一短，平时走路不免跛足，却落了个歪打正着，正好以此掩人耳目，谁也想不到一个跛子会是钻天的飞贼。此人作案有一个习惯，每到一处必先在暗中踩点儿，看好了哪家姑娘长得漂亮，偷偷在人家门口做上记号，当天不动手，非得凑上三五个，一夜之间采遍了才过瘾。大江南北到处作案，从没失过手，真以为没人抓得住他，色胆包天进了天津城，没想到碰见了前世的冤家、今生的对头，让飞毛腿刘横顺生擒活拿、绳之以法。

钻天豹这么多年作案太多，走遍了黄河两岸、大江南北，跟在身后的冤魂不计其数，其中任何一桩案子都够掉脑袋的，足足交代了三天三夜，认下口供画了押，问成一个死罪那是毋庸置疑。自从入了民国，处决人犯已经没有斩首凌迟了，只等攒到一块儿秋后枪毙。此时距秋后还有两三个月，钻天豹是待决的死囚，关在牢中自是严加看守。那个年头打入死牢的犯人好得了吗？本来就是等死的，命都不是你的了，谁会把你当人看？常言道"人犯王法身无主"，牢里头的规矩比天还大，叫你蹲着不敢站着，叫你站着不敢躺着，还不提牢头狱警们一个个如狼似虎，抬手就打张嘴就骂，单说吃喝睡觉就够受的，从头到脚钉上几十斤重的镣子，怎么别扭怎么给你锁，什么时候也不能摘，就得一直挂着。一天两顿饭，一个凉窝头半块咸菜疙瘩，还不好好给，不给足了狱警好处，窝头扔地上踩一脚，给你改个贴饼子吃，牙崩半个不字，抡鞭子就是一顿"开锅烂"。赶到了睡觉的时候，大铺板子上人挨人一个摞一个躺好了，狱警从两边用脚往里踹，为的是把人挤严实了，直到踹不动了，再从上边盖下来另一块木板，足有二寸多厚，两边钻有圆孔，用铁链子穿过去跟床板锁在一处，馅儿饼一样把这帮犯人夹在中间。这一宿一动都不能动，也没人搭理你，想拉想尿只得往裤子里招呼，冬天还好对付，大不了冻成了冰坨子；到了三伏天，早上打开锁，把木板子掀起来，从里往外直冒热气，也分不清身上的屎尿是自己的还是别人的，那个腥臊恶臭，真可以说是熏死人不偿命。身子骨不结实的扔在牢中，等不到枪毙的那一天就被折腾死了，死了也白死，向来无人追究，拖出去扔在乱葬岗子喂了狗，还给官府省下一颗枪子儿。

简单地说吧，转眼到了执行枪决的正日子，执法队将一众死囚从大牢中提出，用绳子捆成串儿，脚底下蹚着镣，摆开一字长蛇阵，拉出去游街示众，押赴法场。

刘横顺当天也去看杀人，天津城的法场在西门外小刘庄砖瓦场。这一路上人山人海，挤得摩肩接踵，都是来看热闹的老百姓，沿途的买卖家也全出来放鞭炮崩煞神。过去的人们没什么娱乐活动，除了听书看戏再没别的消遣，民国时天津卫虽然已经有了电影院，却不是普通老百姓看得起的，纵然有那份闲钱，可也没有看杀人过瘾。因此每到出红差的时候，城里头比过年还热闹，搬梯子、上墙头，道路两边连同树上全是人，还有大批做小买卖的商贩，吃的喝的烟卷儿萝卜大碗茶，就跟赶大集一样。有许多大字号甚至在这一天关板歇业，掌柜的带着店伙计，店伙计带着媳妇儿，媳妇儿领着孩子，孩子牵着狗，总而言之、言而总之，除了进了棺材、落了炕的，能来的都来了。

枪毙之前游街示众，必须绕城一周。当时天津城的城墙已经拆没了，不过格局仍在，东西长、南北窄，城内四角各有一个大水坑。上岁数人还记得有个说法——"一坑银子一坑水，一坑官帽一坑鬼"。西北角是鬼坑，因为旁边是城隍庙。清朝以来，上法场都从这个地方出发，先给城隍爷磕头，以免变成"大庙不收，小庙不留"的孤魂野鬼。

当天处决的死囚有十几个，不乏杀了人的土匪、滚了马的强盗，

020

当然也有含冤负屈的，各有各的案由，一个个骨瘦如柴、破衣烂衫，都被折腾得脱了相，走起路来踉踉跄跄、斜腰拉胯，有冤的也喊不出来，一街两巷的老百姓见了直咂嘴，这便叫"人心似铁非似铁，官法如炉真如炉"。其中却有一位不然：容光焕发，精神百倍，从头到脚里外三新的一身装扮；头上戴六棱抽口软壮巾，顶梁门高挑三尖慈姑叶，鬓边斜插一朵大红的英雄胆，上撒金星，英雄不动它不动，英雄一动贴耳靠腮"突突"乱颤；身穿天青箭袖袍，掐金边走金线，双勒十字襻，黄丝带煞腰、双垂灯笼穗，底下是大红的中衣；足登兜跟窄腰的薄底快靴，斜拉英雄氅，打扮得如同戏台上的绿林豪杰一样。挑着眉，撇着嘴，唱着皮黄，摇头晃脑，满脸的不在乎；脚底下"稀里哗啦"蹚着镣子，一瘸一拐迈四方步，腆胸叠肚、气宇轩昂，知道的这是去挨枪子儿的死囚，不知道的都以为这是哪位唱京剧的名角老板，引得周围看热闹的老百姓纷纷叫好：此人大义凛然上法场，谈笑自若，从容赴死，真不愧是英雄好汉！

刘横顺定睛观瞧，敢情这位不是旁人，正是淫贼钻天豹，心里可就纳上闷儿了：这位钻大爷在天津城举目无亲，贼赃也都充了公，身上分文皆无，哪有钱去孝敬牢头狱卒？死牢之中如何对待犯人不用说也知道，打在大牢之中这几个月，没扒掉一层皮就算不错，怎么会养得又白又胖、脑门子发亮？这真叫"修桥补路瞎双眼，杀人放火子孙全"，还有天理吗？

7

咱们说有打在死牢中好吃好喝不受罪的犯人吗？还真不是没有，不过得让家里人把钱给到位，俗话说"是官就有私，是私就有弊"，尤其是在那个年头，不遭罪全是拿钱堆出来的，上到巡警总局，下到牢头狱警，大把大把地给够了钱，不但不用受罪，还能享福。别人一进来先锁在尿桶旁边避避性子、杀杀威风，钱给够了则不然，身上的镣子一摘，烟卷儿抽着，茶水里都给放白糖——好不好喝另当别论，只为了摆这个谱儿，就这么大的差别。而且是想吃什么吃什么，想喝什么喝什么，在牢里吃饭可以单开火，或者让城里的各大饭庄子送，鸡鸭鱼肉、烧黄二酒，应时到节的东西应有尽有；睡觉有单独的屋子，冬暖夏凉，新褥子新被；一天到晚有别的囚犯鞍前马后、揉肩捶腿伺候着，比在外边还滋润。

钻天豹身上没钱，外边没人，却在死牢之中足吃足喝逍遥自在，倒也是一桩奇事。刘横顺不知情由，原来这个贼的脑子转得快，嘴皮子也好使，把他这些年拈花宿柳、奸盗邪淫的勾当，给牢中的犯人狱警们连比画带讲一通胡吹，当真口若悬河，唾沫横飞。这可了不得了，牢里这些人哪听过这个啊，甭说在这深牢大狱之中，在外边也没处听去，可比正经听书过瘾多了。他们平时又没钱逛窑子，逛过的也就是一回半回，远不及这位阅尽人间春色的钻大爷见多识广，这一下就把众人的腮帮子勾住了，一个个听得眼都直了，嘴角的哈喇子流下来二尺多长。

尤其是那些狱警，成天待在监牢中当看守，不同的就是犯人在里头他们在外头，也不过是一墙之隔，说不好听的也跟坐牢一样，犯人拉屎撒尿他也得闻着。犯人等到秋后吃颗枪子儿一死了之，早死早超生，就算解脱了，他们的差事却没个尽头，年复一年日复一日，只要还干这一行，就得成天闷在这儿，薪俸也少得可怜，纵然可以收受贿赂，架不住从上到下层层扒皮，落到他们手上的也就仨瓜俩枣儿，尚且不够养家糊口的，轻易舍不得听书逛窑子，能在大牢中听到这么隔路的新鲜玩意儿太不容易了，开天辟地头一回啊，过了这村，兴许就没了这个店。俗话说"听书听扣儿，听戏听轴儿"，钻天豹不仅会说，还特别会留扣子，说到关键时刻立即打住，想听个下回分解，就得给他打酒买肉，等他吃美了喝够了再续前言，否则打死他也不往下说。

狱卒们有心来横的，无奈听上瘾了，不往下听心里痒痒，只得凑钱给他买吃买喝。钻天豹倒也不挑，只要有酒有肉，好坏无所谓，羊肠子、牛肉头、猪下水，吃饱了就行，也不用跟其余的犯人挤在一处了，单给了他一间牢房，夜里睡觉，白天盘腿一坐，旁边有狱卒把茶给端过来，也没什么特别好的茶叶，大铜壶沏茶叶末子，只能沏这一次，续不了水，多少有那么点茶味儿，反正比凉水强。钻天豹喝足了水，清清嗓音用手一拍大腿，这就开书了。他讲的这套玩意儿，并没得过传授，皆为亲身所历，说起来绘声绘色，可也只会按说书先生的套路来，一上来先来几句定场诗，虽也四六成句，但听着牙碜，上不了台面儿，比方说什么"宽衣解带入罗帏，含羞带笑把灯吹"之类的淫诗浪句，书说得更是不堪入耳，腌臜之处说得越细越不嫌细，大小节骨眼儿犄角旮旯没有他说不透的，听不明白的你就问，保准掰开揉碎了给你讲，倒是不怕麻烦。狱卒牢头们爱听得不得了，个个听得一脸淫笑外带流哈喇子，站着进来，蹲着出去。用江湖艺人的话说，这叫"把点开活"，看今天来听书的是什么样的人，来说什么样的内容。那些有本事的说书人，哪怕是同一段书，说法也可以不一样。比如台上先生说的是《三国》，一看今天来听书的大多是长袍马褂，戴着眼镜，三七分头打着发蜡一丝不乱，跟狗舔的似的，必是文墨之人，那就得往文了说，什么叫三顾茅庐、怎么是舌战群儒，台底下的自然愿意听；听书的如果都一个个拧眉瞪眼，太阳穴鼓着、腮帮子努着，脚踩着板凳、手拿桑皮纸大扇子，扇面上画的不是达摩老祖就是十八罗汉，一看就知道是练过几年把式的，那就得说"关云长五关斩六将，赵子龙血战长坂坡"，多讲两军阵前如何插招换式、大战三百回合，必定可以要下好儿来；倘若来听书的一半都是歪戴帽子斜瞪眼的地痞混混儿，扎了两膀子花，坦胸露肚、撇着个嘴，站没站相坐没坐相，那就多说江湖道义、兄弟手足之类的内容，讲一讲什么叫"宁学桃园三结义，不学瓦岗一炉香"，混混儿们义气为先，这些正对了他们的心思，一个个听得血往上涌，钱也不会少给。正所谓"一路玩意儿惊动一路的主顾，一路宴席款待一路的宾朋"。

深牢大狱之中哪有什么正经人，连狱卒带犯人个顶个贪淫好色，钻天豹又是采花的淫贼，有的是淫词浪句，还别说夜入民宅奸淫人家大姑娘小媳妇儿这些个案子，仅是他去过的娼窑妓院、秦楼楚馆，没有个一年半载也说不完。众人虽说是过干瘾，那也听得勾火，认头当大爷一样地供着他，听的时候还满带搭下茬儿的，好比钻天豹说天津卫哪个妓院中的哪个姑娘好，有人不服气，告诉他天津卫头牌的花魁那得数彩凤楼的"夜里欢"，那小娘们儿真叫一个骚，从头到脚一身细皮嫩肉，要模样有模样，要手段有手段，多硬的汉子从她屋里出来也得脚软，整个缉拿队进去也得全军覆灭，引得大牢中一阵淫笑。钻天豹这时候就摇头摆手，告诉他说得不对。天津卫最好的窑姐不在妓院，而在暗门子中，进来之前他嫖过这么一个，原来是王爷府里的丫鬟，开罪了王爷被卖进暗门子，那可是从小跟格格一起长起来的，天天陪着格格吃、陪着格格睡，主子用剩的胭脂香粉、穿不了的绫罗绸缎都给她，琴棋书画耳濡目染，也是样样精通，长到十七八岁，出落得头是头脚是脚，皮肤润如美玉、吹弹可破，脸蛋儿上捏一把都能掐出水来，那就跟格格一样，岂是妓院中的庸脂俗粉可比。众人听得啧啧称奇，心猿意马，魂儿都飞了。这时候钻天豹话锋一转，说那姑娘好是好，可得分跟哪儿的比，跟江南小班里的比起来，可就是一个天上一个地下了，那叫云泥之别！江南班子中的姑娘，论模样、论才情，个顶个都称得上极品，堪称色艺双绝，又是吴侬软语，别说摸摸小手了，一开口说话，你这骨头就得酥了。并且来说，逛班子不比嫖堂子，可不是进屋就脱裤子上炕，首先必须摆莲台，光出得起钱也不成，还得会吟诗作对、附庸风雅，去这么十次二十次的，姑娘见你人有人才、文有文才，又舍得钱财，有这么一脉、上这么一品，和你交上了朋友才肯陪你，否则掏多少钱也不成，连手都摸不着。如若耍横的，妄想来个"霸王硬上弓"，班子里可有的是打手，准打得你跟烂酸梨似的。那些姑娘一个个长得倾国倾城、闭月羞花，画中仙女也不过如此。想当年乾隆爷为什么六下江南呢，一大半是为了她们去的。

钻天豹在死囚牢里就这么给众人"开荤长见识"，而且闲七杂八、有作料有干货，不只管牢的愿意听，牢里的犯人也都跟着过干瘾，更有甚者听得忘了死，上法场这天还惦记：钻爷说的那个小娘们儿后来怎么样了？

8

钻天豹凭这么多年的"见识"，得以在大牢中足吃足喝，整天三个饱两个倒，热了洗个凉水澡，在牢里呼风唤雨、为所欲为，又不用出力干活儿，牢头狱霸没有不捧他的。到了上法场这一天，其余的犯人一个个皮包骨头，身上挂的还没二两肉，都已经脱了相，他却红光满面、意气风发，比进去之前足足胖了二十斤，又让狱卒牢头们凑钱，给他置办了一身行头，按戏台上的绿林英雄扮上，臭不要脸的头上还顶了一朵"守正戒淫花"，趾高气扬，意气风发。挤在万民中看枪毙钻天豹的刘横顺越看越气，这个淫贼的脸皮得有多厚？割下一块当后鞋掌，够磨两年半的!

钻天豹是行走江湖的飞贼亡命徒,怕死也不敢做这么多案子了,做过一次案就不怕再做一次,做多少案子也只死一回,案子越多越够本儿,脑袋掉了不过碗大个疤,二十年后又是一条好汉,上法场这条路上,他得抖够了威风。一街两巷的百姓分不清哪个是淫贼钻天豹,瞧见上法场的犯人中有这么一位,打扮得跟台上唱戏的一样,一边蹚脚镣一边连说带唱,视死如归、大义凛然,还以为是行侠仗义、劫富济贫的绿林英雄,不由得纷纷叫好。不过来到法场之上,谁也逃不过挨上一枪。到了时辰,死囚们均被五花大绑,蒙上眼罩,摁在美人台上一字排开跪好了,有的哭天抢地,有的屎尿齐流,有的抖成了一团:走到这一步再说什么也来不及了。

小刘庄砖瓦场周围,看杀人的老百姓里三层外三层,挤成了密不透风的人墙。有当官的先来宣读犯人的罪状,告诉在场看热闹的老百姓因何枪毙这些人。正当此时,东边的人群如潮水般往两旁退开,当中让出一条道路,前有一面铜锣开道,敲得惊天动地,后面跟着一队人马,原来是执法队开枪杀人的刽子手到了。为首一人骑在高头大马之上,身穿军装,脚踩马靴,肩挂丝带,系到脖子根儿的铜纽扣闪闪发光,左右斜挎皮枪套,真得说是威风凛凛、杀气腾腾。十几个小学徒紧紧跟随在后,一个个梗着脖子,拧眉瞪眼阔步向前。这位是谁呢?说开天地怕,道破鬼神惊,九河下梢头一把金枪,天津卫人称"神枪手陈疤瘌眼"。当真是鼎鼎大名,如雷贯耳,没见过的也听说过。

据说这位陈爷早年在军阀部队当兵,冲锋陷阵之际让子弹崩伤了一只眼,眼珠子虽然保住了,但那只眼却再也看不见东西,并且留下一道触目惊心的伤疤,使人不敢直视。陈爷却有个狠劲儿,只有一只眼正好练准头儿,省得再睁一目眇一目了,从此下了二五更的功夫,本来枪法就好，再铆足了劲儿这么一练，那真叫指哪儿打哪儿，说打左鼻子眼儿，一枪下去右鼻子眼儿保证是囫囵个儿的。当年上阵杀敌打洋人，陈爷是一枪打俩，从没失过手。后来解甲归田，当上了行刑队开枪执法的刽子手，负责枪毙人犯，可不论怎么改朝换代，总是穿那身旧军装，收拾得整齐利落。老百姓给他封了一个"神枪"的名号，在天津卫占了一绝。

枪毙虽然不比前朝的砍头那么多规矩，门道可也不少，这里边有偷手，能敛外财。好比说挨枪子儿的这位，家里把钱给到了陈爷，开枪的时候，手里就留了分寸，一枪出去打个对穿，脑袋上只有一个窟窿眼儿，死得快不受罪，尸首也完整，易于苦主收殓。如若赶上十恶不赦之徒，又不曾给过人情，那就过过手瘾，顺便也让老百姓开开眼，找准了位置一枪打下去，头崩脑碎，脑浆子溅出一丈开外，来一个"万朵桃花开"。

陈疤瘌眼带队一进小刘庄法场，人群炸雷也似叫起好来。陈疤瘌眼见天津卫的老少爷们儿这么捧他，心里也挺高兴，脸上却不动声色，坐在马上向四周抱拳拱手。

有好事之辈挤上前来对陈疤瘌眼说："陈爷，您今天怎么的也得亮亮绝活儿啊。"

陈疤瘌眼应了一句："各位瞧好儿。"

周围有人起哄："陈爷，把您的金枪掏出来，让大家伙儿见识见识！"

旁边的就说了："金枪是随便往外掏的吗，掏出来就得要人命，要不拿你试试枪？"

陈疤瘌眼哈哈一笑，抖了抖手中的丝缰，催马带队穿过人群，来至美人台前。旁人下马都是身子往前探，右腿往后跨过马屁股这么下来，陈疤瘌眼不同，腰板挺得笔直，右腿往前抬，越过马首，双腿一并，直溜溜蹦下来，磕膝盖不打弯，绝对的潇洒。小徒弟立刻跑过去，接过缰绳把马牵到一旁拴好。陈疤瘌眼整了整衣襟，拽了拽袖子，摘下皮手套掸去身上的尘土，俩靴子马刺碰马刺，"咔嚓"一声给监刑的长官立正敬礼，交接大令拔出手枪。这支枪了不得，德国造的镜面驳壳枪，长苗二十响，满带烧蓝，足够九成新，乌黑锃亮泛蓝光，闷机连发通天挡，双凤胡椒眼儿，还是胶线抓把儿。在法场上开一枪上一次子弹，如果没给够好处或罪大恶极的人犯，子弹头用小钢锯锉出十字花来，打到身上可不是一个眼儿，一下一个大血窟窿。执法官念罢一个人的案由，他就开枪崩一个。

小刘庄砖瓦场是片荒地，地势低洼，当中有个土台子，大约一尺多高，唤作"美人台"。取销魂之意，名字好听，却真是要人命的地方，不知在这儿处决过多少人了，脚底下的土和别处颜色不同，已经让血浸透了。民间传言"家里有伤寒痨病的，在美人台上抓一把土，回去连同香灰吃下，就不会再咳嗽了"。要说也不是没有道理，噎死了还咳嗽，那就诈尸了。

当天的美人台上，钻天豹的案子最重，所以他是最后一个等待枪决的，当官的念完了他的案由，下令枪毙。许多看热闹的老百姓这才知道，此人是一夜奸杀五个黄花闺女的淫贼钻天豹，都恨得牙根儿痒痒，不少人往地上吐唾沫，后悔之前给他叫了好。闺女被他奸杀的那五家人，连同在场看热闹的，为了一解心头之恨，争相给陈疤瘌眼掏钱，让陈爷万万不可便宜了这个淫贼。

陈疤瘌眼收了不少钱，也知道老百姓最痛恨淫人妻女的恶贼，把之前枪毙人犯使用的镜面匣子插入皮套，"吧嗒"一声锁上铜扣，过去跟当官的嘀咕了几句，不慌不忙走到钻天豹跟前，"刺啦"一下，扯去贼人脸上的眼罩，把钻天豹这张脸亮出来，好让围观的老百姓看清楚了。他一招手把几个小徒弟叫过来，递上两个挂了粗麻绳的钢钩。这俩大钩子跟初一的月牙儿相似，又尖又长，锋利无比，泛起阵阵寒光，太阳光底下直晃人的二目，看得人脊梁骨冒凉气。还没等钻天豹明白过什么意思来，陈疤瘌眼手起钩落，一边一个穿进了钻天豹的锁骨。这一招是过去对付飞贼、重犯的手段，如今很少有人再用，虽说只伤及皮肉，但是穿了锁骨，贼人的本领再大也施展不出。

钻天豹刚才还昂首阔步，一脸的大义凛然，这两枚钩子一穿进去，疼得他嘴里直学驴叫唤，哎哟哟一阵骂娘，咬牙切齿怒瞪陈疤瘌眼，引得围观人群起哄叫好。陈爷听见有人喝彩，不理会钻天豹怎么瞪眼如何骂娘，转过头来对众人拱手致意，又命小学徒把钻天豹挂在一根木头柱子上。几个徒弟答应一声，如狼似虎冲上前去，打掉他头上的守正戒淫花，拔下英雄胆，拽住钢钩后面的麻绳，拖死狗似的把钻天豹拽到柱子下边，地上留下两条血道子。把个钻天豹给疼的，话都说不出来了，光会叫唤了。这根木头柱子一人多高、一抱多粗，一大截埋在美人台中，底下绑了三根"抱柱"，顶端有一个铁环，年深日久已然变成了深红色，也分不清是锈迹还是血污，当学徒的将两条绳子穿过去绑定，甩下来绳子头儿捆在木桩子上。这几个半大小子本就是歪毛儿淘气儿，枪法还没练出来，坏招可全会，绑绳子的尺寸恰到好处，钻天豹的罪可受大了，上不去下不来，踮起脚刚刚能够得着地，肩膀上的钩子越挣越深，磨得骨头吱吱作响，疼彻了心肺，口中一个劲儿地叫骂，爹娘祖奶奶，什么难听骂什么。

陈疤瘌眼听到钻天豹嘴里不干不净，上前伸手一扯绳子，把个钻天豹疼得龇牙咧嘴，全身直哆嗦，黄豆大的汗珠子连成串往下掉，再想骂可骂不出来了，只会吸溜凉气儿了。陈疤瘌眼嘿嘿一笑："钻爷，今天是我陈疤瘌眼送你上路，对你的案由，咱也略有耳闻，只因你把案子做到这儿了，如今免不了一死抵偿。你我往日无冤近日无仇，陈某开枪执法乃奉命行事，下手之时若有个轻重缓急，可别怪我伺候不周。"旧时法场上有个不成文的规矩，无论是砍头还是枪毙，行刑的刽子手不能与犯人交谈，更不能报自己的名姓，还别说是杀人，屠宰牲口也是如此，以免阴魂不散，恶灵缠腿。但是陈疤瘌眼行伍出身，两军阵前杀人如麻，他可不信这一套，况且他的枪是国家法度，杀恶人即是善举，从来不怕人犯得知他的名号，知道了更好，到了阎王殿上也可以替他陈疤瘌眼扬名。

陈疤瘌眼说完话，背对钻天豹走出十步，一转身从腰中掏出另一支勃朗宁手枪。这支手枪真漂亮，枪身侧面有轧花的图案，象牙枪柄上镶嵌宝石，两边均雕飞马，枪口上还有滚花，陈疤瘌眼一向视如珍宝，轻易舍不得拿出来。周围看热闹的人都知道陈疤瘌眼这是金枪，枪不是金的，枪法却值金子，这一下有热闹可瞧了！陈疤瘌眼枪毙别的犯人只走三步，头都不回甩手一枪就了结了，枪毙钻天豹却走到十步开外，脸对脸地开枪，金枪陈疤瘌眼那是何等名号，这必定是要亮绝活儿，今天这趟红差没白看！围观的人群一时间喧声四起，拼了命地起哄叫好。陈爷也是外面儿人，老百姓这么给面子，当然得卖派一下，高声冲人群喊道："老少爷们儿，咱这头一枪打哪儿？"

此话一出，木头柱子上的钻天豹心说完了，甭问，这是有人花了钱了，不想让我死个痛快，要一点一点弄死我，这都赶上老时年间的万剐凌迟了，两片黄连一锅煮——除了苦还是苦，本以为挨上一枪一死了之，想不到不止一枪！此贼心下惊骇万状，却寻思也不过多挨上几枪，何不能忍此须臾？因此仍在嘴上逞强，他也是为了给自己壮胆，扳倒葫芦洒了油——豁出去了，梗着脖子骂道："你个挨千刀的老王八蛋，敢不敢给钻爷我来个快当的？"

陈疤瘌眼一抬头，眼角眉梢挤出一抹瘆人的邪笑："钻爷，您了[1]省点力气，咱这一时半会儿的完不了，你爹一声妈一声的不嫌累吗？"

他这话一出口，吓得钻天豹真魂都飞了，简直不敢细琢磨，一时半会儿完不了是什么意思？便在此时，只听周围有人高喊了一声："打左耳朵。"陈疤瘌眼瞄都不瞄，抬手就是一枪，再看对面的钻天豹，"哎哟"一声，疼得全身一抖，左耳多了一个窟窿眼儿，往下流血，往上冒烟。

老百姓一看陈爷的枪法神了，看都不看抬手就打，指哪儿打哪儿，分毫不差，顿时彩声如雷，光叫好都不解恨了，有人带着烟卷儿，点上一根递上前来。陈疤瘌眼接在手中道了一个"谢"字，站在原地抽了两口，一边吐烟圈一边问："二一枪打哪儿？"又有人喊道："右耳朵！"陈爷点了点头，抬手又是一枪，弹无虚发，正中钻天豹的右耳。

接下来陈疤瘌眼问一句打一枪，打一枪人群便喝一声好，那边钻天豹就惨叫一声，其间有人送烟送茶，还有送点心的，许多有钱人买卖大户，都给送花红犒赏，一把一把的银圆摆在美人台上，这都是额外的犒劳。陈爷谈笑自若，不紧不慢，打顺手了还来个花样，什么叫苏秦背剑、怎么叫张飞蹁马，右手打累了换左手，两只手都有准头儿，枪在手里颠过来倒过去上下翻飞，看得在场的众人眼花缭乱、目瞪口呆，前八百年、后五百载也没见过这么玩枪的，都玩出花儿来了！前前后后一共打了七十六枪才把钻天豹正了法，最后一枪挑了淫贼的天灵盖，脑浆子洒了一地。

飞贼钻天豹在美人台上挨了陈疤瘌眼七十六枪，打得跟马蜂窝一样，浑身上下已经找不出囫囵个儿的地方。陈爷手底下有分寸，前七十五枪绕过要害，给钻天豹留了一口气儿，打完最后一枪才真正死

---

[1] 您了："你"的尊称。

透了。围观百姓无不拍手称快，活该这个淫贼，落得如此下场，正是"人生自古皆有死，这回死得不好看"。

钻天豹不是本地人，又恶贯满盈、死有余辜，尸首扔在法场之上，没有苦主收殓。此时就见由打法场外走进一个老道，这个老道长得太老到了，头盘发髻、须长过胸，卧蚕眉、伏羲眼，脸色青中透灰，赛过蟹盖，手持拂尘、背负木剑、头顶道冠、身穿道袍，一派仙风道骨。只见他手摇一个铜铃，让抬埋队的人把钻天豹的尸首收殓了，打飞的天灵盖也给捡了回来，凑到一块儿用草席子裹住，抬到小木头车上，一路推去了西关外的白骨塔。这一去不要紧，天津城可就闹开鬼了！

第二章　收尸白骨塔

1

人生本是五更梦，

世事浑如一局棋。

莫道身死万事休，

如意从来不可求。

闲言少叙，上文书正说到飞毛腿刘横顺追凶擒贼，陈疤瘌眼在美人台上枪打钻天豹，为天津城的老百姓除了一害。当初为了捉拿这个飞贼，天津巡警总局开出一千块银圆的悬赏。为老百姓除害尚在其次，主要是这个案子不小，如果将贼人生擒活拿，官厅是一等一的功劳，所以下这么大的本钱。您可听明白了，说是一千块银圆的悬赏，落到刘横顺手上才十块钱，这还得说是上官抬爱，给你刘横顺脸了。其余的功劳，当然全是官老爷的，这就叫争名于朝，争利于市，该升官升官，该拿钱拿钱，两头不耽误，不过人家升官发财换乌纱帽，可跟缉拿队的黑名半点关系没有。再说这一千块银圆从哪儿出呢？可不能是当官的自掏腰包，当官的不仅不出钱，还得赚了钱才行。既然办的是公案，悬赏就得由地方上的大户、商会来出，自古以来穷不和富斗、富不和官斗，做买卖的全指官厅照看，让出多少就得出多少。赏钱到了官厅，上上下下都得伸手，还能给刘横顺十块钱就不错了。旧社会哪个衙门口也是这样，没地方说理去。不过天津卫的老百姓都知道，拿住钻天豹的是飞毛腿刘横顺。以前的人迷信甚深，愿意用"因果报应、相生相克"来说事儿。据坊间传言：淫贼属水，刘横顺属火，钻天豹遇上了对头，所以栽在刘横顺手上。有人说"不对，应该是水克火"。那是您有所不知，水固然能够克火，可也得分多大的水和多大的火。钻天豹这个淫贼是耗子尾巴上的疖子——没多大脓水，挤出来还没口唾沫多，撞上火神爷能有好下场吗？

到了枪毙钻天豹这一天，刘横顺也跟去看红差，以前抓差办案有个不成文的规矩，这叫"有始有终"。目睹这个飞贼伏了法，刘横顺心里头才踏实。不承想钻天豹在大牢之中足吃足喝，胖了不下二十斤，上法场时打扮得如同戏台上的绿林豪杰，游街示众这一路上昂首阔步，摆出一派视死如归的架势，要多可恨有多可恨，拿一句文明词儿来说：真是臭不要脸！刘横顺挤在人丛之中看得愤愤不平，一股火直冲脑门子，此贼作恶多端，糟蹋了许多良家女子，身上背了不下几十条人命，千刀万剐也不足以平民愤，可是瞧这意思不但没在大牢中受罪，过得还挺滋润，如此押赴法场，一枪送他去见阎王，未免便宜了这厮。没想到金枪陈疤瘌眼施展绝活，在美人台上连开七十六枪，把钻天豹打成了马蜂窝，看不出人样了，围观看热闹的老百姓无不拍手称快、高声叫好，真乃是"天理昭彰，善恶有报"！

这一场红差到此为止，围观的百姓陆续散去。刘横顺从头看到尾，暗挑大拇指赞叹陈疤瘌眼的枪法。转身正想走，却见一个老道上了美人台，让抬埋队的人把钻天豹用草席卷了，放在一辆小木车上，准备推去白骨塔掩埋。

刘横顺认得这个老道，道名李子龙，并非本地人，半年前不知从何处来到天津卫，也不是走江湖卖卦的，只在西关外白骨塔收尸掩骨，没见他干过别的。这座白骨塔又叫掩骨塔，以青砖砌成四层六角宝塔，里边一层层地堆满了白骨，周围全是义地。塔中背西向东端坐一尊泥塑菩萨，下有谛听兽驮负莲花宝台，看着和菩萨一样，脸上却是个骷髅，仔细看能吓人一跳，菩萨可没有这样的。据上岁数的老人们说，这不是一般的菩萨，此乃"白骨娘娘"。天津城周围有的是荒坟野地，赶上兵荒马乱的动荡年月，到处都有死人，暴尸于野的多了去了。常有修道之人捡拾白骨放入塔中，济生葬死皆为积德行善的好事。刘横顺为何认得在白骨塔收尸的老道李子龙呢？咱这个话还得往前说：

飞毛腿刘横顺捉拿钻天豹归案之后，得了十块银圆的赏钱。缉拿队的黑名没有薪饷，破了案子抓住贼人，方才有一份犒赏。对刘横顺来说，十块钱也不少了，平时他在火神庙警察所当巡官，一个月只挣六块钱。那位说一个月六块钱够花的吗？像刘横顺这样的是绰绰有余，住的祖传家宅，屋子没多大，也挺破旧，好在不用交房租，这就省了一笔开销。剩下的就是吃喝，那会儿的东西很便宜，一套烧饼油条两大枚一套，一个大枚买烧饼，一个大枚买油条。老百姓习惯将这一个铜子儿说成一大枚，这么说显多。一块银圆可以换多少枚铜子儿呢？这个并不固定，多的时候换六百，少的时候换三百。在当时来说，一块钱可以换四百八十枚铜子儿，其实应该是五百枚，不过换不了这么多，因为你跟别人换钱，人家得扣一点儿。民国初年物价稳定，两三块钱够养活一家子人一个月，挣到手六块钱，那就算过得不错了。刘横顺光棍一条，上无三兄，下无四弟，一个人吃饱全家不饿，平时也没什么花销，有了闲钱干什么去呢？前文书交代过，火神庙警察所在三岔河口北边，与天津城隔河相望，住户全是下苦的穷人，一睁眼便要出去卖力气奔命，挣一天的嚼谷，只留下老婆孩子在家，穷家业破没有可偷的东西，贼都不愿意来，一年到头出不了几件案子，最多也就是夫妻不睦、邻里不和、蹭鞋踩袜子的小小纠纷。在这个地方当巡警，闲的时候多，忙的时候少。刘横顺却闲不住，让他待住了，比蹲苦窑还难受，他又不像别的警察，凭一身官衣招摇过市，东捞西顺，雁过拔毛，吃、喝、嫖、赌、抽五毒俱全，出了宝局进窑子，这些恶习他一样不沾。可人活一世，吃的是五谷杂粮，谁还没有一两件走心思的喜好呢？刘横顺也不例外，他喜欢"斗虫"。斗虫就是斗蟋蟀，天津卫方言土语叫"咬蛐蛐儿"。斗这个也赌钱，这是不假，不"挂彩"没人愿意跟你玩，就得来真格儿的，三五枚铜子儿小打小闹的是玩儿，十万八万倾家荡产的也是玩儿，以此为生的大有人在。刘横顺并非脱了俗的圣人，而且火气太盛，好的是分高下、论输赢，有斗虫这个瘾头儿。

以往到了斗虫的地方，众人都得毕恭毕敬叫一声"刘爷"。过去的人讲礼数，见了面互相客气，人家叫他一声"爷"，他得"爷爷爷爷"回给人家一串儿，不过在这个地方，真想让人高看一眼还得拿虫说话。客气完了便会有人在一旁起哄架秧子："刘爷又得了什么好虫儿？有糖不吃别拿着了，亮出来让我们开开眼，真要是硬挺的，今天都跟着您押，赢了钱少不了买一包茶叶孝敬您。"如果刘横顺带了虫，必定当仁不让，昂首阔步进场。场中或是一个石头台子，或是一张破木头桌子，上边放一个陶制的斗罐，周围摆放几条长板凳。连桌子带板凳没一个囫囵个儿的，扔在大马路上也没人捡，不过谁也不在乎这个，又不是吃饭听戏，还得坐舒服了，落个凑合用就成。刘横顺大马金刀往斗罐前边一坐，不慌不忙把砑子拿出来，先让众人看一个够。砑子是放虫的铜器，天津卫独有的，常见的分为黄铜、白铜两种，白铜的价格更高，三寸来长、一寸来宽，当中长条、两头椭圆，盖子上有透气孔，讲究的还錾上字或图案，正面镶一块小玻璃，看里头的虫一目了然。等在场的人看完了、看够了，连嗑牙花子带咂嘴，你一言我一语把他的虫儿捧上了天，刘横顺才把蟋蟀从砑子里放出来过戥子，戥子就是秤，重量相近的两只虫才可以放在一起斗。老话说"七厘为王，八厘为宝，九厘以上没处找"，这么说太绝对了，其实一寸以上的蟋蟀也不是没有，只不过一百年不见得出一只，偶尔有不懂行的，逮只三尾巴枪子油葫芦当成蟋蟀，个顶个够一寸二，拿到斗场贻笑大方，与其用来斗虫儿，真不如拿回家下油锅炸了吃，还能凑一顿酒。

　　过了戥子，将虫儿放入斗罐，开战之前两边的人先下注，围观的可以加磅添码，看谁的虫好跟谁押，凭眼力也赌运气，赢了可以吃一份钱。接下来双方各执一根茭草，拨弄蟋蟀的须子，激发两只虫的斗气，这里头的手法大有讲究，却也因人而异，什么时候逗得两边的虫"开了牙"，便撤去斗罐当中的隔板，让它们一较高下拧个翻白儿。旁边下注的人们抻脖子瞪眼，连比画带跺脚跟着使劲，恨不得自己蹦进去咬，嘴里也不闲着，叫好的、起哄的、咒骂的，一时间喧声四起，再没有这么热闹的。

　　钻天豹被捉拿归案以来，城里城外安定了许多，大小蟊贼全老实了，没有上天入地的本领，谁还敢在刘爷眼皮子底下犯案？单说这一天，赶上刘横顺不当班，溜溜达达来到斗虫的土地庙，但见许多人围在一处，里三层外三层，挤个风不透、雨不漏，围观之人虽多，却不同于往日，一个说话的都没有，一大帮人吞了哑药一般鸦雀无声。刘横顺心中纳闷儿，分开人群挤进去，一看场中相对坐了两个人，正目不转睛盯着眼前的斗罐。左手这个老爷子他认识，余金山余四爷，九河下梢斗虫的老前辈，轻易不跟别人斗，整天在旁边看，很少见他下场。倒不是德高望重，俗话说"人老奸，马老滑，兔子老了鹰难拿"，这位是玩儿油了，没有九成的把握不下场，看准了能赢才出手，一出手必定稳操胜券，不过玩得也不大，这一帮人没几个有钱的，挣上仨瓜俩枣够一家老小吃饭就成。成天什么也不干，凭斗虫赚钱养家糊口，谁见了都得高看一眼。余四爷此时一改往日的镇定自若，脑门子上见了汗，老脸涨得通红，咬牙切齿、双拳紧握，浑身跟着使劲，这情形倒是难得一见。右手这位是个生脸，之前从没见过，不知道从哪儿来的，看打扮是个外地老客，四十来岁的年纪，小个儿不高，挺热的天穿一件长衫、扣子系到了脖颈子，头上一顶青缎子瓜皮小帽，上嵌一枚紫金扣，左手边放了个天青色的鸟笼子，里边却没装鸟，右手边有一把白砂茶壶，用的年限可不浅了，挂了锃光瓦亮的包浆。

刘横顺再一看罐中这两只虫，不由得眼前一亮，心说这两只虫了不得，身量不下七八厘，黑中带紫，紫中透亮，真是难得一见的好虫。还没等他看明白眉眼高低，斗罐之中胜负已分，其中一只虫被抛了出来，掉在地上仓皇逃窜。另外那只金头黑身的后腿一纵，蹦到斗罐沿口上夯翅高鸣，透出一派目空一切的气势。周围看热闹的都傻了眼，看斗虫看得多了，从没见识过哪只虫能把对手从罐中扔出来，况且这斗罐至少有一尺深，金头霸王蹦上来不费吹灰之力，蛤蟆也没这两下子，这不成精了吗？

2

在场的十有八九是斗虫的行家里手，成天玩儿这个，内行看门道，外行看热闹，这一次可都看傻了眼。余四爷臊眉耷眼地站起身来，从怀里掏出十块银圆，真舍不得往外拿，可是斗虫跟耍钱一样，你得愿赌服输，耍赖名声就臭了，往后还怎么混？常在河边走，没有不湿鞋的，余四爷这一次真栽了，马上摔死英雄汉，河里淹死会水人，他脸色铁青，把钱递给穿大褂的老客，叹了口气，一句话没说，分开人群灰头土脸地走了。那个年月十块钱可不少了，刘横顺破了这么大的案子，也不过得了十块银圆的赏钱，民国初年两块钱一袋白面，烙大饼、蒸馒头、擀面条，够一家三四口吃上一个月。比不了专门吃这个的，行话讲"一只蟋蟀一头牛"，耍得大的一把下去金山银山，但是对一般老百姓来说，斗虫下这么大的注，当时可并不多见。

老客一脸的得意，伸手将十块银圆揣入怀中，他赢了钱也得交代几句，一开口不是本地口音："各位，久闻北路虫厉害，我早想见识见识，因此千里迢迢来到贵宝地，可万没想到，天津卫的虫不过如此，如若没人再敢下场，我明天就打道回府了，再会再会。"说罢站起身来，拎起鸟笼子，端上茶壶，这就要走。

老客这一番话透出几分瞧不起人的意思，旁人说不出什么，刘横顺却听不下去，这不是钱的事，话说到这个份儿上，天津卫老少爷们儿的脸不能丢，凭什么栽这个面儿，让你一个外乡人说三道四？于是上前挡住去路，点指那个老客说："外来的，你敢不敢跟我斗上一场？"

话一出口，众人纷纷侧目，心说这又是哪个不知死的鬼？见说话的是飞毛腿刘横顺，立即有人在一旁起哄："对对对，刘爷是我们北路的虫王，他一出手，不信收拾不了你！"这叫看出殡的不嫌殡大。也有好心眼儿的，一拽刘横顺的衣角，在他耳边低声说道："刘爷，您了三思，人家这只金头霸王太厉害了，连同余四爷在内，已经连赢十三场，胜负且不说，什么虫可以连咬一十三场？咱们玩这个也不是一天两天了，您见过吗？我可听人说了，有个老客专玩儿南路虫，他的虫都是从阴宅鬼屋中扒出来的，一身的邪乎劲儿，寻常的虫对付不了，这一次来到天津卫，只怕是来者不善，善者不来！"

刘横顺听完这话更生气了，心想："虫谱上何曾有过南路虫？真是野鸡没名、草鞋没号，我刘横顺不信这个邪，定要与此人分个上下见个高低，否则咽不下这口气。"他抱腕当胸，对那个老客说道："这位爷，我刘横顺从来不欺生，听说你这只金头霸王连咬了一十三场，是让它缓缓劲儿，还是另换一只？"

这个老客只带了一只虫，也没把刘横顺放在眼里，摆手说毋须耽搁，可以直接下场开咬，不论输赢，绝无二话。

刘横顺怒从心头起，恶向胆边生，我本是好意问你，这也太过猖狂了，不是成心拱火儿吗？纵然你的南路虫厉害，我怀中这只"黑头大老虎"也不是白给的，不敢说百里挑一，却也是咬遍了河东河西罕逢敌手，论分量、论个头儿、论齿力皆为上品，能让你吓唬住了？当场把虫掏出来上戥子一称，两条虫上下不差二分，可以同场厮杀，放进斗罐拿出芡草，这就要动手。

老客一摆手："呜呀且慢，兄台你还没说这场打多少，如若只是打一块两块的，我可恕不奉陪了，耽误不起这个工夫。"

刘横顺以往斗一场虫，输赢最多不过块儿八毛的，他又不指这个吃饭，所以身上带的钱不多，可依他的性子，宁肯让人打死，也不能让人吓死，何况对方还是个外来的，钱多钱少另说，面子绝栽不得，当场告诉那个老客："我看余四爷刚才打了十块钱，我翻一倍，输了你跟我回家拿钱，一个大子儿也少不了你的！"

在场之人听了这话一片哗然，刘横顺一个警察所的巡官能有多少薪俸？二十块银圆够他挣几个月的，这哪是斗虫，分明是玩儿命啊!

老客闻言放下鸟笼子和茶壶,一左一右摆好了,嬉皮笑脸地说:"家有万贯难免一时不便,这也是免不了的,带的现钱不够没关系,可常言道私凭文书官凭印,咱这一场既然过钱,不如白纸黑字写清楚了,免得将来麻烦。"

刘横顺一听更来气了,心说:"你不出去打听打听,凭我刘横顺这三个字还能欠你的钱不还?"可人家初来乍到并不认识他,说的这也是讲理的话,他还不便反驳,让人家说他欺生,就找人拿来纸笔,当场立下文书字据。双方画了押,这才下场开斗。走了还不到三个回合,刘横顺的虫便败下阵来。刘横顺不是输不起的人,把斗败的虫拿起来一扔,这就让老客跟他回家拿钱。老客说:"倒也不忙,胜败本是平常事,卷土重来未可知,敢不敢择日再斗一场,你赢了两清,输了一共给我四十块银圆,不知兄台意下如何?"

周围的人都听出来了,这个老客没安好心,此人看出刘横顺吃葱吃蒜不吃王八姜,和别人不一样,输了就不敢来了,存心从刘横顺身上加倍赢钱,所以才写文书、立字据,此时又拿话来激刘横顺,分明是拿他当大头,吃上他。靠虫儿吃饭的,大致上有这么四类人:头一类是逮虫的,以农民居多,甭管大小多少,卖住了换钱;二一类是倒买倒卖的,从逮虫的手里收,挑挑拣拣,品相好的倒手就能卖上几十倍的价钱;第三类专门养虫儿,过他的手调教好了,才能上得了台面,下得了斗场;最后一类就是老客这类人,以斗虫挣钱,为了取胜不择手段。大伙当面不好说破,只好冲刘横顺挤眉弄眼,那意思是让他千万别上当。

刘横顺全都瞧在眼里了,却只当没看见,他是宁折不弯的脾气,剑眉一挑说道:"既然如此,你说哪天?"

老客装模作样地想了想："择日不如撞日，定为明日一早如何？"

刘横顺没二话，明天就明天，与对方击掌为誓，话是说出去了，心里却没底，回去一路上寻思：如何逮一只厉害的虫反败为胜？想起白天有人跟他说，这个老客的金头霸王是从阴宅鬼屋、死过人的地方扒出来的，难不成阴气重的地方能出好虫？

书中代言，刘横顺斗虫，却从不买虫，也不卖虫，因为行里有句话叫"虫不过价"，这话怎么讲呢？斗虫斗出了名头，就会有人想买他的虫，平时来找刘横顺买虫的人也不在少数。刚在场上斗胜的虫儿，一出来必定有人围着问价，相反斗败的虫失了斗气，再没别的用处，就只能扔了。以前刘横顺架不住别人抵死相求，碍于面子卖过几只。可说也奇怪，只要这只虫卖出去，哪怕是谈了价格对方没买，以后就再也咬不赢了。刘横顺吃过几次这样的亏，不得不信这份邪，再也不过价了。如果说有朋友诚心诚意来要你的虫怎么办？抹不开面子拒绝，只能不收钱，也甭问价，拱手送给人家，他拿了你的虫儿去斗，赢了钱可以给你一份，这叫"吃喜儿"。刘横顺手上的虫儿，大多数是他去荒郊野外抓来的，凭借手疾眼快、胆识出众，没有他逮不来的虫，也没有他不敢去的地方。他决定照方抓药，也上阴气重的地方逮只虫。据说天津城北三十里，有一处枯竭的河道，淤泥没膝，蒿草丛生，称为"古路沟"。民国年间兵荒马乱，抬埋队扔死人通常去古路沟，久而久之形成了一个乱葬沟，那地方蝎子、蜈蚣挺多，想必也有恶虫。

刘横顺这个急脾气，回到家扒了几口饭，见天色已晚，带上一盏马灯，揣好捉虫的探子、装虫的碴子，家伙什儿全备齐了，出门直奔古路沟。捉虫听声，都得晚上去，换二一个人，定更天打家里出来，赶到古路沟天也亮了。刘横顺两条飞毛腿不是盖的，撒腿如飞来到沟边。此时月上中天，夜风吹拂之下，风吹荒草动，鸟飞兔子惊，沟中荒草乱摆，沙沙作响，格外瘆人。抬埋队扔在此处的路倒尸，向来没有棺木，顶多用破草席子卷上，往沟中一扔扭头就走，任凭风吹雨淋。四下里枯骨纵横，周围还有很多前朝的古坟，远近磷火闪烁，虫鸣之声此起彼伏。捉虫的时辰可有讲究，蟋蟀只在定更和三更前后出来觅食，这两个时候叫声最盛，刘横顺没赶上晚饭可赶上了消夜，他的耳朵就是戥子，听得远近虫叫，就知道个头都小不了。他捉虫心切，拨开乱草一头钻进了古路沟，刚过三更天，已经捉了十几只好虫，个顶个的头大、身长、牙粗、腿壮，而在他看来，却没一只可用，还不如他的"黑头大老虎"，想斗败老客的"金头霸王"，非得古路沟的虫王不可。正当此时，忽听窸窸窣窣一阵响，枯骨下游出一条蛇，约有人臂粗细，身上鳞甲灿然。刘横顺在月光下看得分明，蛇头上顶着一只乌光的蟋蟀，双翅一分，声如铜铃。毒蛇摇头摆尾，好不容易将头上的虫甩掉，飞也似的遁入荒草丛中。蟋蟀落在地上耀武扬威，振翅而鸣，如同两军阵前得胜的大将军。

说行话合该刘横顺的"虫运"到了，什么叫虫运呢？比如两个人出来逮虫儿，头一个人走过去，光听见虫叫却没找到，另一个人刚一过来，虫儿就蹦出来了，此乃所谓的"虫运"，这条虫合该是你的，与先来后到没关系，所以有句老话"不是人找虫，是虫找人"。刘横顺眼明手快，上前扣住这只虫，小心翼翼装进铜碰子。他借月色观瞧，越看越是喜欢，这条虫太精神了，全须全尾，杀气腾腾。这下踏实了，把钱赢回来不说，以后也敢称"北虫王"了。如获至宝一样带回家去，顾不上睡觉，先给虫喂了一滴露水，又挑出一只三尾儿，一同放进碰子，当中用蒙子隔开。

有人问了，天一亮就要下场斗虫了，怎么只给水不给食，还要放进一只三尾儿？您有所不知，这是斗虫的门道，饿到一定程度斗气才足，但是必须恰到好处，饿得半死不成，那就没力气了，得凭经验掌握火候，非得恰到好处不可，三尾儿是母的，撩拨得虫王从头到尾憋足了劲，下场争斗便可所向披靡。刘横顺忙活完了才发现，自己身上除了泥就是草，又脏又臭，让海蚊子叮出的包连成了片，忙洗脸换衣服，抖擞精神再战南虫王！

3

　　天津卫东西窄、南北长，虫市在南城土地庙，火神庙警察所在北门外，刘横顺两条飞毛腿，去哪儿都是步辇，比坐车骑马还快，一路穿过北大关去斗虫，见此时天色尚早，马路上有推车卖煎饼馃子的，就想来上一套当早点。卖煎饼的认识刘横顺，先问他："刘爷，您是交钱还是抽签？"这也挺奇怪，卖煎饼怎么还抽签？不说您不明白，旧时很多小买卖都这样，也是一种经营手段，比方说煎饼馃子五个大子儿一套，买主儿可以先花一个大子儿抽签，抽中了赢一套煎饼馃子，能够省四个大子儿；抽不中再给五个大子儿，相当于多花一个，这也是个买卖道儿。刘横顺满脑子都是斗虫的事儿，没心思抽签，他也不是捡便宜的人，给完钱拿上煎饼馃子，在旁边找了一个卖豆浆的，大大咧咧往长板凳上一坐，冲卖豆浆的叫了一声："浆子要开的啊！"那时候的豆浆很浓，可不像如今这么稀汤寡水的，放住了能起一层皮儿，如果让浆子在锅中一直滚沸，不仅费火，还容易煳锅，喝到嘴里味道就不对了。所以一般卖浆子的在热浆子锅边上再放一缸生浆子，看到锅开了，马上往里边加一勺生的，这个时候盛到碗里，浆子可就不是开的了，所以刘横顺嘱咐了这么一句，一听就是行家。卖浆子的赶紧盛上一大碗豆浆端给刘横顺："大碗儿了啊，小碗儿浆子大碗儿盛，滚开！"做小买卖的可不敢让巡官滚开，那是活腻了，他口中的"滚开"是指豆浆煮沸了的意思，卖豆浆的就得这么喊。浆子见了风还没放稳当就起皮儿了，说明豆浆没兑水。又夹了一碟咸菜丝儿，这个不要钱随便吃，也不是值钱的东西，无非是腌芥菜拌辣椒油，喝豆浆还就得吃这个，六必居的八宝酱菜好，却吃不出这个味儿。旧时有那些个爱占小便宜的，往往自带饽饽，只买一碗豆浆，拼命吃人家咸菜，卖豆浆的顶讨厌这路人，给他们起个外号叫"菜饱驴"。

刘横顺先把豆浆上的皮儿用筷子挑起来放到嘴里，就着这股子豆香，一口煎饼馃子、一口豆浆在这儿埋头吃喝，听到旁边那桌有人跟他说话，一开口先诵道号："无量天尊，这位是火神庙警察所的刘横顺刘爷不成？"刘横顺侧目一看，见那边坐了一个老道，这老道真够下本儿的，穿得那叫一个齐全：头戴绛紫色九梁道巾、银簪别顶，身穿绛紫色八卦仙衣、前后阴阳鱼，上绣乾三连、坤六断、离中虚、坎中满，腰系水火丝绦，双垂灯笼穗儿，脚下水袜云履一尘不染。手摆拂尘，身后背一口宝剑，面如蟹盖、青中透灰、灰中透蓝，两道卧蚕眉，一对伏犀眼，鼻直口阔，大耳朝怀，下衬三绺墨髯，好一派仙风道骨！要不是坐在板凳上，端着碗喝豆浆，不要钱的咸菜也没少吃，真以为是得道的神仙。

刘横顺平日里到处巡逻，却没在街面儿上见过此人，以为这是个走江湖混饭吃的二老道，想套近乎做他的生意。在过去来说，江湖上"做生意"和"做买卖"不一样，买卖不分大小，讲的是将本求利，一个大子儿买进来，俩大子儿卖出去，这叫买卖；生意则不然，多多少少带着几分贬义，往往指坑蒙拐骗的江湖伎俩。刘横顺是穿官衣的警察，岂会相信卖卦蒙人的二老道？当即对老道一摆手："打住，刘爷我还有正事要办，没空跟你费唾沫星子。"

老道却也不着急，不紧不慢地说："这件正事不办也罢，贫道看你一脸败相，今天去斗虫只怕凶多吉少。"

刘横顺当时一愣，心想你一个外来的二老道，为什么知道我要去斗虫？转念一想，这也不奇怪，天津卫不认得我刘横顺的没几个，准是我与老客斗虫之事传开了，老道想借机蒙我的钱，先说我有败无胜，把我胃口吊起来，再求他讨个法子，也不看看我是谁？大清早起的，你跟这儿念三音，岂不是给我添堵？当下将脸一沉，对老道说："你既然认得我，想必也知道我是干什么的，不必再费口舌了，惹恼了我把你这个牛鼻子老道抓起来。"老道听了这般话说，嘿嘿无言，闷着头继续喝豆浆了。刘横顺也不再理会老道，将早点钱放在桌上，站起身来便走，穿街过巷来到南城土地庙一看，斗虫的老客来得也够早，已经在那儿等他了。

看热闹的闲人们见刘横顺来了，"呼啦"一下子围拢上前，有人问道："怎么样刘爷？今儿个带了什么宝虫？"

刘横顺也不答话，只是掏出怀中的碰子，轻轻往桌上一摆，脸上全是得意。众人一见无不惊叹，碰子中这只虫，要身量有身量，要模样有模样，须、头、颈、腿、尾，件件出类拔萃，黑中透亮，亮中透黑，隐隐约约挂了一抹子暗青，正所谓"好虫披两色"，这绝对是虫中之王！

众人七嘴八舌问刘横顺："刘爷，这是从什么地方得来的宝虫？有名号吗？"

刘横顺说："各位三老四少，此乃古路沟斗败毒蛇的棺材头大将军！"

有人挑大拇指称赞："这可了不得，也就是刘爷，别人谁敢上古路沟逮虫？吓也吓死了，今天让这老客领教领教咱北路虫的厉害，免得他回去之后说长道短。"

也有人对刘横顺说："那个老客的金头霸王在一天之内连胜一十四场，绝非寻常之辈，如今又缓了一宿，棺材头大将军纵然骁勇，只怕也战它不过！"

旁边那位听着不顺耳了："蟋蟀是神虫，谁能看得透？仅凭眼力就可以断出胜败，那还斗什么呢？不咬如何知道斗得过斗不过？让我看刘爷这条虫有一拼。"

说实话，刘横顺前一天见识过"金头霸王"的厉害，虽然在古路沟得了"棺材头大将军"，可也没有必胜的把握，却不能输了气势。再一打量对面的老客，仍是头上一顶小帽，左手边放个空鸟笼子，右手边放个茶壶，也不知有水没水，从没见他喝过，坐在当场气定神闲。

二人没有多余的话，相互拱了拱手，放虫过戬子，下场直接开斗。刘横顺的"棺材头大将军"，对上了老客的"金头霸王"，真好似上山虎遇见下山虎、云中龙碰上雾中龙，头对头、牙锁牙，杀了一个天昏地暗、日月无光。在场围观的全是本地人，这个时候说什么也不能"大饼卷丸子——架炮朝里打"，因此没一个下注的，连喊带叫都给刘横顺的"棺材头大将军"助威。五六个回合斗到分际，"金头霸王"招架不住扭头就跑。看热闹的拍巴掌叫好，刘横顺也长出了一口气，以为胜负已分，古路沟这趟没白折腾。怎知金头霸王突然跃上罐壁，又蹦到"棺材头大将军"身后，两颗鳌牙一张一合，咬下"棺材头大将军"一条后腿。围观之人呆若木鸡，再也没人出声。毋须多言，刘横顺又败了一阵，前后两场输了四十块银圆。老客嬉皮笑脸地说："兄台这只'棺材头大将军'当真了得，称得上是百里挑一，但是与我的南路虫相比，尚且逊色三分，怎么样？敢不敢翻个跟头，明天再斗一场？"

这叫欺人太甚，俗话说"杀人不过头点地，占便宜没够可不行"。刘横顺岂能让这老客吓住，人活一口气，佛为一炉香，再败一阵也不要紧，大不了砸锅卖铁砍胳膊切腿赔给他，可不能让人叫住了板，如若在此时说出"不敢"二字，往后还有脸出门吗？不怕吃不饱，只怕气难平，当下跟那个老客订立文书字据，约定转天一早再战，一场四十块银圆，刘横顺赢了两清，输了赔给老客八十块银圆。刘横顺怒气冲冲出了土地庙，回去换上警服，去到火神庙警察所当差，思来想去没个对策。古路沟的"棺材头大将军"堪称北路虫王，能把毒蛇咬跑了，兀自不敌"金头霸王"，今天又得在警察所当班，上哪儿再去找虫？

4

飞毛腿刘横顺是火神庙警察所的巡官，大小是个当头儿的，由于人手不够，必须轮班值夜，虽说没什么大事，可也得防备个火情什么的。整个火神庙警察所，加上刘横顺在内，从上到下一个巴掌数得过来，拢共五个人。前文书咱们说过，这地方都是穷人，没什么大案子，有这几个巡警绰绰有余。不过警察所一刻也不能没人，万一有人前来报案，瞧见大门上闩、二门落锁，屋里头一个人没有可不成。书说至此，咱得介绍一下其余四个警察了。巡官刘横顺手底下有俩小巡警，一个叫张炽，一个叫李灿，都是十八九岁的愣头青，打小跟在刘横顺屁股后边长起来的，也在三岔河口边上住，看刘横顺打拳踢腿，他们俩也跟着比画，却又舍不得吃苦，只会几下三脚猫四门斗的花架子，成天闲不住，让他们待住了比挨活剐还难受。俩人一肚子坏水儿，花花肠子也不少，因为有刘横顺的约束，张炽、李灿出去巡逻的时候，倒也不敢欺压良善，但占点小便宜总是有的。旧社会吃这碗饭的大多是此路货色，穿上官衣是巡警，扒下这身皮和地痞混混儿没有两样。常言道：

清官难逃滑吏手，衙门少有念佛人。这俩小子有刘横顺管束，在巡警中就算好的，而且有个机灵劲儿，周围有什么风吹草动，向来瞒不过他们的耳目。

另有一个副巡官名叫杜大彪，论起来是刘横顺的师弟。在过去来说，当警察也凭师父带徒弟，小学徒由老警察传授，告诉你怎么巡街、怎么站岗、怎么捉贼、怎么起赃、黑白两道上有什么规矩，行话怎么讲、贼话怎么听，这得一点一点地学。当小徒弟的每天跟师父当差，点烟斟酒、沏茶倒水、买东道西、揉肩捏腿什么都得干，逢年过节还得拎上东西送一份孝敬，把师父伺候舒服了，可以给你多讲点儿门道，让你以后少吃亏。杜大彪当年和刘横顺跟的是同一个师父，此人威猛非常，生来力大无穷，比刘横顺还高出多半头，站起来顶破天、坐下去压塌地，横推八马倒、倒拽九牛回，还会撂大跤，应了"一力降十会"那句话，真打起架来，他两条胳膊抡开了，七八条汉子近不了前。只是多多少少有点缺心眼儿，可你要说他傻，也从来没吃过大亏；你说他精明，又真跟傻子差不多，吃饭不知道饥饱、穿衣不知道多少、睡觉不知道颠倒，说话也不利索，嘴里头跟含着块热豆腐似的，想听明白可费劲了。当初师父有过交代，让杜大彪跟着刘横顺混，师兄说什么就得听什么，这也是当师父的疼他，怕他实心眼儿吃亏。杜大彪还真听话，只听刘横顺一个人的，巡警总局的长官也使唤不动他。刘横顺也没少照顾这个傻兄弟，别的差事不用他，就让他站岗。站岗最适合杜大彪，穿上警服挂上警棍，拧眉瞪眼撇着嘴，叉开腿往警察所门口一站，有如一尊怒目金刚。过往的贼人见了这位，心里边没有不哆嗦的，作案之前都得掂量掂量，过不得了杜大彪这一关。

火神庙警察所还有一位五十多岁的，外号叫"老油条"，往好了说是老成沉稳，其实是个蔫坏损，瘦小枯干跟个大虾米似的，尖嘴猴腮，俩眼珠乱转，老话讲这叫腮帮子没肉——占便宜没够，无利不起早，专找带缝的蛋，虽说穿了官衣，胆子却很小，偶尔遇见打架斗殴动刀子的，看热闹的还没跑他先躲了。

到了路边说野书的口中，这几位可了不得，杜大彪是火神爷驾前站殿的神将；张炽、李灿名字里都有个"火"字，乃是火神爷身边的两个火童子；就连老油条都成了看管火神庙的老君，专给火神爷的神灯中添油：火神庙警察所整个一窝子天兵天将！

虽是说书的信口胡诌，架不住老百姓爱听这套，有鼻子有眼、有名有姓，说的痛快听的过瘾，谁理会是真是假，也没人想得到这几位巡街站岗风吹日晒雨淋的狼狈。

书要简言，刘横顺在火神庙警察所当班，正寻思明天一早如何去斗南路虫，苦于没个对应之策，不知不觉到了二更天，忽然从门口跑进来一个人，看岁数也不大，长得獐头鼠目、瘦小枯干，全身上下没二两肉，掐吧掐吧不够一碟子，捏吧捏吧不够一小碗。即便穿一双厚底鞋，踮起脚也能走到桌子底下去。蓝洼洼的一张小脸，斗鸡眉小圆眼儿，尖嘴缩腮，探头探脑，活脱是只成了精的耗子。书中代言，此人没大号，天津卫人称"孙小臭儿"，是个扒坟盗墓吃臭的。孙小臭儿进得门来，直奔刘横顺，嬉皮笑脸一脸的谄媚，双手虚扣端在胸前，说话声又尖又细如同踩了鸡脖子："刘爷，我给您献宝来了！"

孙小臭儿没爹没娘，从小在荒坟破庙中长起来的，十来岁那年跟一个老贼学能耐，不是正经行当的手艺——刨坟掘墓偷死人。干这一行有发财的，这师徒俩却没那个命，当师父的有大烟瘾，荒坟野地掏死人的陪葬，都是穷人的坟包子，无非是一身装裹半支荆钗，那能换几个钱，还不够抽大烟。偶尔掏出值钱的东西，赶上一两件银首饰，师父就带孙小臭儿去烟馆，一老一小往烟榻上一躺，师父抱上烟枪抽大烟，让他在旁边伺候。架不住成天闻烟味儿，他的瘾头也上来了，学好不容易，学坏一出溜，孙小臭儿端上烟枪把福寿膏这么一抽，喷云吐雾赛过升天。抽大烟是个无底洞，有多少钱也不够往里头扔的，顺着烟儿就没了。何况孙小臭儿和他师父都是穷鬼，十天半个月开不了一回张，一旦烟瘾发作，也只能干忍，鼻涕哈喇子齐流，全身打哆嗦、手脚发软，连坟包子都刨不动，所以经常喝西北风。他师父烟瘾太大，一来二去把身子抽坏了，只剩下一副干瘪的腔子，里边全糟了，过了没几年，俩腿儿一蹬上了西天。

孙小臭儿瞧瞧师父皮包骨头的尸身，蜷在一起比条死狗大不了多少，要多惨有多惨。他可不想这么死，找了个刨过的坟坑埋了师父，一咬牙一跺脚从卖野药的金麻子手上赊了一包打胎药。这个药俗称"铁刷子"，光听名字就知道药性有多烈，打鬼胎用半包足够，戒大烟得来一整包，吃下去狂泄不止，能把肠子头儿拉出来，据说可以刷去五脏六腑中的烟毒，用这个法子戒烟，等于死上一次，扛过去就好了，扛不过去搭上一条命。合该这小子命大，经过一番死去活来，在阎王殿门口转了三圈，居然让他戒掉了这口大烟，但是整个人缩了形，脱了相，变成了如今的样子。

大烟是戒了，想活命还得吃饭，孙小臭儿又不会干别的，仍以盗墓吃臭为生。当初他拜在师父门下，为了得这路手艺，两只手都浸过"铁水"。倒不是真铁水，只是说浸过了"铁水"便十指如铁，真要是铁水，手一下去就没了。在他们这个行当中，所谓的"铁水"是一种药水，放在瓦罐中煮得滚沸，沾上皮肉如同万蚁钻心，不过将手掌浸得久了，扒坟抠棺比铁钩子还好使，孙小臭儿贱命一条百无禁忌，凭他一双手爪子，一个人干起了老本行，到夜里翻尸倒骨、开肠破肚，什么坟他都挖，有什么是什么，从不挑肥拣瘦，掏出来的东西够换一口窝头就行。很多时候，他就睡在棺材中。这小子人不是人，鬼不是鬼，从头到脚带了一身的尸臭，顶风传出好几里，谁见了谁躲，怕沾上他的晦气。今天他一脸神秘，来到火神庙警察所给刘横顺献宝，不知葫芦里卖的什么药。

刘横顺认得来人是孙小臭儿，眉毛当时就竖起来了：一个挖坟吃臭的献什么宝？如果是在老坟中掏出了东西，岂不是送上门来让我抓他？没想到孙小臭儿来至灯下，把双手分开一半，将一只白蟋蟀捧在刘横顺面前。刘横顺不看则可，一看之下吃了一惊，真以为看错了，揉了揉眼再瞧，但见此虫全身皆白，从须到尾连大牙也是白的，半点杂色没有，冰雕玉琢的相仿，个头儿也不小，不是竖长是横宽，说斗虫的行话这叫"阔"，老话讲"长不斗阔"，此乃上品中的上品。再瞧这颜色，按《虫谱》记载，虫分"赤、黄、褐、青、白"五色，前四种以黑色为底，挂褐或挂青，越往后越厉害，挂青的已经可以说是虫王了，挂白的上百年也难得一见，何况通体皆白？

孙小臭儿见刘横顺看入了迷，又将双掌往前递了递："刘爷，您是行家，把把合合这只宝虫怎么样？"

刘横顺心说"人是贼人，虫可是好虫"，虽说虫不过价，但是真看不上孙小臭儿，不想占他便宜，就问孙小臭儿的宝虫卖多少钱？

孙小臭儿双掌一合，满脸奸笑地说："多少钱才卖？您这是骂我啊，俗话说红粉配佳人、宝剑赠英雄，旁人给多少钱我也不卖，这是我孝敬您的，分文不取、毫厘不要，刘爷您能收下，就是赏我孙小臭儿的脸了。"

刘横顺是火神庙警察所的巡官，成天跟孙小臭儿这样的人打交道，知道这小子怎么想的，无非是通个门路，将来犯了案子行个方便，有心把孙小臭儿撅回去，却又舍不得这只宝虫，只好接过来放进随身带的铜硪子，请孙小臭儿出去喝酒，等于两不相欠，没白拿他的东西。

孙小臭儿高兴坏了，倒不缺这两口酒喝，干他这一行的，能跟缉拿队的飞毛腿刘横顺坐在一张桌上喝酒，简直是祖坟上冒了青烟，虽说他都不知道自家祖坟在什么地方，该冒也还是得冒，今天喝完了酒，明天他就能满大街吹牛去了。二人一前一后出了警察所，找到附近一家连灯彻夜的二荤铺，刘横顺是里子面子都得要的人，他也觉得在这儿吃饭有点儿寒碜，对不住前来献宝的孙小臭儿，可是一来这深更半夜的，大饭庄子已经落了火，二来他兜里没什么钱了，心里这么想嘴上可不能这么说，还得跟孙小臭儿客气客气："你来得太晚了，咱就在这凑合喝点儿，改天请你上砂锅居。"孙小臭儿知道砂锅居乃京城名号，砂锅白肉是招牌，天津城也有分号，他长这么大没尝过，可是他也得捡几句往自己脸上贴金的话，别让刘横顺小瞧了，就说："喝酒得分跟谁，咱俩来二荤铺就足够了，君子在酒不在菜。"刘横顺一听这个孙小臭儿可真会抬举他自己，于是不再多说，点了两大碗拌杂碎，少要肝儿、多要肺，再单点一份羊血拌进去，撒上香菜，淋上辣椒油，又打了一壶酒。二荤铺的老板一边切杂碎一边看着纳闷儿，不明白这是什么意思，火神庙警察所的巡官怎会请这个臭贼喝酒？

刘横顺的心思没在吃喝上，他从怀中掏出砣子看了又看，不住口地赞叹。孙小臭儿有瘾没量，三杯酒下肚，话匣子可就打开了，连吹带比画，将宝虫的来历给刘横顺详细讲了一遍。

就在刚才，距离火神庙不远的老龙头火车站出了一桩怪事。说起天津卫的老龙头火车站可不是一般的地方，清朝末年庚子大劫，义和团曾在此大战沙俄军队，打得天昏地暗、日月无光。据上岁数的老辈人说：义和团按阴阳八卦设坛口，按"天地门"排兵布阵，上应三十六天罡，下应七十二地煞。义和团在天津大仗小仗打了一百单八仗，头一仗就在老龙头，旗开得胜；最后一仗打在挂甲寺，全军覆没。

老龙头这一仗的阵法应在"开"字上，是天罡主阵，参战的又是"乾"字团，因此出师大捷一顺百顺，杀得俄军晕头转向。挂甲寺的阵法应在"合"字上，是地煞主阵，领兵的义和团大师兄孙国瑞是属龙的，主水，水克火，木克土。一来五行相克，二来犯了"挂甲寺"这地名，甲都挂上了还怎么打仗，所以丢盔弃甲、兵败如山倒。

老龙头一带在庚子大劫中完全毁于战火，到后来几经重建，才有了如今的火车站。站前挺热闹，过往的旅客进进出出，说出话来南腔北调，什么打扮的也不奇怪，人多的地方就好做生意，因此这一带做买的做卖的、推车的挑担的络绎不绝。为了争地盘抢买卖，打架的天天都有，地面儿复杂、治安混乱，行帮各派的势力犬牙交错。有的是偷抢拐骗、瞪眼讹人的地痞无赖。当地将拉洋车称为"拉胶皮的"，就连在火车站前拉胶皮的也没善茬儿，聚在一起欺行霸市，一个个黑绸灯笼裤，脚底下趿拉洒鞋，光膀子穿号坎儿，歪戴帽子斜瞪眼，专宰外地旅客，钱要得多不说，还不给送到地方，跟你要两块钱，带你过一条马路，转给另外的胶皮五毛钱，让他们去送，自己白落一块五，敢多说半个字，张嘴就骂、举手就打，谁也惹不起，这就叫"一个山头一只虎，恶龙难斗地头蛇"。车站后边的货运站，是各大脚行干活的地方，相对比较偏僻，但是脚行和脚行之间也经常有争斗，争脚行可不是小打小闹，卖苦大力的为了抢饭碗，往往会打出人命。因此老龙头火车站的警察比别处多上十倍，天津城一般的警察所，顶多有十几二十个巡警轮值，老龙头警察所不下两百人，巡官叫陆大森，麾下两个副手，分成三班弹压地面儿，就这样也管不过来。

今天前半夜，铁道上巡夜的跑到老龙头警察所报官，说在铁轨上发现一口大棺材。巡官老陆急忙带人过去，见一口漆黑的大棺材横卧于铁轨之上，棺材一端高高翘起，四周挂了泥土，还潮乎着呢，可能刚从坟里掏出来。棺板虽未腐朽，但从样式上看，应当是前朝的东西，而且十分厚重，并非常见的薄皮匣子。老龙头火车站后边很荒凉，上百年的古坟不少，估计是贼人偷棺盗宝，遇上巡夜的扔在这儿了。先不说里头有没有陪葬，民国年间棺材也值钱，旧棺材刨出来打上一层漆，还可以再往外卖，价格也不低，赶上好木料，那又是一笔邪财，有的棺材铺专收这路东西。另有一个可能，这是脚行的人所为。脚行扛大包卖苦力，平日里"铺着地、盖着天、喝水洗脸用铁锨、睡觉枕着半块砖"，都是光脚不怕穿鞋的主儿，为了抢这个饭碗，经常打得你死我活，有时也跟官面儿过不去，在铁轨上扔个死猫死狗死孩子什么的恶心人，以前发生过类似的情况，不过扔棺材的还是头一回。警察所还得往上报，不过报上去之前必须开棺，看是否有杀人害命的借棺抛尸，查明了情况，填好了单子才可以往上报，当时的制度如此。

巡官老陆是个迷信的人，见了大黑棺材连叫倒霉，一个劲儿地吐唾沫，心里头别扭就不提了，可又不能置之不理，和手底下人一商量，棺材一直横在铁轨上不成，先抬到火车站警察所再说。在场的巡警都不愿意黑天半夜抬棺材，太晦气了，再者说来，谁知道棺材里的主儿什么脾气？惹上冤魂如何是好？因此你推我让，谁也不肯伸手，只好叫来十几个在脚行卖苦力的脚夫，让他们带着木杠、绳索过来抬棺。脚行的苦大力惹不起警察，顶多在背后使坏，可大半夜的被叫起来抬棺材，搁谁也不愿意，免不了满口怨言百般推托。当巡警的没多大本事，欺负人可有一套，见这帮脚夫磨蹭了半天不动地方，有个警员上去给了脚夫把头一个大耳刮子："你还想在这儿混饭吃吗？让你抬棺材是瞧得起你，棺材、棺材，升官发财，你都升官发财了，还不识抬举？"一众脚夫敢怒不敢言，也没有二话了，七个不情八个不愿地动手捆住棺材，搭上三根穿心杠，足蹬肩扛一齐叫劲，将棺材抬到老龙头火车站后边的警察所。

打发走脚行的苦力，一众巡警对着棺材发愣，按规矩必须开棺查验，可这黑更半夜的谁敢啊？你看看我，我看看你，正在一筹莫展之际，有人出主意去找孙小臭儿，这个贼是吃臭的，整天跟老坟中的死人打交道，让他开棺正合适。当即去了几个巡警，孙小臭儿正在破庙中睡觉，瞧见"呼啦"一下冲进来好几个警察，凶神恶煞一般，还当自己偷坟掘墓犯了案，蹦起来想跑，那能让他跑了吗？平时是不愿意抓他，嫌这个钻坟窟窿的土贼身上晦气，怕脏了手。如果说真想抓他，再长两条腿他也跑不了。有人上去一把扯住了孙小臭儿的脖领子，拎过来不由分说先赏了俩大耳刮子，打得孙小臭儿天旋地转，顺嘴角流血，一下就蒙了。一个膀大腰圆的巡警跟拎个鸡崽子似的，将孙小臭儿拎回了火车站警察所。

孙小臭儿这一路上不敢吭声，心里头把满天的神佛求了一个遍，到地方才知道是让他干活儿，如同接了一纸九重恩赦，好悬没乐出屁来。此乃官派的差事，他可不敢不听，迈步来至切近，围着棺材绕了三圈儿，得先看明白了才好下家伙儿，不同的棺材有不同的开法。从清朝到民国，棺材的样式可谓五花八门，大体上分为满材、汉材、南洋材等种类，眼前这口大棺材是口汉材。汉材也叫蛮子材，大盖子做成月牙形，两帮呈弧形，厚度不一样，盖五寸、帮四寸、底三寸，这叫三四五的材，简称三五材；盖六寸、帮五寸、底四寸，这叫四五六的材，简称四六材；比三五材稍微大一些，但是又不足四六的材，这叫三五放大样；大于四六材的称为四六放大样。老龙头警察所里的这口大棺材用料不是顶级的，可也没凑合，四六放大样的黄柏木。民间有谚"一辈子不抽烟，省口柏木棺"。这种材料不便宜，搁在那会儿来说，怎么也得三百多块现大洋。除了用料和薄厚以外，汉材还讲究装饰，表皮刷上黑色的退光漆，请来描金匠往棺材上画图案，这口大黑棺材上的图案年深日久已经褪了色，轮廓还依稀可辨。大盖头上画着福禄寿三星，两帮的头上左面画金童持幡，右面画玉女提炉，棺材中心画上一个圆形的"寿"字，围绕着五只蝙蝠，这叫五福捧寿。孙小臭儿用手敲了敲棺板，抬头告诉巡官老陆，棺材里装的是个女的。院子里的一众警察心知孙小臭儿并非信口开河，他干别的不成，就这个看得准，因为干吃臭这个行当的贼人，成天和棺材打交道，用他们的行话说这叫"隔皮断瓤"，不必开棺就瞧得出里边是个女子！

怎么个"隔皮断瓤"呢？孙小臭儿用手一敲，听出这口棺材左右两帮的声响不一样，他就知道棺中是个女子了。因为汉材的棺盖上有三个银锭似的销眼儿，倘若装殓的是男子，左边一个，右边两个；装殓女子的正相反，左边两个，右边一个：男左女右，取其单数。入殓加盖之后，将堵销眼儿的木塞子塞上，会留下多半截露在棺材盖上，到了辞灵的时候，由杠房的人将这个木塞子给钉进去，这也有个行话叫"下销"。下完销以后，还得钉上一根寿钉，位置也是男左女右，三寸长的铜帽大钉子，下边垫上两枚魇钱，其实就是铜钱，但是得叫成魇钱。棺材铺事先已在大盖上钻出了二寸深的一个孔，钉子下去外边留一寸，辞灵之时，再由孝子贤孙用榔头钉三下，不用使多大劲儿，比画这么几下就行，一边钉一边还得喊着棺材里的人躲钉，以免将三魂七魄钉住，那可就永世不得超生了。走完了一系列的过场，最后再让杠房的人钉死寿钉，因此说男女有别，棺材两帮的钉子和木销不同，发出的声响也不一样，当巡警的不懂这些门道，就算知道也听不出来，孙小臭儿却一看一个准儿。

孙小臭儿听清楚看明白了，让四个巡警一人一个角拽开一大块布单子，撑起来当成临时的顶棚，以免棺材中的死尸冲撞三光，其余的巡警在旁边提灯照明。孙小臭儿开棺也得用家伙，找来一根撬棍，累得顺脖子汗流，好不容易撬开了棺盖，抻脖子瞪眼刚要往里头看，怎知死尸"噌"的一下坐了起来。

棺材中是一具女尸，全身前朝装裹，脸上涂抹了腮红，双手交叉，怀抱一个如意，两只小脚上穿了一双莲花底的绣鞋，直愣愣坐在棺材中。死了多年的前朝女尸，纵然形貌尚存，那也和活人不一样。当差的警察见惯了行凶杀人，可谁也没见过死人会动，深更半夜的，起尸又非常突然，周围这十来个巡警，包括巡官老陆在内，都吓得蹦起多高，脸都绿了，遮挡三光的布也撒了手，一阵风刮过去，将那块破布吹到了一旁。天上一轮明月照将下来，坐在棺材中的女尸睁开了眼！

5

孙小臭儿也吓了一大跳，一连往后倒退了好几步。相传过去的棺材底下有撑子，是块可以活动的木板，用一根木棒和棺盖连在一起；倘若有盗墓吃臭的打开棺盖，就会撑起死人身下的木板，让死人突然"坐"起来，以此将贼人吓退。孙小臭儿往后一退，借月光看出棺中女尸身后有撑板，可没想到女尸睁开眼了，从两个黑窟窿中淌下又黑又黏的血泪，一股子恶臭弥漫开来，直撞人脑门子。孙小臭儿以为尸变了，那他倒不怕，掏坟吃臭这么多年，什么样的死尸没见过？相比起死人，他更怕活人，欺负他的全是活人，他能欺负的只有死人。此时正好在众巡警面前卖弄胆识，口中高声叫骂，纵身蹦在半空，抡起撬棍狠狠往下一砸，这一下正打在女尸头顶上，只听一声闷响，撑板塌了下去，女尸顺势倒入棺材。

周围的巡警全吓傻了，愣在当场，如同木雕泥塑一般，没有一个人胆敢上前。孙小臭儿也闪在一旁，等了片刻，见棺中再无异状，他凑过去查看情况，一瞧女尸的头顶已经被撬棍砸瘪了，七窍之中黑血直淌，身边陪葬甚厚，金银珠玉在月影之下闪闪发光，看得他心里直痒痒。无奈这是在警察所，再借孙小臭儿俩胆子也不敢下手，只得咽了咽口水，正想合拢棺盖，却从中蹦出一只全身皆白的蟋蟀来。孙小臭儿恍然大悟，按照以前迷信之说，犯了煞的死人七窍淌血，实则是棺材里头进去东西了，里头的死人才会腐坏，通常以耗子、长虫居多，也不乏刺猬狐狸之类，没想到这口大棺材中有只白蟋蟀。陪葬的金银玉器拿不得，从女尸身上蹦出来的蟋蟀却不打紧，反正别人也不敢下手去抓，就便宜了孙小臭儿。刘横顺斗虫之事已在天津卫传得尽人皆知，孙小臭儿也听说了，这小子翻尸倒骨向来百无禁忌，纵身跃入棺中，双手扣住蟋蟀，一路小跑来找刘横顺献宝。

孙小臭儿有个贼心眼，寻思与其将宝虫换钱，真不如送给刘横顺，听说刘爷这两天和南路虫斗上了，前前后后输了四十块银圆，如若用孙小臭儿的宝虫翻了身，一定会对他另眼相看，有缉拿队的飞毛腿刘横顺当靠山，谁还敢欺负他孙小臭儿？

刘横顺在二荤铺听孙小臭儿说了来龙去脉，心里头有数了，不过这小子量浅降不住酒，三杯黄汤下肚就在那儿胡吹乱哨，越说越没人话，到后来趴在酒桌上打起了鼾。刘横顺也不能把他扔下，只好让二荤铺老板给孙小臭儿找个睡觉的地方，他付了钱起身出门，怀揣宝虫兴冲冲往家走，一边走一边忍不住掏出铜砣子，借月色反复观瞧，此虫不仅身披异色，还是正经的狮子脸、钩子牙，牙尖往里兜，如同两枚弯钩，又厚又长，内有倒刺，这样的虫最善争斗。刘横顺越看越得意，心说："这下行了，天让我得此宝虫，斗败金头霸王不在话下！"越想心里越痛快，甩开飞毛腿紧走几步，眼看到家门口了，却从路旁转出一个老道，身穿法衣，脸色青灰，不是旁人，正是早上碰见的那个老道。

老道见到刘横顺，口诵一声道号："无量天尊，贫道恭候多时了。"

刘横顺奇道："这半夜三更，你个走江湖的牛鼻子老道找我做什么？"

老道一摆拂尘，自称是云游道人李子龙，近来在西门外白骨塔挂单，收尸埋骨，广积善德，报完了家门，又问刘横顺今天斗虫的胜败如何。

刘横顺瞥了一眼李老道："不错，让你蒙对了，我在古路沟抓来的虫王棺材头大将军，不是人家的敌手，又输了一阵。"

李老道说："古路沟虫王未必不敌南路虫，只是你不信贫道我的话，因此胜之不能。"

刘横顺冷笑一声，将手里的砣子往前递了递："老道，不必故弄玄虚了，你知道这是什么？"

李老道笑了笑："瞧这意思，您这是得了宝啊？"

刘横顺说："又让你蒙对了，我之前的两条虫，黑头大老虎称得上是好虫，棺材头大将军称得起虫王，而今我得了一条宝虫——白甲李存孝！"他难掩心中兴奋，越说越是得意，顺口给起了个名号。民间俗传"将不过李，王不过霸"。李存孝乃唐末十三太保之一，力大无穷，骁勇善战，与西楚霸王项羽齐名。

李老道说："那定是鳌里夺尊的宝虫了，听这名号还和老道我是本家，能否让我开开眼呢？"

刘横顺刚喝了酒，又正在兴头上，你给老道看不要紧，进到屋里放在灯底下，摆好了砣子想怎么看怎么看，把眼珠子瞪出来也没关系。可他也不知道是哪根筋搭错了，站在屋门口一把将砣子盖儿掀开了，想让李老道长长见识，仔细看看这宝虫，堵上他的鸟嘴，不承想刚一开盖，困在里头的"白甲李存孝"后腿一使劲，"噌"的一下蹦了出来。

这一蹦可不要紧，别的虫蹦起一尺高就到了头儿了，宝虫竟然一下跃上屋顶，月光照在宝虫身上白中透亮，熠熠生辉，它在房檐之上岔分双翅鸣叫了几声，叫声蹿高打远传出去二里地，当真不同凡响。刘横顺暗叫一声不好，如若让此虫跑了，那可没处逮去，到了早上还指望它翻盘呢！垫步拧腰刚想往房上蹿，突然从屋脊上来了一只野猫，趁其不备一口将宝虫吞下去，三口两口吃完了，扭头看看下边的刘横顺，一舔嘴岔子蹿下房坡，转眼逃得不知去向。

刘横顺呆在当场，真好似掰开八瓣顶梁骨、一盆冷水浇下来，不亚于万丈高楼一脚踏空、扬子江心断缆崩舟，宝虫得来不易，真是给座金山也不换，没想到成了野猫的嚼谷。"白甲李存孝"下了野猫的肚子，再掏出来也没用了。刘横顺干瞪眼没咒念，只好拿李老道出气，恨不得当场撕了这老杂毛，要不是李老道三更半夜非要看宝虫，何至于如此？

李老道忙说："刘爷且息雷霆之怒、慢发虎狼之威，容老道我说一句，你这条宝虫虽好，却仍是有败无胜，拿过去也不是南路虫对手，只不过你以为斗的是虫，人家跟你斗的是阵！"

6

李老道言之凿凿，告诉刘横顺："明天你如此这般、这般如此，取胜易如反掌，倘若再败一阵，上白骨塔把贫道我一枪打死也没二话。"

刘横顺向来不信邪，听李老道说得玄而又玄，怎肯轻信这番言语，无奈宝虫让野猫吃了，打死这牛鼻子老道也没用，事已至此，只好赔人家钱了，想来这是命里该然。

等到早上，刘横顺随手撵了只虫，无精打采来到南城土地庙。等着看热闹的人见刘横顺来了，都想瞧瞧他又带了什么宝虫，扒头一看刘横顺这只虫，一个个直抖搂手，刘爷今天怕是闹火眼看不见东西，怎么带了一条三尾儿来？这玩意儿能咬吗？

那个老客看罢心中暗笑，以为刘横顺输急了，不是斗虫是和亲来了，那就等着收钱吧。

刘横顺迫不得已，只好按李老道给他出的招来，再败一阵大不了把房子抵给人家，反正光棍一条，搬到警察所去住也无妨。当即将两条虫过戥子放入斗罐，不等老客拿出茭草动手，刘横顺忽然把手一抬："别急！"

老客吓了一跳，问道："您觉得四十块一场太少了？难不成还想再翻一个跟头？"

刘横顺冷哼了一声："翻几个跟头我听你的，君子一言快马一鞭，输了我认栽，可有一节，你得把帽子摘了！"

老客一愣："刘爷，你我在此斗虫，决的是胜负，分的是输赢，我这帽子又没惹你，摘帽子干什么？"

周围看热闹的也纳闷儿，没听说过斗虫还得摘帽子，刘横顺什么意思？输急了想闹场？按说不应该，谁不知道刘爷是什么人，打掉了门牙带血吞、胳膊折在袖子里，那是最要脸面的，今天这是唱的哪一出？

刘横顺剑眉一竖："不愿意摘帽子也行，你手边上不是有把茶壶吗，借我喝口水，再把你的鸟笼子给我，让我瞧瞧你成天提个空笼子干什么？"

刘横顺是干什么的？他一瞪眼，"滚了马的强盗，杀过人的土匪"都害怕，何况这个老客，当时脸上变色，两眼直勾勾盯住刘横顺。刘横顺是在缉拿队当差的，最擅察言观色，看见对方的脸色变幻不定，心知李老道的话十有八九是真，不等老客开口，站起身来对周围的人说："劳烦各位，有没有牛、虎、鸡这三个属相的，出来给我帮帮忙。"

土地庙中围了一两百号闲人，什么属相的没有？但是众人无不奇怪，头一回听说斗虫还得看属相，虽然不明白刘横顺是何用意，那也得向着自己人，一听刘爷发了话，当场站出来十几位。刘横顺让九个属牛的殿后，两个属虎的居中，一个属鸡的打头，在他身后摆好了阵势，又把左脚上的鞋脱下来，使劲往斗罐前边一拍，鞋面朝下、鞋底朝上，一只脚撑地一只脚踩在板凳上，冲那个老客一扬下巴："来吧，开斗！"

那个老客看了看斗罐，又看了看刘横顺，脸上青一阵白一阵，鼻洼鬓角冷汗直流，低下头想了一想，起身对刘横顺一抱拳，掏出四十块银圆，恭恭敬敬摆在刘横顺面前："我看不用斗了，之前的账一笔勾销。这是今天这场的，还望刘爷高抬贵手，给我留口饭吃，别把底说破了。从今往后，我再也不敢踏进天津卫半步。"说罢"金头霸王"也不要了，拎起鸟笼子揣上茶壶，分开人群落荒而走。

在场的老少爷们儿全看傻了，一个个目瞪口呆，嘴里头能塞进俩鸭蛋去，不知这二位唱的是哪一出，那个老客刚才还在耀武扬威，怎会让刘横顺几句话说得不战而败，连胜十几场的宝虫也不要了？什么意思这是？

书中代言，原来李老道指点刘横顺：你以为斗的是虫，人家跟你斗的是阵，那个老客不规矩，身上有销器儿、手里有戏法儿，他带在身边的三件东西不出奇，凑在一处却摆成了一个阵，不把这阵破了，找来什么宝虫也别想赢。此阵名叫"天门阵"，左手放个青鸟笼子、右手是个白茶壶，对应"左青龙、右白虎"的形势，头上的瓜皮小帽没什么，当中那块紫金扣却有讲究，正面看只是平常无奇一个紫金扣，背面则暗刻九宫八卦。两虫相斗之时，老客使上了厌魇之法，人发觉不了，却可以摆布蟋蟀，因此攻无不取、战无不胜。南方有用这个阵法赢钱的，往往把对方赢得倾家荡产。想破这个阵也不难，他有左青龙、右白虎，你找九牛二虎一只鸡，冲开他的天门阵。再把鞋底冲上摆在桌上，这叫"倒踢紫金冠"，如此一来，就可以拿尽对方的运势。老客一瞧刘横顺这意思，明白对方识破了阵法，只好掏钱认输。

刘横顺只凭几句话一只鞋，赢了四十块银圆，钱多钱少尚在其次，不战而胜吓走了老客，挣足了一百二十分的面子，可谓一雪前耻、吐气扬眉。周围这么多人，没有不挑大拇指的，免不了一通吹捧。刘横顺是外场人，对众人说："今日有劳各位助阵，我做个东道，请咱大伙儿上永元德来一把火锅子涮羊肉，好好解解馋！有一位是一位，给我刘横顺面子的都得到！"众人齐声叫好，众星捧月一般簇拥刘横顺出了土地庙，在永元德坐满了一层楼，一桌点上一个大铜锅子，小伙计们将一盘盘后腿儿、上脑儿、百叶儿、鞭花儿，白菜、粉丝、冻豆腐流水也似端上来，调好了芝麻酱、腐乳、韭菜花儿当蘸料。大铜锅子装了烧红的炭，眨眼之间水就沸了。永元德的羊肉论斤不论盘，吃多少点多少，整块的羊肉摆在案子上现切现卖，伙计刀功好，羊肉片儿切得跟纸一样薄，整整齐齐码在盘子里，上桌之前先把盘子底儿朝上倒过来，让您瞧瞧这肉掉不掉，不往下掉才是没打过水的鲜羊肉，用筷子夹起两片在锅里打一个滚，蘸好了料往嘴里一放，愣鲜愣鲜的，真能绊人一跟头。

刘横顺发了一笔财，请大伙足吃足喝了一次，可再没从街面上见过老道李子龙。明知李老道三言两语说破了天门阵，绝对是位异人，有心当面道谢，无奈没有合适的机会，此事也就撂下了。说来也巧，小刘庄砖瓦场枪毙钻天豹这一天，前来收殓尸首的正是李老道。老话怎么说的——好人不交僧道，刘横顺官衣在身，不便上前相见，远远地冲李老道拱了拱手。眼见李老道将钻天豹的尸首用草席子裹住，放在一辆小木头车上，手中摇铃，一路推去了西关外白骨塔。本以为这件案子可以销了，怎知李老道这一去，才引得孤魂野鬼找上门来！

第三章　金麻子卖药

1

左道邪术世间稀，

五雷正法少人知。

不信妖狐能变幻，

更于何处觅神仙？

咱们前文书说到，陈疤瘌眼在美人台上枪毙了飞贼钻天豹，李老道收去尸首，葬于白骨塔。原本以为可以太平一阵子了，怎知摁倒了葫芦起来瓢，天津城中又出了夜入民宅奸淫良家女子的妖狐，专找没出门子的大姑娘下手。由于没出人命，报案的不多，并未引起官厅的重视，不过拿得住的是手、堵不上的是口，架不住街头巷尾谣言四起，添油加醋越传越邪乎。案子说起来挺离奇，比如这家有个尚未出阁的大姑娘，夜里灭了灯躺下就寝，忽见屋中黑影一闪，同时闻到一股子狐臊味儿，却似被魇住了，口不能言、身不能动，只觉一双毛茸茸的小手摸上身来，旋即昏死过去，让淫贼得了手。家里头出了这样的事，谁也不愿意声张，怕闺女嫁不出去，只能吃哑巴亏。可是天底下没有不透风的墙，谣言一传十，十传百，很快在老百姓中间传开了，都说这是出了妖狐！

老时年间的通信虽然不发达，但是老百姓传谣言的速度可一点儿不比现在慢，除了街头巷尾"两条腿儿的人肉告示"以外，还有一个专门传播谣言的集散地——茶馆儿。一早上起来，像什么遛鸟的、交朋的、会友的、干牙行的，包括口子行的，都得跑到茶馆要上一壶茶。什么叫口子行？比方说家里头盖房，找不着干活儿的，甭着急，就奔这茶馆找口子行，从材料到工匠全替你办了，最后房子盖完了，里头的装修，现在叫装修了，那阵儿就说套屋子、扎顶子，零七八碎的事儿也都管。或者谁家婚丧嫁娶，需要找个执事、赁顶轿子，口子行也能给解决，从中挣一份钱。他们日常接触的人多，三百六十行都得认识。地方上有了什么新鲜事儿，架不住一传十十传百。您想，这样一大帮子人成天坐在茶馆里，有活儿的应活儿，没活儿的时候聊闲天，先说海，后说山，说完大塔说旗杆，一通白话，按现在来说，这里就是个信息平台，城里城外有什么风言风语全是奔这儿汇总，喝够了、聊透了，就出去散播去了。俗话说"好事不出门、坏事传千里"，妖狐作祟这种事儿，在老百姓中间传得快极了。

官厅上当然不信什么妖狐夜出，由于谣言传得太厉害，巡警总局也不好置之不理，便命缉拿队出去明察暗访，看看到底是怎么个情况。查这样的案子少不了飞毛腿刘横顺，火神庙警察所一共五个当差的，除了老油条，其余四个全是缉拿队的"黑名"。刘横顺领命回到火神庙警察所，他让手下的张炽、李灿出去，先找"瞭高儿的"打探一下情况，问得越细越好。过去有这么一路人，说行话叫"瞭高儿的"，不单指饭馆门口揽客的，也可以说是官差办案的眼线。包括但不限于"走街串巷的小贩、有跑地皮的车夫、有饭馆跑堂的伙计、有成天游手好闲的地痞无赖……",五行八作、贩夫走卒,遍布全城干什么的都有,接触的人也多,专给缉拿队充当耳目,挣个仨瓜俩枣儿的赏钱,哪怕不给钱,少挨几次打也好。

张炽、李灿得了吩咐,兴高采烈出了门,这是缉拿队的案由,办好了有赏钱可拿。而且城里城外这一天转悠下来,多多少少也能讹上几个。旧社会的巡警最会讹钱,这里头的招数非常多,站岗的、巡街的、抓差办案的、追凶拿贼的完全不一样。咱先说在街上站岗的警察,平日里穿着制服、戴着大壳帽,手里拎条警棍来回晃悠,一个个大摇大摆、撇齿拉嘴,就跟马路是他们家开的一样。说是在维持治安、疏导交通,实际上就是伺机讹钱。老远一看,打那边来了一辆运菜的大车,赶车的是个乡下人,累得顺着脖子流汗。警察过去就把车拦下,赶车的见了穿官衣儿的,只好点头哈腰道辛苦,再看这个警察,把脸耷拉得跟水儿似的,撇着嘴问:"懂规矩吗?"赶脚的忙说:"懂懂懂,可是我这个菜不是还没交嘛,还没赚钱呢,我得把这车菜卖了才有钱。"警察一瞪眼:"别废话,留两棵菜。"说完过去伸手就拿,赶脚的要是不给,上去就是两警棍。他可不打人,就算是警察,人家赶脚的一不偷二不抢,给人家打坏了也是麻烦,专照拉车的骡子身上打。牲口不会说不会道的,打了也白打,可是对于赶脚的来说,比打在自己身上还心疼,一家老小就指着这头牲口吃饭呢,要是下手狠点儿再给打惊了,那可就热闹了,拉着菜车撒开了这么一跑,一车的菜全得摔烂了,万一再撞上人,倾家荡产他也赔不起,只得由着警察随便拿。就照这样,见了车就拦,车上有什么算什么,白菜、土豆、黄瓜、辣椒、苹果、鸭梨、猪肉、粉条、暖瓶、砂锅,生姜也得捏出汁儿来,哪怕是粪车打这儿过,巡警也得拦住了尝尝咸淡。站一天岗下来身后堆得跟小山似的,足够三五天的吃用，吃不完用不了再拿出去换钱。要说这么多东西他怎么拿走？好办，等到快下班了，见打那边过来一个脚行拉地排子车的，上去就拦："站住，干吗去？"拉车的一见也得赶紧喊老爷："老爷，跟您了回，我没事儿，卸完货了回家。对了，我得打桥票。"那位说什么叫打桥票？也是警察讹人的手段，推车的、担担儿的想从他身后的桥上过，得买桥票，交上两大枚，他从地上给你捡张废纸，知道是瞪眼讹人，可不给还不行，否则真不让你过去。警察一摆手对拉地排子车的说："甭打了。"拉车的赶忙鞠躬作揖："哎哟，我谢谢您，我谢谢您。"警察往身后一指："甭谢，把这堆东西给我拉回家去。"那个年代的警察，就这么浑横不讲理，你还拿他没辙，老百姓轻易不敢打警察身前过，尽量绕着走。不过警察也有主意，找个背静地方先藏好了，等"主顾"过来再现身，到时候想跑也跑不了，就这样凭着这身官衣足吃足喝。可也有倒霉看走眼的时候，赶上这位穿的衣裳破破烂烂，但家里头也有干警察的，甚至于比这个警察职位还高一点，那就算摊上事儿了，还得花钱请客找上边的人帮忙开脱。

张炽、李灿是巡街的警察，过去也叫脚巡，因为没车没马，就凭两条腿在街上溜达，说起来也不容易，三伏顶着烈日、三九冒着风雪，如果再没外快可捞，谁愿意吃这碗饭？提起他们小哥儿俩讹钱的手段，那真叫五花八门，其中最愿意的就是给人劝架，但凡看见街上有打架的算是行了，两边对骂的时候不能过去，先在远处插手看看，非得等到动上手了，最好是抄上家伙了。他们俩吹着哨子跑过去，分开人群把二位劝住了，无非也就是连吓带唬，耍威风摆架子。打架的瞧见警察来了，再想走可走不成了，这叫寻衅滋事，故意扰乱社会治安，双方各交一份罚款，不给钱就拘起来，关上个三天五日再放。那会儿的老百姓都怕官，一番求告下来没用，只得花钱了事儿。那位说我没打人，光挨打了，这也罚款？没错儿，谁让你挨打的，挨打也有罪，你不嘴欠招惹别人，别人能打你吗？不过倒也好，但凡让他们讹过一次两次，下回就长记性了，遇见事儿能忍则忍、能咽就咽，总比罚款划得来。

　　撂下远的说近的，张炽、李灿奉了刘横顺的差派出去打探，溜溜儿跑了一整天，傍黑回到警察所。俩小子面带得意之色，非请刘横顺出去吃好的。刘横顺看他们这意思，摇头晃脑尾巴翘的，就知道打听出结果了，正好到饭点儿了，就带上这二人到河边吃饭。运河边上搭了很多小席棚，一排一排全是卖小吃的，专做船行脚夫的买卖。条件脏乱差，口味却有独到之处。而且各有拿人的手艺，卖包子的绝不做馅儿饼、卖馄饨的绝不做片儿汤，因为忙不过来，雇不起伙计，里里外外全凭一个人，顶多是两口子。卖小吃的不比大饭庄子，来这儿吃饭的主顾，大多是运河上卸船的苦力，不仅实惠、便宜，还必须解馋、管饱。仨人找了一个相熟的席棚坐下，这家卖的是酥鱼，在这一带挺有名。鱼就是河里的小鲫鱼，这东西不值钱，抬来一整筐，就在河边刮鳞、抠鳃，拾掇干净了。灶上支起一口大柴锅，锅底倒扣一个瓷碗，围瓷碗码一圈白葱段儿，上头再码一层鱼，一层葱一层鱼交替码好了，放作料焖盖子，灶下添柴用大火炖，出锅倒在筛子上凉凉了，上桌之前撒上姜丝蒜末，夹起来咬上一口，连鱼刺都是酥的，又下酒又下饭。席棚中有两个大酒坛子，打开了论两卖，喝几两打几两，价格非常便宜，想吃馒头、烙饼可以去旁边买。这三位买了一大盆酥鱼，要了六张烙饼，又一人打了三两白酒，来了一顿喷香喷香的烙饼卷酥鱼。张炽、李灿一边吃饭一边报告："不出去打听不知道，出去这一问可了不得，夜里当真有妖狐作祟，受害的人家也不止七八户！"

　　原来他们二人领了差事，换上便衣四处探访，却怕挨嘴巴，不敢挨家挨户敲门去问，这可如何是好？正所谓"风急了雨至，人急了计来"。两人一拍脑门子想起一个人——卖野药的金麻子。金麻子卖的野药，有药味儿没药劲儿，倒有一个好处——便宜，因为不用下本儿，有什么是什么；他的胆子也大，干树枝子当成鹿茸，香菜根子敢说是人参。按他的话讲，反正是"药治不死病，佛度有缘人"，该死的吃了昆仑山上的灵芝草也好不了，不该死的吃点墙根儿底下的狗尿苔就死不成，是死是活全看造化。金麻子为了挣钱，还做打胎药的买卖，他的药专打鬼胎，别的药不成，这个药不是一绝也是一怪，前文书咱说过，此药俗称"铁刷子"，劲儿可是不小。再说什么叫打鬼胎呢？比如哪家的闺女与人私通搞大了肚子，这是败坏门风的事，没脸去药铺抓药，坐堂的先生、抓药的伙计都认得方子，一瞧药方上这几味药，就知道是干什么用的，平白无故谁会抓打胎的药？想瞒也瞒不住，传出去好说不好听，只得找走江湖的术士打鬼胎，还得说自家的闺女大门不出、二门不迈，莫名其妙大了肚子，怀上的必定是鬼胎，让江湖术士画一道黄纸符，烧成灰包在打鬼胎的药中，加倍给钱，彼此心知肚明，只不过谁也不会说破。江湖术士只会画符不会配药，打胎药都是先从金麻子手上买来，转手再卖出去，他这个买卖独一份儿。

张炽和李灿一寻思，如果说真出了这样的案子，保不齐有人买药打鬼胎，那也不用找别人了，直接问金麻子就行。张炽、李灿想先摸摸底，打定主意前去找人。金麻子倒是不难找，无论在哪儿摆摊儿，人堆儿里一眼就能认出来，常年是穿一件前朝的大褂，右边太阳穴上贴着半块膏药，他脸上的麻子长得太热闹了，大麻子套小麻子，小麻子套小小麻子，小小麻子再生麻子崽儿，满脸全是麻子，三环套月的麻子，五福捧寿的麻子，七星北斗的麻子，九九归一的麻子，这张脸就是他的招牌，九河下梢再也找不出比他麻子多的人了。张炽、李灿来找他的时候，金麻子正在路边卖野药，地上铺块红布，摆了几只死耗子、两条死蜈蚣，以及若干枝枝叶叶、瓶瓶罐罐，自己坐在一旁口若悬河连唱带吆喝："走过路过的看一看，南来北往的瞧一瞧；药王爷传下救人方，价钱不贵功效强；胜似白蛇盗仙草，赛过老君炉中丹；上过电台见过报，万国会里得过奖；英美日本大总统，海外的洋人全说好；天怕乌云地怕荒，谁卖假药谁遭殃；一毛两毛没多少，杂碎您都吃不饱；三毛五毛是小票，买不了房子置不了地；花小钱、买灵药，总比打牌输了强；闲了置、忙了用，谁也保不齐得点儿病；停一停、站一站，听我吆喝不花钱；您不买，我不劝，便宜留给明白人占；您少抽半包烟，您少喝二两酒，只当臭脚巡讹了您一头……"张炽、李灿来到跟前正听见这句，一个喝道："好啊，公然污蔑官厅儿的巡警！胆敢称巡警为臭脚巡？你告诉告诉我，怎么个让臭脚巡讹了一头？巡警讹过谁？"另一个附和说："巡警罚款那叫差事，官差更差，来人不差，你不卖假药能罚你钱吗？行了，你也别说别的了，跟我们哥儿俩上警察所走一趟吧。"金麻子一看恨不得抽自己俩嘴巴，今天出门没看皇历，怎么碰上这二位了，自古道"阎王好见、小鬼儿难缠"，这俩比阎王爷身边的小鬼儿还不好对付，也怪自己嘴欠惹祸了，连忙赔笑敬烟："二位小爷，我金麻子哪有那个胆儿啊，您还不知道我吗，我这个嘴就是澡堂子水……"没等金麻子说完，就被李灿拎了过来，张炽上去一个耳光，骂道："你这个嘴欠打！"俩人打完了又吓唬金麻子，问他打胎药卖得怎么样？金麻子挨了揍不敢隐瞒，一边拿手捂着腮帮子，一边告诉这二位：近来买卖不错，打胎药都快供不上了，他也觉得挺奇怪，从上他这进货的江湖术士们口中得知——天津城中有妖狐夜出，破了许多姑娘的身子，不乏受辱之后上吊投河的，只是碍于脸面，没几家肯去报官。

张炽和李灿问明了情况，收缴了金麻子卖野药的非法所得。咱们说收缴完了上交吗？可没这么一说，交给谁去？黑不提白不提，这就算小哥儿俩的进项了。二人对刘横顺说罢经过，又问："刘头儿，这件案子可棘手了，咱们缉拿队吃的是抓差办案这碗饭，追凶擒贼不在话下，却不会画符念咒、降妖捉怪，成了精的妖狐可怎么逮？"

刘横顺从来不信邪，此事固然奇怪，却哪有什么鬼狐，一定是又出了一个三途错足、五浊迷心的淫贼，装神弄鬼入户作案。恶贯满盈的飞贼钻天豹，在美人台上挨了七十六枪，尚不能够杀一儆百，居然还有贼人敢风口浪尖上作案，真得说是贼胆包天，这不是活腻了往枪口上撞吗？

2

缉拿队撒开耳目，打听着了不少消息，包括刘横顺在内，陆陆续续把情况报到巡警总局。官厅这才意识到情况严重，妖狐夜出一案牵连甚广，出事的人家当中甚至有几位当地有头有脸的大人物，如若大张旗鼓地办案，怕会伤及他们的颜面，那可得吃不了兜着走。因此严令缉拿队暗中寻访贼人踪迹，切不可走漏了风声打草惊蛇。

刘横顺不相信鬼怪作祟，四处明察暗访，他认定了既是贼人作案，必定会留下蛛丝马迹，可是一连半个月也没找到任何线索，后来此案居然不了了之了，因为有个号称"五斗圣姑"的世外高人，在侯家后铁刹庵搭台作法，将作祟的妖狐除了。

在当时来说，侯家后可不是个好地方，位于北大关外，又守着河边，到处是聚赌窝娼大烟馆，老百姓说这地方是"害人坑、毁人炉、吃人不吐骨头的老虎洞"。赶上寒冬腊月，路旁冻饿而死的倒卧随处可见。"铁刹庵"在侯家后边上，是一座古庵，比天津城的年头早很多，荒废了不下三五百年，庵中久无人迹，大门倒塌了一半，石阶上满布青苔，院内蒿草丛生，后边全是坟地，但是前门挺热闹，遍地的明赌暗娼，住户和往来做小买卖的也多。

据说这位五斗圣姑在深山修道多年，云游天下途经此地，走到铁刹庵门口不走了。五斗圣姑长得漂亮，又是不食人间烟火的出家人打扮，一身宽袍大袖的灰色法衣，上绣阴阳鱼，头上高绾一个发纂，横插玲珑剔透的白玉簪，头发梳得一丝不乱，往脸上看，三十来岁的年纪，面如美玉，容姿端丽，走在这样的地方如同鹤立鸡群十分扎眼，引来好多人围观。她声称天津城有妖狐作祟，要在铁刹庵取一件法宝降妖。一街两巷的老百姓听了纳闷儿，铁刹庵观荒了上百年，里边除了破砖碎瓦，哪有什么法宝？

五斗圣姑也没进去，就在铁刹庵前五心朝天打上坐了，眼观鼻，鼻观口，口问心，心沉丹田，如同木雕泥塑相仿，纹丝不动，水米不沾。这一下看热闹的更多了，别看她一动不动，可比旁边打把式卖艺浑身乱动的还招人，老百姓里三层外三层抻着脖子瞪着眼，全在这看漂亮姑子，把路都堵严实了。有两个弹压地面儿的巡警上前去撵，圣姑却连眼都不睁。俩人在老百姓面前威风惯了，见这姑子胆大包天，居然不把巡警老爷放在眼里，此等刁民不打还成？二人互相使个眼色，口中骂骂咧咧抡起警棍就要打，但见圣姑手中拂尘一甩，两个巡警当即倒地不起。九河下梢鱼龙混杂，侯家后又是天津卫人头儿最杂的地方，藏污纳垢之地有的是拈花惹草的地痞无赖，见五斗圣姑长得标致，便有胆大妄为的心生邪念，动手动脚上前调戏。五斗圣姑连眼皮子都没抬，只用拂尘一指，这几个也倒了，抬回家去上吐下泻，炕都下不来，其余的再也不敢造次。围观之人称奇不已，皆说"五斗圣姑"真有仙法！

五斗圣姑在铁刹庵门口打坐多时，直到日头往西边转了，她掐诀念咒，口中念念有词，冷不丁叫了一声"疾"！只见庵中飞出一道白光，周围看热闹的大惊失色，太快了，没等看明白是什么，白光已直冲五斗圣姑而来。五斗圣姑一不慌二不忙，坐在地上一动不动，张口将白光吞入腹中。转眼再吐出来，手上多了一口宝剑。说是宝剑，可不是三尺龙泉，顶多一尺长，有剑无匣。太阳底下一照，寒光刺目难睁眼，好似白蛇吐清泉。

围观的人群一片哗然，连同那些巡警在内，全看傻了眼，真有许多人当场下跪磕头，求圣姑保佑平安。"五斗圣姑"以异术从铁刹庵中摄出一口宝剑，持在手中看了一阵，旋即收入袖中，起身告之众人：近来城中传言不虚，夜出作祟的正是一只狐狸，此辈虽然披毛戴角，但是在走兽之中最有灵性，善会修炼，其法分为上中下三路，一是在山中打坐入定，戒偷鸡捉兔、饮血杀生，朝采日精、暮吸月华，食霞饮露，受得清苦，千年可为人形，又躲过天罗地网格灭，方得大道；二是投奔名山古刹，寻访得道的仙人，追随左右，摇尾乞怜、脱靴捧砚，侥幸受其点化，这也是一途；三是通过与人交媾，以百数为大限，雄狐采童女元阴补阳，雌狐采童男元阳补阴，再去坟地中顶上骷髅头拜月，此为天道不容。而城中这只妖狐，采取元阴将满，再不除之，恐成大患！

最近天津城中妖狐作祟一事闹得很邪乎，老百姓之间本就以风言风语讹传讹，如今又听五斗圣姑也这么说，哪还有人不信。五斗圣姑请众人在庵门前搭一座法台，一旦法台搭成，她便登台作法，降妖除怪。当时就有大批善男信女掏钱出力，按五斗圣姑的指点，搭起了一座法台。说来只不过是个木头台子，并没有多高，不像书里说的高搭法台三丈三，也就二尺来高，腿脚利索的可以一步蹿上去，上设一张供桌，铺着大红的绒布，摆放香蜡纸码、净水铜铃，还有一个香炉。

此举闹动了半座天津城，看热闹的老百姓奔走相告，人是越聚越多。官厅的长官也听说了，却来了个不闻不问，装成不知道，还下令巡警不准近前，反正这个案子不好办，不知打哪儿出来这么一位道法神通的圣姑，先让她折腾去。除了妖狐，官厅坐享其成，又是功劳一件；除不了妖狐，再问她个妖言惑众的罪名，官厅照样落个安民有功，这才叫为官之道。

一切准备妥当，已然到了二更天，天上一轮明月高悬，铁刹庵门前挤满了人，都想瞧瞧五斗圣姑如何登坛作法。只见五斗圣姑迈步登上法台，焚香念咒，从袖中抽出宝剑。挤在台下的人们押脖子瞪眼，一齐看这口剑，明月之下寒光闪闪、冷气森森，登山斩猛虎、入海屠蛟龙，上阵敌丧胆、镇宅鬼神惊！五斗圣姑将宝剑放在供桌上，点燃两支蜡烛，一只手摇举铜铃，一只手轻舒玉指，蘸上净水往四下弹，口中继续念咒，不多时刮起一阵黑风，遮住了天上的月光。圣姑放下铜铃抄起宝剑，口含净水往剑身上一喷，又一抬手将宝剑抛至空中，化作一道寒光直奔东南，转眼间去而复至，同时掉下来一个东西，落在供桌之上"咕噜噜"乱滚。

众人惊诧万分，都押长了脖子往法台上看，什么东西这是？赶等看明白了，皆是倒吸了一口凉气，掉落在供桌上打转的东西，竟是一颗血淋淋的狐狸头！

3

五斗圣姑在侯家后铁刹庵门口高搭法台，焚香设拜、掐诀念咒，宝剑化成一道寒光飞去，转眼回来，圣姑收剑入袖，又从半空掉下一颗血淋淋的狐狸头，毛色苍黄、死不瞑目，嘴里还在吐血沫子，一看就是刚砍下来的，惊得围观之人瞠目结舌、鸦雀无声。五斗圣姑取出一块白帕，盖在狐狸头上，告诉一众百姓妖狐已除，再也不必担心了。当时仍是迷信的人多，瞧见当真是狐妖作怪，善男信女在台底下跪倒一大片，对圣姑磕头膜拜。

五斗圣姑在铁刹庵飞剑斩妖狐的消息一传开，天津城炸了锅，都说世上有神仙，以往谁见过？这一次见了活的，这可是如假包换的真神仙！而五斗圣姑也没走，在铁刹庵住下了，发大愿募化一座宝塔，供养斩妖的宝剑。据她说这口剑名为"蜻蜓剑"，乃是残唐五代年间的古剑，只要香火不绝，可永保一方平安。

天津卫龙蛇混杂，三教九流信什么的都有，对于这个五斗圣姑，有人信也有人不信。不信的说她装神弄鬼，骗人钱财；信的人对她顶礼膜拜，当活菩萨一样供奉。官厅也不好插手，只能说睁一眼闭一眼，善男信女们有钱的出钱，有力的出力，重整了铁刹庵房舍院墙，前来烧香的络绎不绝，善男信女轮流看管香火。圣姑只在后堂闭门打坐，诸事不理，来什么人也不见。

常言道"耳听为虚，眼见为实"。刘横顺听人说及此事，觉得难以置信，倒是听说书先生说过，残唐五代多有剑仙，可于千里之外取人首级，听了挺过瘾，谁又见过真的？可从五斗圣姑飞剑除妖以来，城中再没出过什么乱子。

有书则长无书则短，过了些日子，有这么一天早上，刘横顺带上杜大彪在三岔河口吃早点，瞧见河边有个卖臭鱼烂虾的小贩。三岔河口一带穷人多，卖臭鱼烂虾不出奇，都是从河里捞上来的，小鱼小虾什么都有，也不用挑拣，倒在大木桶中混着卖，论斤往外吆喝。说是臭鱼烂虾，皆因又小又碎，可不是真的又臭又烂，下了锅吃不死人，因为价格便宜，来买的人从来不少。小贩身边有个孩子，大约五六岁，身上衣服又脏又破，补丁摞补丁。刘横顺路过的时候，一眼看出来不对了，这孩子穿得破倒不出奇，穷人家的孩子不光屁股就不错了，不过这个小孩左脚趿拉只破布鞋，右脚却穿了只虎头鞋，绣得挺讲究，上边还有银扣，这样的鞋至少两三块钱一双，穷老百姓可舍不得买。刘横顺眼里不揉沙子，立即上前查问，一个在河边卖臭鱼烂虾的，一天能挣几个大子儿？舍得给孩子穿这么好的鞋？况且这鞋就一只，到底是拐来的孩子，还是偷来的鞋子？

　　卖臭鱼烂虾的小贩见是刘横顺，那谁不认得，忙把鞋子的事一五一十说了。安分守己做小买卖的，一不敢偷二不敢拐，真没那么大的胆子，前几天在河边下网，瞧见一个东西在水中时隐时现，白花花形同一节莲藕，可不作怪，三岔河口什么时候长过莲藕？他用杆子钩过来一瞧，却是一条人腿，在河中浸得又白又肿，几乎让鱼叼零散了，脚上穿了一只虎头鞋，可见这是个死孩子。卖臭鱼烂虾的不在乎这个，那个年头往河里扔死孩子的太多了，不值当大惊小怪，觉得这只虎头鞋挺好，只是凑不成对儿，仅有一只也卖不了，扔了又挺可惜的，他儿子长这么大，从来没穿过这么好的鞋，就扒下鞋来，给他儿子穿上了。

　　刘横顺问明了前因后果，让卖臭鱼烂虾的小贩把孩子脚上的鞋脱下来，带回火神庙警察所，放在桌子上反复端详，但见鞋面上彩绣一个虎头，红帮白底、上走金线，绣出的老虎有头有尾，口出尖牙，一对吊睛是两颗银扣，不是城里有手艺的老师傅做不了，穿这个鞋的孩子非富即贵。虽说按照老例儿，死孩子不能进祖坟，但是大户人家死了孩子，通常会另找地方埋了，或者送到庙中供养起来，怎么会往河里扔？刘横顺越想越不对，不查个水落石出，心里头总不踏实，干脆带上虎头鞋进了城，有意顺藤摸瓜，访出这是哪家的孩子。

　　倒也不难查，天津卫但凡是买卖生意，皆有行帮各派把持，想问鞋是打哪儿来的，直接找鞋行即可。鞋行的把头看罢虎头鞋，告诉刘横顺只有"同升和"的师傅做得了，不会有错。刘横顺又去"同升和"打听，得知这样的虎头鞋总共就做过两双，全卖出去了，官银号周财主买的。可刘横顺仔细一想，那也不对，周财主是有钱，手底下使唤的人也不少，但是财齐人不齐，老两口子无儿无女，买两双老虎鞋给谁穿？

刘横顺一寻思，如若拎了虎头鞋上门查问，非打起来不可，因为"鞋"同"邪"，大户人家最忌讳这个，再说周财主家没孩子，却买了两双小孩穿的虎头鞋，其中必有隐情，问了也不会说，反而打草惊蛇，只得让"瞭高儿的"从外围探访。怎知道查来查去，周家上下人等一问三不知。刘横顺虽然心急，但也无从下手。可是"若想人不知，除非己莫为"，天底下没有不透风的墙，纸里头终究包不住火。周宅有个车夫，因为欠了债，趁夜深人静溜入内宅行窃，无意当中听到周财主两口在屋中说话。过了几天出去销赃，让瞭高儿的瞧出了端倪，就把他点了炮。车夫为了求刘横顺放他一马，只好将这件事交代了。刘横顺这才知道，原来周财主买来的两双虎头鞋，送进了铁刹庵！真应了那句话"隔墙尤有耳，窗外岂无人"。欲知后事如何，且听下回分解。

4

原来头些日子，周财主听说天津卫出了一件奇事，有个五斗圣姑在铁刹庵门前搭台作法，飞剑诛杀妖狐，并发愿募化一座宝塔，引得信者云集，四面八方赶来上香的人踢破了门槛子。当地这些有钱的大户得知此事，更是争先恐后去铁刹庵捐香火。五斗圣姑虽然说了闭门打坐，不见外客，但是只要足够虔诚，捐的钱多，可以在夜里从后门进去，听圣姑讲经布道，见识神仙妙法。周财主两口子家有万贯却没儿没女，就怕一个死字，因此迷信甚深，为了拜见圣姑，大把大把地捐钱，烧香磕头说尽了好话，五斗圣姑这才答应让周财主两口子来后堂叙谈，但是大白天的不行，得等天黑透了从后门进来。到了这一天，周财主两口子焚香沐浴，斋戒更衣，一早准备停当，好不容易等到半夜，进了铁刹庵后堂，二人垂手而立，毕恭毕敬等着听圣姑说法。圣姑摆出素酒素宴，款待周财主。两口子受宠若惊，酒过三巡，周财主斗胆请圣姑显一手仙法神通让他开开眼。圣姑也有兴致，起身走到院中，对着墙壁一挥袍袖，但见壁上涌出一个火球，眨眼变成一株火树，流光溢彩让人眼花缭乱。周财主两口子心服口服，双双拜倒跪求五斗圣姑慈悲，点化一条成仙的道路。五斗圣姑一笑，说道："周居士，成仙了道谈何容易，不过你们来到铁刹庵，福缘也自不浅，本座可带你夫妇二人，入玉虚宫仙界一游。"

周财主两口子又惊又喜，趴在地上不住磕头。五斗圣姑关了后堂的门，在屋中焚香设拜，脚踏天罡，口诵法咒，从袍袖中取出蜻蜓宝剑，挥手在墙上画了一个圈，当中另有一重天地。远望奇峰耸立、祥云缭绕，近看山泉汩汩、溪水潺潺。圣姑又从桌上拿起一张白纸，撕了两下随手一抛，落地化作一只吊睛斑斓的猛虎，但见此虎：头大颈短尾巴长，二目一瞪分阴阳；顶梁门上显王字，三横短来一竖长；四个爪子冰盘大，五把钢钩内里藏；长啸一声山河动，巡天太保兽中王！

周财主两口子吓坏了，抱成一团不住打哆嗦。五斗圣姑让他们不必担惊受怕，又指点二人跨于虎背之上。猛虎纵身一跃，跳入了墙上的圆圈。二人但觉耳畔生风，睁眼一看，赏不尽的奇花异草，观不完的祥鸟瑞兽。饥有山猿献果，渴有麋鹿衔泉。野果好似蟠桃仙丹，泉水堪比琼浆玉露。猛虎蹿山越涧，瞬间上至峰顶，见一插天巨树，上接九天、下连九渊，枝繁叶茂、金光闪闪，放瑞彩霞光于九霄云外，树上端坐一对对童男童女，面如粉团，肤似凝脂，一个个金甲玉带、身穿玄衣。左列金童、右列玉女，金童手抓元宝、玉女怀抱如意，真乃是琼瑶仙境、福地洞天。

两口子正看得入神，却听五斗圣姑在身后说了一声："再不下山，更待何时？"猛虎转身又是一跃，落在铁刹庵后堂，屋中一切如初，墙壁上的大洞也不见了。

周财主难掩胸中喜悦之情，将在玉虚宫见到的情形和五斗圣姑一说，问树上的金童玉女是干什么的？五斗圣姑告诉周财主两口子，此乃接天宝树，蕴含七宝，有七佛护持，树上的金童玉女，是居士们供奉宝树的修行替身，待有朝一日功德圆满，那些居士自成正果。

周财主两口子听罢圣姑之言，禁不住心驰神往，又跪在地上给五斗圣姑磕头，求圣姑念在二人一心向道的分儿上，让他们两口子也供奉一对童男童女当替身，助其早成正果。五斗圣姑说："休怪本座口冷，汝等贪恋俗世，早已断了仙根，得见宝树已是非分，岂可得寸进尺？"说罢起身送客。从此之后，周财主两口子对五斗圣姑比亲祖宗还亲，一天三次往铁刹庵送素斋，什么好吃送什么，没一天重样的。云南的春笋、桂林的马蹄、关外的猴头、藏边的松茸，只要东西好，不在乎多少钱，只求圣姑收下，便是他二人的造化。他们两口子端上斋饭，打家出来一步一个头送到铁刹庵门口，圣姑不吃就不起来。五斗圣姑见周财主夫妇如此心诚，只好点头应允了，让周财主找来一对童男童女，深夜送入铁刹庵，只是一定要隐秘，切不可对外声张。

周财主两口子如受皇恩，按圣姑的吩咐，出去买了两个孩子。民国初年，军阀混战，为了躲避饥荒战乱，逃难要饭来到天津城的一批接一批。什么地方都一样，说到底还是穷人多、富人少，富家有破败之肉、贫家无隔宿之粮，穷老百姓大多勉强糊口，谁会可怜要饭的？慈善会的粥棚也只在初一、十五才开。许多逃难的吃不上饭，不得已卖儿卖女。在孩子头上插一根草标，上鲇鱼窝转子房卖个三两块钱，骨肉分离、椎心泣血，这也是出于无奈，卖了还有条活路，不卖全得饿死。天津城外有个鲇鱼窝，插草标卖孩子的大多集中于此，所以也叫"转子房"，你出几个钱，我把孩子转给你，说白了就是买卖人口的地方。周财主在鲇鱼窝买了一对姐弟，姐姐九岁、弟弟六岁，属相合适，长得也挺端正，就是吃不上饱饭，饿得面黄肌瘦。周财主也没少给钱，告诉俩孩子的爹娘放心，他大户人家不会亏待这俩孩子。带到家给俩孩子洗澡梳头，好吃好喝养了十多天。其间又去置办东西，上最好的成衣铺，从头到脚买来全套的行头，再去首饰楼打了百岁铃、长命锁、镯子脚环、金簪玉佩，一个金元宝，一把玉如意。到日子给这俩孩子扮上，趁深夜无人之时，偷偷摸摸送入铁刹庵。那天半夜，两口子在屋里嘀咕此事，说什么全凭五斗圣姑提携，等上三年五载功德圆满，到时候那俩孩子就是身边的金童玉女。不承想屋里头说话屋外边有人听，大路上说话草坑里有人听，这些话全让行窃的车夫听了去，又一股脑儿秃噜给了缉拿队。

刘横顺听罢此事，咬碎口中牙，气炸连肝肺，这些有钱的财主真够糊涂的，这都什么年头了，怎么还有人信这一套，真是出门就上当，当当都一样。五斗圣姑分明妖言惑众，借周财主这些人的手买孩子，哪有什么金童玉女？不过五斗圣姑为什么收童男童女？三岔河口又为什么会有死孩子的大腿？如果说意在图财，可犯不上杀人害命，五斗圣姑吃人不成？

5

刘横顺心知这个案子不小，五斗圣姑也许不止收了周财主这一对童男童女，不过往河里扔死孩子的太多了，因为没人报案，官厅不曾过问而已。以前有两路人最可恨，离人骨肉的"拐子"、财色双收的"拆白"，一向不容于黑白两道。奈何眼下没有真凭实据，仅以一面之词，还不能直接抓人。他带人出去一打听，得知三条石的富户赵大头，当天夜里会去给五斗圣姑送孩子。刘横顺心道："口说不如身逢，耳闻不如目见，今天我就来个夜探铁刹庵！"

书中代言，三条石的赵大头，绝对是当地的一大富户，家里边开着不少买卖。三条石在天津城的北门外，南临南运河，北靠北运河，西通河北大街，往东就是三岔河口。虽然位于城外，可并不偏远，早年间这一带全是洼地，运河上过往船只装载的鲜货，大多集中存放于此，鲜货行专做天南地北时令鲜果的生意，也叫果子行，因此在当时得名"果子行窑洼"。由于兴建东局子，这一带变成了大小打铁作坊的聚集地，用大青石铺设三条大路，改地名为"三条石"。打铁的靠火吃饭，也拜火神爷，又相距三岔河口不远，民国以前铁匠们常去火神庙上香。赵大头是三条石的一霸，却并非打铁的出身，老家在山东青州府，祖上在关外发了财，有了钱没回山东老家，相中天津卫这块风水宝地，带本钱来九河下梢做买卖，放高利贷、开大烟馆，什么来钱快干什么，缺多大德不在乎。家底传到赵大头这一代，钱滚钱、利滚利，挣得越来越多，越有钱就越惜命，整天围着丹炉转，墙上挂的是吕洞宾、院子里养仙鹤、墙根儿的狗尿苔愣说是灵芝草，一心想当神仙，却又为富不仁、欺男霸女，真可以说"好事不干，坏事做绝"。前些天一听说，怎么着？天津城里来了一位活神仙？飞剑斩妖狐，白昼度人飞升，可把赵大头高兴坏了，不惜重金给铁刹庵捐香火，好不容易拜见了五斗圣姑，受其妖言蛊惑，买来一对童男童女准备送入铁刹庵。

当天入夜掌灯，赵大头带了两个买来的孩子，身边还跟着三兄四弟，从后门进入铁刹庵。刘横顺趁月黑风高，纵身上了铁刹庵院墙外的一株大树，躲在树上往下看。五斗圣姑也摆了素宴待客，坐在居中的一张花梨太师椅上气定神闲。赵大头等人进来行过礼，分宾主落了座。刘横顺看得出来，赵大头刻意打扮了一番，可这人太丑了，怎么打扮也没法看：远看没有脖子，肩膀子上扛着一个大脑袋，如同一个横放的冬瓜，脸上也不平整，不是疤瘌就是褶子，母狗眼烂眼边儿，独头蒜鼻子、菱角嘴，里出外进的一口蒜瓣儿牙，整个一癞蛤蟆成精。

赵大头扯开破锣嗓子，对五斗圣姑连吹带捧，又往自己脸上贴金，说起话来成心加几个"之乎者也"，不怕文人俗，就怕俗人文，他的话前言不搭后语，反正大致意思就是世上有钱的人多，有福缘的却少，多亏了赵某有仙根，净做善事、广舍善财，才有幸拜见五斗圣姑，求圣姑显一手神通，好让他们开开眼。

五斗圣姑并不推托，说之前斩了一只作祟的妖狐，不妨略施小技，再招一只狐狸来，给各位居士助兴。当即掐诀念咒，但见黄烟一阵，院子中来了一只大狐狸，身披红毛，嘴岔子发黑，一看就够年头儿了。大狐狸行至桌前，忽然人立而起，抬前抓对五斗圣姑下拜。赵大头等人惊诧无比，一句话也不敢多说。五斗圣姑一弹拂尘厉声道："念你修炼不易，又不曾为非作歹，召你前来一助酒兴，小心伺候还则罢了，稍有怠慢，本座赏你一记掌心雷！"

狐狸似乎听懂了人言，在酒席宴前摇头摆尾、丑态百出，一会儿学练武之人打拳踢腿，一会儿学官老爷迈四方步，一会儿又学小媳妇儿身带媚态。纵然赵大头等人眼界不浅，走南闯北吃过见过，也看得茶呆呆发愣，有人偷偷拿手掐自己大腿，还当是在梦中。狐狸演罢多时，又对五斗圣姑拜了三拜。五斗圣姑点了点头，抬手一挥，当场黄烟一阵，不见了狐狸的踪迹。

赵大头等人惊喜赞叹，得道的狐仙在圣姑面前如同奴才一般俯首帖耳，那还了得，纷纷跪在地上给圣姑磕头。

刘横顺却在树上看得分明，适才黄烟一起，一条黑影从墙角的狗洞中钻了出去，心说："这只狐狸不是驾黄风来的吗？走时怎么还得钻狗洞？"

6

刘横顺没去追狐狸，躲在树上盯住五斗圣姑的一举一动。素宴已毕，赵大头将其余的人打发走了，带上两个孩子，跟五斗圣姑进了后堂。刘横顺看不到屋中情形，纵身从树上下来，蹑足潜踪来至窗下，手指沾唾沫点破了窗户纸，睁一目眇一目往屋中观瞧。只见五斗圣姑煞有介事地让赵大头立于堂中，童男童女分列左右，一个拿金元宝、一个捧玉如意，又在桌案上的香炉中焚上三支大香，取出蜻蜓剑，在墙上画了一个圈。刘横顺在窗外看得真切，她就是这么一比画，墙上什么也没有。赵大头却看得目瞪口呆，时而眉飞色舞，时而满脸惊诧。五斗圣姑撕开一张白纸扔在板凳上，赵大头提心吊胆骑上去，身子前倾后仰，左右摇摆，如同中了邪一样。两个孩子目光空洞，神情呆滞，任凭五斗圣姑将身上的金饰玉佩一件件取下，放进一个大躺箱，又走到院中呆立不动。刘横顺怕让人发觉，急忙上了院墙。堪堪稳住身形，只听"吱呀"一声，后门打开了，那只狐狸去而复返，来至当院人立而起，招了招"手"，引两个孩子出了铁刹庵。刘横顺恍然大悟，敢情这狐狸和五斗圣姑是一伙儿的，怪不得招之即来挥之即去。他顾不得屋里的五斗圣姑和赵大头了，立即跃下墙头，从后边跟住了狐狸和两个孩子。此时夜色已深，铁刹庵位于侯家后一角，周围黑咕隆咚的，不见半个行人。前边走后边跟，穿过庵后一片坟地，一路来到河边。

狐狸不再往前走了，转头看看两个小孩，朦胧的月光下一脸奸笑，嘴岔子往上翘，俩眼眯成两道缝，又冲两个小孩招了招手，那俩孩子就直愣愣往河里走，眼看河水齐了腰，却似浑然不觉。

刘横顺看到此处，至少明白了七八成，五斗圣姑以邪术迷惑民众，让有钱人买来童男童女当替身，扒下值钱的金玉，又以狐狸将孩子引入河中。只不过此辈既然有幻人耳目的妖术邪法，诓敛钱财绰绰有余，何必将童男童女引入河中淹死，图什么许[1]呢？他一时不得要领，可是再不出手，两个孩子就淹死了。当即冲上前去，一手一个将两个孩子从河中拎了上来。狐狸见得有人，连忙落荒而逃。刘横顺两条飞毛腿，能让它跑了吗？三步并作两步追上去，挝出金瓜流星，窥准了时机一抖手打了出去。狐狸惊慌失措只顾逃窜，头上已然结结实实挨了一下，半个脑袋都被砸瘪了，喷血滚倒在地，那还有个活？刘横顺也没想拿活的，一来恨这狐狸和圣姑串通一气图财害命，二来不可能逮只狐狸去问口供，所以下手不留余地。

刘横顺打死了狐狸，先回到火神庙警察所，吩咐老油条留守，让张炽、李灿、杜大彪三个人去盯紧铁刹庵前后门，在缉拿队过来之前，切不可轻举妄动，又将死狐狸和两个孩子带到巡警总局，请官厅开下批票拿人。

有人问了："五斗圣姑会使旁门左道之术，擒贼追凶的警察拿得住她吗？"您有所不知，天津卫这地方跑江湖的太多了，缉拿队什么样的贼人没见过？五斗圣姑那两下子，吓唬一般的巡警兴许还行，在缉拿队眼中不足为奇，说穿了也不过是江湖手段。五斗圣姑之前在铁刹庵门口打坐，木雕泥塑似的一动不动，有巡警上前驱赶。圣姑一甩拂

---

[1] 方言，图什么。

尘巡警就趴下了，想来不是道法，而是在拂尘上沾了迷药；至于墙上开出火树银花也不出奇，江湖上称为萤火流光法，无非提前以磷粉在墙上画好了火球火树，曾有入室行窃的贼偷用这一招调虎离山，趁机作案；至于飞剑斩妖狐，跨虎入仙山，多半也是障眼法。天津卫又不是没出过这样的能人，相传清末七绝八怪中变戏法的杨遮天，大庭广众之下可以把天变没了，手段可比五斗圣姑高明多了。

　　缉拿队把人凑齐了，再等来批票，已经过了晌午。一行人直奔铁刹庵，到地方一问张炽、李灿，刘横顺放心了，五斗圣姑跑不了，为什么呢？前几天张炽李灿去找金麻子问话，不仅没收了金麻子卖野药挣的钱，还顺手掳了十来包"铁刷子"。刘横顺想捉拿五斗圣姑，但是缉拿队也得凭批票拿人，他先上官厅要批票，让杜大彪和这俩人去铁刹庵盯住了前后门。杜大彪堵前门，他们俩盯后门。张炽、李灿这俩小子也不是省油的灯，满脑袋损招儿、一肚子坏水儿，他们听人说过，这个五斗圣姑挺厉害，万一出了差错，那可交代不了，如果给五斗圣姑下点药，就不怕点子跑了。

　　正好这时候，挑大河的邋遢李来给铁刹庵送水。邋遢李又叫大老李，二十年前从山东逃难来的天津卫，一直也没混整，穿破衣住窝棚，早上给各家各户挑水，卖力气挣钱。民国初年的七绝八怪，他是其中之一。老时年间，指着挑大河吃饭的不在少数。那么说邋遢李一个挑大河送水的，是技艺超群，还是外貌奇特、言行怪异？相传此人水性出众，可以在河底走路、水中睡觉。天津卫地皮浅，一向没有井水，好在河多，军民人等自古吃河水。天不亮就有挑大河的挨家挨户送水，挣的是份辛苦钱。前门送挑水，倒在大水缸里，加上一把白矾过滤，河里挑上来的水中杂质太多，因此很多人家都预备两口水缸，用白矾把水中的杂质沉淀下去，缸里头半缸水半缸泥，这时候再把上边的水舀进另一口大缸，淘米煮饭全用这个。后门送的是开水，民国初年有条件的已经用上暖壶了，专门有水铺烧开水。水铺一般都是当街的门脸儿，门口挂着木头牌匾，上写"好白开水"，屋里是通膛的大灶，灶上并排三个灶眼儿，放上三口大锅同时烧。头锅的水烧开了、二锅的水八成开、三锅的水半开，卖的是头锅水、烧的是二锅水、等的是三锅水。烧水的时候也讲究一个利索劲儿，不等头锅水卖干净，水舀子已经伸进二锅去了，舀到头锅里一见开儿就能卖，再把三锅里的水补到二锅，如此渐进式地烧水，就为了不耽误工夫，能多卖点儿钱。不过也有作假的，在头锅的锅底扣上一个碟子，看着里边的水咕噜咕噜冒泡，实际上可没全开，这样的温暾水拿回去沏茶要多难喝有多难喝。邋遢李几十年如一日，天天往各家各户送水，按月或年结钱。

张炽、李灿闪身出来，挡住了送水的邋遢李，一掏没收来的打胎药"铁刷子"，有不下十来包。这俩坏小子怕不够，把这十来包药粉一股脑儿全倒进去了，厉声呵斥邋遢李不准多嘴，如若耽误了抓差办案，就拿你回去填馅儿！

邋遢李一个挑大河的穷汉，老实巴交惹不起他们，点头哈腰一个字也不敢多问，仍和往常一样，口中说一声"给您了送水"，把暖壶摆到门口抹头跑了。张炽、李灿躲在一旁看，天亮之后，五斗圣姑打开门，左右看看没人，拎上暖壶进了后堂，估计一早起来也得喝口热茶，此后再没出来过。

刘横顺一听鼻子好悬没气歪了，他又不是不知道，金麻子卖的野药，有药味儿没药劲儿，全是糊弄人的玩意儿，只有打胎药"铁刷子"相反，没药味儿有药劲儿，正经的好使。打鬼胎半包足矣，一包可以戒掉大烟，并非什么灵丹妙药，就是愣往下打。据说挖坟盗墓的孙小臭儿，为戒大烟吃下去一整包"铁刷子"，烟瘾是戒了，人也缩成了如今的样子，几乎送了命。你们俩这一下放了十几包，纵是铜铸的金刚、铁打的罗汉，只怕也抵挡不住，常言道"好汉子架不住三泡稀"，何况一个女流之辈？

<h1 style="text-align:center">7</h1>

缉拿队担心五斗圣姑死了问不出口供，三十多人前后两边围住铁刹庵，撸胳膊挽袖子，纷纷掏出手枪。缉拿队为首的队长费通，出了名的怕老婆，就会吓唬老百姓，人送绰号"窝囊废"，又叫"废物点心"，他炸雷也似一声大喝："缉拿队办案，闲杂人等不准近前！"过往的老百姓瞧见这架势，哪还敢往前凑，看热闹也躲得远远的。刘横顺命杜大彪一脚踹开庵门，其余众人如狼似虎一般往里冲。

五斗圣姑坐在佛堂之中，听得门口一阵大乱，就知道事情败露了，忙点上三支香，却待溜入暗道，猛然发觉肚子不对劲儿，翻江倒海那么难受，坠得起不了身，额头上全是冷汗。说时迟那时快，"窝囊废"费大队长一心抢功，已经带手下冲进了后堂，正待生擒活拿，却听一声虎吼，四壁皆颤，眼前跃出一只吊睛白额的猛虎，全身杏黄、条条黑斑，眼若铜铃、牙似刀锯，昂首长啸天上飞禽丧胆、低头饮水惊煞河中鱼鳖。吓得费通等人肝胆俱裂，连滚带爬跑了出去。

外边的人往屋里看，却什么也没有，只见五斗圣姑坐在蒲团上，脸色煞白，一手撑地，一手捂在肚子上，额头上全是黄豆大的汗珠子，她身旁有个香炉，当中插了三支大香，屋中香烟缭绕。稍一接近，便觉头脑发沉。可见五斗圣姑以迷香作怪，不将炉中的三支香灭掉，没人进得了屋。

缉拿队的人虽然有枪，可是为了拿活的邀功请赏，谁也不想开枪。如此僵持下去，不知五斗圣姑再出什么幺蛾子，绝对不能让她跑了。

刘横顺的腿快眼更快，瞥见佛堂门口摆放了一个大水缸，乌黑锃亮，一个人抱不过来，里边装满了水。他急中生智，招呼杜大彪："快往屋里泼水！"

咱在前文书交代过，杜大彪身高膀阔、力大无穷，有扛鼎的本领。铁刹庵这口大水缸，旁人挪也挪不动，对他来说却易如反掌。他平时只听刘横顺的话，让他往东他不往西，让他打狗不抓鸡，否则不给饭吃。杜大彪别的不怕，就怕挨饿。一听见师兄发话，他两臂张开扒住大水缸，一较丹田之气，连水带缸整个儿抱了起来。好个扛鼎的杜大彪，天让降下力中王，非是寻常差官，抱起水缸顺势往上提，大喝一声："走你！"

刘横顺想得挺好，他让杜大彪往屋里泼水，浇灭了那一炉迷香，再进去捉拿五斗圣姑。可杜大彪太实了，榆树脑袋——木头疙瘩一个，直接将大水缸扔进了佛堂。这一下可热闹了，手捂肚子的圣姑坐在佛堂正中，忽然间冷水浇头，给她来了一个透心儿凉，香炉立刻灭了。这时候头顶上的水缸也到了，"咔嚓"一声将五斗圣姑砸倒在地。陶土烧成的大水缸，缸壁足有两寸厚，外刷青漆，拿手一敲跟铁的一样，何等的沉重，况且是被杜大彪扔进屋的，当场砸了五斗圣姑一个缸碎人亡。

刘横顺站在门外一抖搂手，事已至此多说无益，五斗圣姑图财害命，拿住也得枪毙，死了倒没什么，只是问不出口供，查不出她害过多少人命了。

事后巡警总局派人从里到外搜了一遍铁刹庵，起出若干金玉、烟土、银圆。既然元凶已毙，官厅没再往下追究。由于此案牵扯到许多有钱有势的权贵，想查也查不下去，还是大事化小、小事化无为上。对外只称五斗圣姑及同伙儿是人贩子，流窜各地拐带孩童，因拒捕被当场击毙。前去抓人的缉拿队，一人领了一块半的犒赏。

刘横顺仍想不明白，聚敛钱财何必伤人害命？将童男童女转手卖给人贩子，多少也能换几个钱，为什么非让他们下河送死？五斗圣姑还有没有同伙儿？另有一件事引起了刘横顺的注意，在结案之后，五斗圣姑的尸首又被李老道收去了白骨塔，听说李老道不仅收尸，也把那只死狐狸捡走了。

按说人死案销，至于是苦主收殓，还是由抬埋队扔去乱葬岗喂狗，抑或僧道化去掩埋，官府从不过问。不过国有国法，民有民约，天津卫建城五六百年，民间有许多约定俗成的规矩，怎么埋死人也有规矩，讲究什么人去什么地：贞洁烈女入烈女坟，火中而亡的进厉坛寺，水里淹死的上河龙庙；西关外这座白骨塔，供奉的是白骨娘娘，向来放置行善僧道捡来的人骨，大多是冻饿而死的倒卧。而今白骨塔来了个李老道，接连收去"飞贼钻天豹、五斗圣姑"的尸首，皆非良善之辈，李老道究竟想干什么？正是"劝君莫做亏心事，古往今来放过谁"？欲知后事如何，且听下回分解。

第四章　杜大彪捉妖

1

多行不义难长久，

恶贯满盈天不留。

眼见今朝阎罗唤，

生死簿上一笔勾。

上文书说到缉拿队包围铁刹庵，杜大彪扔水缸砸死五斗圣姑，尸首又被李老道收去了白骨塔。刘横顺虽然觉得有些不合常理，可也没往多了想，他也顾不过来。因为结案之后，隔三岔五就有丢孩子的来报官，天津卫以往并不是没有拐小孩的，却都没这么邪乎。旧时将拍花贼称为"老架儿"，多为外来流窜作案，打扮成乞丐四处讨饭，乘人不备拍花子。干这行的以女子居多，手段各不相同。让人贩子拐走的孩子，或北上辽东，或西去大漠，沦为娼奴，十之八九再也找不回来，官厅加派了巡逻站岗的警察，缉拿队也忙于追查拍花子的拐子，外来要饭的是没少抓，案子可没破，谣言传得很厉害，老百姓都不敢领孩子出门了。

一连多少天，案子迟迟没有进展，丢孩子的仍是接连不断，天津城里人心惶惶，官厅也麻了爪儿，贴出悬赏布告，又在通往外省的各个路口加紧盘查。过了没几天，有人跑来报案，说东门里出了一个卖人肉包子的，包子馅儿里吃出了小孩手指头！

从古至今，剁人肉蒸包子的不少。开黑店的用人肉做包子，主要是为了毁尸灭迹，把人剁成馅儿、吃进了肚子，那还怎么找去？反正听说的人多，没几个真正见过的，吃过的就更少了。当时被告发卖人肉包子的二混子，半夜挑灯之后在东门里卖包子，那一带宝局子多，给耍钱的人当消夜。民国初年，已明令禁止设赌押宝，耍钱的却大有人在，明的不行来暗的，下边的警察也是睁一只眼闭一只眼，雷声大雨点小，装装样子走走过场，到日子还能从中拿一份抽头。东门里一带的小胡同中，有不下十来家宝局子，大半个天津城的赌棍都在这儿，耍上钱不分昼夜，往往通宵达旦。卖包子的二混子，没有门面字号，也不摆摊儿，他白天不卖，掌灯出来卖夜宵，在家蒸得了包子放在大笸箩里，上边盖上棉被保温，挑上挑子穿梭于东门里各条胡同，边走边吆喝"肉——包"，"肉"字拉得特别长、"包"字又特别短，耳朵上火的根本听不见这个字，意思是他这包子皮薄馅儿大肉也多。二混子在锅伙当过混混儿，由于没有抽死签的胆子，在锅伙混不下去了，吃不成混混儿这碗饭，又干不了别的营生，身无一技之长，还舍不得卖力气，走投无路才出来卖包子；手上没本钱，赁不了门面，只得走街串巷叫卖包子。虽说只算半个混混儿，但是横惯了，身上也描龙刺凤，惹不起有钱有势的，欺负小老百姓绰绰有余。二混子为了卖他这独一份儿的夜宵，一旦瞧见别人来东门里卖包子、馄饨、秫米粥，他上去就把摊子踢了，啐个满脸花再给骂走，做小买卖的能有多大道行，谁也不敢惹他，一来二去没人再来了。

那天半夜，有几个耍钱的饿了，把二混子叫进屋，买了他一屉包子，价钱不贵，俩大子儿一个，咬一口热热乎乎，肉也多、油也大，不过吃了没两口就有人骂上了："二混子，你这包子什么馅儿，怎么还带硌牙的？"吐在宝案子上一看，居然是一整块手指甲！

二混子正在那儿看着别人耍钱，他的瘾头也不小，只不过手气不行，挣个仨瓜俩枣的全扔里了，一听这话不愿意了，张嘴还挺横："别人是鸡蛋里挑骨头，您了这是包子里挑指甲，多大个事啊，至于一惊一乍的吗？剁馅儿的时候崩进去一块半块的，这免得了吗？你给吐了不就完了吗？"

俩人都不是善茬儿，你一句我一句越说越拱火儿，当场撕扯上了。有多事儿的跑去报了官，巡警过来一瞧，真是人手上整个的指甲，让二混子把手伸出来，十个手指头完好无损没有带伤的，又问他从哪家肉铺买的肉，二混子支支吾吾说不清楚，巡警瞧出来了，这里头准有事，忙去二混子家搜查，这一看可了不得，肉馅儿中不仅有指甲，居然还有两根手指头，卖人肉包子这还了得？不容分说立马将二混子押送巡警总局。二混子吓尿了裤，他胆儿再肥也不敢卖人肉包子，不得不说了实话。原来这小子犯财迷，蒸包子不舍得用好肉，专使碎肉边子、头蹄下水，这还觉得亏，恨不得一个大子儿也不花，想到外边偷鸡摸狗，可他学艺不精，溜到人家门口没等下手，就把狗给惊了，无奈之下出去套野狗，狗皮剥下来卖给做膏药的，肉和下水剁馅儿掺上大油蒸包子。估摸今天套来的那条野狗，刚在坟地啃了死孩子，指甲盖还在肚子里没消化，就给剁成了包子馅儿。二混子为此吃了半年牢饭，却也保住了一条命，否则非让吃过他包子的人打死。官厅则借这个由头，大举查封东门里宝局子，罚了不少的钱。宝局子上下打点，交够了钱继续开，耍钱的照样连更彻夜，当官的腰包又鼓了，案子却没任何进展。

按下缉拿队如何到处抓人不表，单说北门外有个做买卖的，姓高名叫高连起，人称高二爷。专做鲜货行的买卖，说白了就是贩运水果。这个行当的生意最不好干，老时年间交通不发达，从外地运过来的鲜货，在路上耽误太久，到了之后搁不住，很容易烂，价钱见天儿往下掉，几天卖不出去就烂没了，所以有这么句话叫"好马赶不上鲜货行"。干这一行风险高，必须本钱大赔得起，因此价格也高，果子烂了一半不要紧，另一半卖出几倍的价钱就成，不是小老百姓吃得起的。常言道得好"买卖不懂行，瞎子撞南墙"，咱们这位高二爷可懂得买卖道儿，家里的底子也足，自己有冰窖，包了铁道上的车皮运货，鲜货带着冰往回运，还让跑腿儿的定期给主顾送货上门，不愁没销路。通常往两个地方送，一是宅门府邸，有钱有势的家大业大，从上到下百十口子，嘴里头都不闲着，一年到头得吃多少鲜货？二是各大烟馆，抽大烟的容易叫渴，讲究吃南路鲜货润喉，芒果、蜜柚、枇杷之类的，价钱昂贵。光是往这些个地方送鲜货，挣的钱就不少。家中仅有一子，年方四岁，两口子捧在手心里长起来的，视如珍宝一般。高连起买卖挺大，胆子却小，听说天津卫出了拍花的拐子，整天忧心忡忡，柜上也不去了，客也不见了，在家闭门不出，两口子天天盯着孩子看。

高连起是生意场上八面玲珑的人，做买卖没有不出去应酬的，各路的关系也得维持，下馆子、泡堂子、叫条子、打茶围，这么玩惯了，在家闷上三五天还成，一待十几天可受不了，心里长草、浑身长刺，简直如坐针毡一般，怎么待着都难受，就差挠墙皮了。这一天响晴白日，高连起实在坐不住了，告诉高二奶奶在家看孩子，千万盯住了，天塌下来也不许出门，他上外头喝个茶，一会儿就回来。高二奶奶也看出高连起憋得够呛，让他尽管放心，在家一待这么多天，是该出去会会朋友、瞧瞧行市了。高连起一出家门，真好比"野马脱缰、燕雀出笼"，蹽着蹦儿奔了南市，买卖生意搁一边，他得先过过瘾解解腻味，怎知这一去再没回来，孩子没丢，大人丢了！

2

当年天津卫的南市最热闹，与北京的天桥旗鼓相当，可不光有打把式卖艺的，澡堂子、大烟馆、杂耍园子、秦楼楚馆遍地皆是，听书看戏、吃喝嫖赌，玩什么有什么，一辈子也逛不够。天津城以前仅有北市和西市，出了南门是一大片烂水洼，长满了芦苇，到处是蒿草水洼，向来无人居住。城里的炉灰、脏土全往这儿倒，久而久之填平了洼地。仗着地势好、离城近，陆陆续续有做小买卖的在这一带摆摊儿，人也越聚越多，逐步形成了南市。1900年庚子之乱，八国联军攻入天津城烧杀抢掠，北市、西市毁于战火，更多的人聚集到南市。由于是三不管儿的地方龙蛇混杂，地痞无赖在此庇赌包娼、欺行霸市、逞凶作恶，坑蒙拐骗没人管，逼良为娼没人管，杀人害命没人管，造就了畸形的繁荣。

高连起打家一出来算是还了阳了，派头十足、风采依旧，头顶马聚元、脚蹬内联升、身穿八大祥、腰揣现大洋，昂首阔步溜达到南市，直奔同合春面馆，进得门来坐定了，别的不吃，单要一碗头汤面。什么叫头汤面？饭庄子刚开门，从一大锅高汤中煮出来的头一碗面。这里边儿可有讲究，面得在头天晚上备下，专门有小徒弟每隔一刻钟揉一遍，两班倒轮着伺候这块面，到了第二天早上擀面条之前，这才痛痛快快彻底揉透了。揉面看似简单，不干个三五年可练不出这个功夫，必须顺着一个方向使劲儿，还得刚柔并济，劲儿大劲儿小、快了慢了都不成，把面的筋道劲儿揉出来，这样的面条煮出来晶莹剔透，吃着有劲儿。难得的还在头汤，非得在汤锅中煮出的头一碗面条，味道才最好，接下来的面条煮多了，面味儿就抢了汤味儿。倒上刚焖出来的浇头，淋点香油撒上细葱，扔几根翠绿的菜心儿，汤鲜面滑、清香扑鼻，一天里就这么一碗，二一碗再也没这个味儿了。并且来说，这碗头汤面可不是谁来得早谁就吃得上，平常老百姓哪怕顶着门去也吃不上，跑堂的告诉你面还没和呢，您了要么等会儿，要么吃点儿别的，反正有的是借口；专等有钱的主顾上门来吃，灶上才肯下这头一碗面，后边就随便卖了，什么人吃都有。高连起最得意这口儿，三天不吃就想得慌。跑堂的伙计全是势利眼，瞅见高二爷来了，忙往里边请，拉长声吆喝"给高二爷看座，老规矩面软汤紧"，连灶上带柜上一齐忙活，尽着伺候还怕怠慢了，不给够了赏钱你都不好意思吃这碗面。高二爷热热乎乎吃了一碗头汤面，肚子里这叫一个踏实，加倍给了赏钱，按以往的习惯，下一步他得上大烟馆抽两口，这十来天可憋坏了，好不容易出来一趟，真得好好过过烟瘾。当年抽大烟的大多是有钱人，家里置得起烟枪，大烟膏也有的是，可还是愿意去烟馆，为什么呢？因为抽鸦片烟不仅在于烟膏，烟枪也至关重要，非得是老枪才够味儿。烟馆来往的人多，这个走了那个来，烟枪不歇火儿，已经熏出来了，家里的烟枪比不了，而且烟客们大多熟识，满屋子烟雾缭绕，有那个氛围，家里头冷冷清清没意思。高连起抱上烟枪往榻上一躺，吞云吐雾过足了烟瘾，顿觉神清气爽，精精神神出得门来，正是前后不挨着的时候，早点吃完没多会儿，还不到吃晌午饭的时候，再加上抽完大烟嗓子眼儿发干，就信步进了一家茶馆，直接上二楼雅间。小伙计儿眼神儿活泛，擦桌子掸椅子，把烫热的手巾板儿递过去："高二爷，您可有日子没过来了，还是老规矩？"高连起点点头："随便来几样果子。"什么叫老规矩？过去的有钱人上茶馆，穷人也上茶馆，像高连起这样的有钱人口儿高，嫌茶馆儿的茶叶太次，买来上等茶叶存在茶馆里，来了就喝自己的茶。穷人到茶馆是为了找活儿干，一个大子儿一碗的茶叶末子可以喝上一天。高二爷这路生意不同，有一整套的做派：水得是天落雨水，茶叶得是洞庭春茶，烹茶要用古寺中几百年的瓦罐，烧深山中的千年老松枝，喝的是这个味儿，摆的就是这个谱儿。不一会儿热茶沏好了，果品、蜜饯摆上几碟，愿意吃就吃一口，不愿意吃就扔在那儿。东西不起眼，可都十分精致，大街上卖的没法比。高连起晃着脑袋品着茶，就听楼下有人聊天，哪家的大饭庄子打哪儿请了个厨子，什么菜拿手哪个菜好吃。高二爷听着都腻，大饭庄子有什么意思，出来一趟就得吃对口儿的。

　　喝了几泡茶眼瞅着该吃中午饭了，高连起想吃什么呢？他馋羊汤了。卖全羊汤的在天津卫多了去了，要论正宗还就得是三不管这家，并非带瓦片子的铺眼儿，就这么一间席棚，既没有牌匾也没有字号，棚子里支着火炉，上架一口大锅，锅里的老汤常年总这么开着，煮的是整只胎羊，有讲究：一只胎羊煮十天，到日子加进去一只新的，煮三天再把上一只搭出来，如此循环倒替，将这锅汤熬得又浓又稠，翻着白花，膻气味儿顶着风飘出五里地，这便是最好的幌子。小本儿买卖雇不起伙计，请不起掌柜，前前后后就老板和老板娘俩人，白天忙得四爪朝天不亦乐乎，下晚儿两口子也不能只顾着起腻，得盯住了给炉子里添柴续火，全凭这锅汤拿人。

　　老天津人管羊汤叫羊肠子汤，实则可不单有肠子，肝花五脏应有尽有，全是不值钱的下水，提前买回来煮熟了切碎，卖的时候放在笊篱上往老汤里一焯就得，加汤盛进碗里，上面漂着一层黑绿色的沫子，大苍蝇小苍蝇围着乱飞，掉进去一两个是常有的事，嫌脏你就闭着眼喝，非得这样才够味儿。普通的羊汤俩大子儿一碗，杂碎少汤多，爱吃哪样还可以单加，加一份给一份钱，锅台旁边摆放着各式调料，韭菜花、酱豆腐、辣椒油、香菜末，口轻口重自己调理。东西没什么新鲜的，味道确实不一样，就拿辣椒油来说，是用羊油炸的，凝在盆里有红似白，放在汤中能佐味，夹烧饼吃更解馋。

喝羊汤有喝羊汤的规矩，首先来说席棚里没有桌椅板凳，无论身份高低来了一律站着喝，这样喝得快、卖得也快，你说你是多大的老板，手底下开着多少买卖字号，半拉天津城都是你们家的也没用，想喝这一口儿吗？想喝就站在席棚里，和掏大粪的、倒脏土的、扛大包的这些穷人一起端着碗吸溜，因为不守着锅边喝，买回去味道就不对了。其次，在这儿喝不能挑眼，像什么汤里有个苍蝇、烧饼里夹根头发，或者身边的人又脏又臭，有什么算什么，但凡发一句牢骚，或者往一旁躲躲，天津卫老少爷们儿的嘴可不饶人，给你来上一句"装什么大瓣儿蒜"，你也得听着，本来喝的就是一样的东西，谁也不比谁高贵。三一个，喝羊汤不能回碗儿，多有钱也只能买一碗，想再来一碗旁边等着的不乐意，嘴里冷笑热哈哈："还得说您是有钱的大爷，羊肠子都得来两碗，怎么不连锅端家去？"闲话不够说的。真没喝够怎么办？喝完头碗儿出去溜达一圈再回来，等这拨儿喝羊汤的走了再来第二碗，卖羊汤的无所谓，即便认出来也照样卖给。再一个，碰见熟人不能打招呼，那会儿来讲，这东西是下等人喝的，有钱有势的犯馋来喝一次，全是低着头冲着墙喝，恨不能把脑袋扎碗里，就怕碰见熟脸儿。假比说这家的大掌柜戳在这儿喝羊汤，小伙计一脚迈进来，看见也得装看不见，回头掌柜的绝不挑理，还得夸这孩子懂事儿；如若上去给请个安，道一声："掌柜的，您得着呢。"旁边的人准得笑话。

高连起在家憋了这么多日子，早就馋这口儿了，把自己爱吃的要了一个遍，鞭花、肾头、羊房子，什么好吃要什么，实实在在一大碗喝进肚子里，脑门子也见了汗，又到有名的天清池泡澡，在最热的池子里泡透了，找一个扬州的师傅搓澡，敲头敲背，连剃头带刮脸，都弄完了，搓澡的喊一句"回首"——不能说"完"字，怕人家不爱听。拾掇利索了从包厢出来，早有看箱的伙计取来洗好烫干熏过香的衣服，伺候高连起穿上，点头哈腰送到大门口。高连起出了天清池，信步在南市闲逛。南市这地方，有钱人逛嘴，没钱人逛腿，好看的好玩的多了去了，天天逛也不腻。高二爷喝完了羊汤，洗完了澡，南市才真正热闹起来，因为这地方穷富都能来，有钱的都跟高连起一样，连抽大烟再泡澡，吃饱了喝足了下午出来逛。扛包卸船的苦大力一早上工，挣完钱再过来也是下半晌了。高二爷信马由缰东游西逛，看看变戏法的、瞧瞧耍杂技的，这边有个耍幡的、那边有个拉弓的，他都得过去瞅两眼叫个好，什么叫油锤灌顶、怎么是银枪刺喉，真刀真枪真把式，闷在家可开不了这个眼。除了打把式卖艺的，还有什么评书、相声、双簧、杂技，变戏法儿的、拉洋片儿的、唱大鼓书的，各路杂耍儿样样俱全。除此之外还有好多浮摊儿，也就是流动的摊贩，这些人做生意多半是蒙人骗人，所以没有固定的地方，怕上当的回来找他，一般像什么收买估衣的、收当票的、镶牙补眼的、点瘊子修脚的，骗人手法五花八门、常变常新。就拿点瘊子来说，这位脸上大大小小好几十个瘊子，舍不得去医院，到三不管儿来治。点瘊子的先拿刷浆用的大白给他点上，一点儿都不疼，这位一高兴把钱就掏出来了，一个大子儿一个瘊子，这就够一天的饭钱了。点瘊子的接过钱告诉他，这是药引子，让他先出去遛一圈儿，半个时辰回来换药，这位真听话，顶着一脸白点儿出去溜达，过半个时辰再回来。点瘊子的拿出另一个罐子来，里边装的都是硫酸，擦一个白点儿，点上一点硫酸，愣往下烧肉，疼得这位直学猴儿叫唤。

你要说受不了不点了，钱也不退；好不容易忍着疼都点完了，回家养了好几天，瘊子是没了，落了一脸大麻子。诸如此类举不胜举。

再说这位高连起高二爷，逛够了来到同庆园，这是个喝茶听戏的地方，台上有曲艺，台下有抱着匣子卖烟卷儿小吃的，香烟是哈德门、老刀、红双喜，小吃是小笼包子、驴打滚儿、青果萝卜、瓜子花生、点心蜜饯，该有的全有。高连起往那儿一坐，接过热手巾板儿来擦了擦脸，要上几碟点心、一壶龙井，问伙计今天什么戏码。伙计说二爷，你真来着了，今儿可新鲜，刚从江南邀来的角儿，唱的是评弹，头沟的买卖，正经能唱凉茶水的玩意儿。那位说"唱凉茶水"又是什么黑话？这是说台下听曲儿的一边听着一边喝茶，一手端着盖碗儿，一手拿着碗盖儿，却听入了神，直到最后曲儿唱完了，茶也凉了，过去常用这句话来形容角儿唱得好。高连起没听过评弹，他也觉得挺新鲜，只见上来二位，一左一右坐好了，左边是个弹三弦的老先生，右边是个小角儿，怀抱琵琶自弹自唱，一身大红色的旗袍，团花朵朵、瑞彩纷呈，两边的开气儿挺高，白花花的大腿上穿着玻璃丝的长筒袜，脸上描眉打鬓、有红似白，梳着一个美人头，上插白玉簪，唱出来悠扬婉转，真是赏心悦目，又好听又好看。台下有钱的老板尽着上花篮，两边都快摆满了，这其中别有用心的居多。新中国成立前听戏讲究"捧角儿"，往台上送花篮、扔洋钱、扔首饰，一个人包半场的票，一是当众摆阔，二是为了把角儿带回去睡觉。过去有句话说"一个戏子半个娼"，台上唱戏台下陪睡，有钱的老板们以包养戏子为荣，在旧社会不足为奇，常去听戏的大半也是为了这个。如果掰开揉碎往细里说，这里头的门道也深了去了。

高连起是买卖人，嫖姑娘也得明码实价，不走捧角儿这一路，听曲儿只为消遣，评弹的腔调真好，行腔吐字与众不同，又酥又软，无奈听不懂南音，抓耳挠腮干着急。在他旁边坐了一个大白脸，三十多岁不到四十，长得牛高马大，面似银盆，脸上挺干净，从面缸里掏出来似的那么白，还不仅白，这张脸又长又大，几乎跟驴脸一样。过去的算命先生常说"此等面相咬人不露齿，不可以交这样的朋友"。这个大白脸是走南闯北做买卖的，见识极广，通晓弹词，一边听一边给高二爷讲，台上这出《珍珠塔》，表的是才子遇难得佳人相助，到最后中了状元衣锦还乡迎娶佳人，怎么来怎么去，哪句词儿唱的是什么，全给讲到了。两个人越聊越投脾气，大有相见恨晚之意。高连起本想听完戏奔窑子，但他是做买卖的好交朋友，难得和大白脸谈得来，听完了戏没过瘾，跟大白脸说上午听人说哪个大饭庄子请了个名厨，有那么几个拿手的，想请大白脸过去尝尝。大白脸也不客气，俩人到了饭庄子，坐到酒桌上又是山南海北一通聊，酒酣耳热之余，结成了八拜之交。酒逢知己千杯少，话不投机半句多，高连起一时兴起喝多了，净说掏心掏肺的话，把家里的事全跟大白脸说了，什么家住在哪儿、总共几口人、媳妇儿什么脾气、孩子多大、哪年哪月生的、小名叫什么、左邻右舍姓什么叫什么、谁家养鸡谁家喂狗，谁家是寡妇、谁家是绝户，想起来什么说什么，就这样仍觉得没说够，非拽大白脸上家住一宿，来个同榻抵足彻夜长谈。大白脸也不推辞，扶上喝得东倒西歪的高连起出了饭庄子，回去的途中路过大水沟，这个地方在城里，1900 年以前是条明渠，直通赤龙河，拆除城墙之后逐步填平，当时还有水，积了很深的淤泥，蒿草丛生，又脏又臭。大白脸行至此处，看了看四下无人，故意落后几步，捡起一块大石头，叫道："兄长留步。"高连起闻声回头："兄弟怎么不走了？"大白脸笑道："昨夜华光来趁我，临行夺下一金砖！"如若换了明白人，一听这话就知道大白脸是歹人了，高连起却莫名其妙，什么意思这是？大白脸往前一指："兄长你看那是谁？"等高连起再一转头，大白脸铆足力气砸了他一个脑浆迸裂，又拖入蒿草丛中，除下衣冠鞋袜，尸首绑上石头蹽入大水沟，换上高连起的衣服，用手在自己脸上抹了几下，变成了高连起的样子，开口说话都跟高二爷没分别，一路来到高宅，敲开门就问高二奶奶："孩子在哪儿？"

3

高二奶奶正在屋中闲坐，见当家的回来了，一进门就直眉瞪眼地找孩子，忙说："孩子也在家闷了那么多天了，你前脚这一走，他就吵着也要出去玩儿，又不敢去别的地方，我寻思外头是有拍花的拐孩子，可没听说有敢在光天化日之下明抢的，出门看紧了便是，我就带孩子回了一趟娘家，过过风透透气，谁知道这孩子不听话，兴许是在家里憋坏了，好多歹说也不行，又哭又闹不肯回来了，二老心疼小的，就给留下了，我明儿个一早再去接他。"

大白脸扮成的高连起不干了，拍桌子瞪眼、暴跳如雷，非让高二奶奶马上把孩子接回来。

高二奶奶见当家的动了肝火，说什么也听不进去，无奈又回了一趟娘家。高连起家有钱，常年顾着包月的洋车，可此时节天色已晚，拉车的早歇工了，只得走着去，好在住得不远，出北营门再往前走，这个地方叫同义庄。高二奶奶紧赶慢赶回到娘家，接上孩子往家走，说话天已经黑透了，没在路边等到拉洋车的，却遇上了李老道。咱前文书说过，李老道脸色青灰，白天看好似蟹盖，夜里看却如僵尸一般。高二奶奶不认得李老道，突然看见这么一位，当时吓了一跳，以为是拍花拐孩子的，忙将孩子护在身后。

李老道说："贫道并非歹人，可是近来城中丢小孩的不少，这天都黑了，你们娘儿俩上哪儿去？不怕遇上拐孩子的？"

高二奶奶说："我们回家，马上到了。"她这么说是想告诉李老道，这是我家门口，想抢孩子你找错人了。

怎知李老道当头一喝："还敢回家？你以为在家等你们娘儿俩的是谁？"

要是搁在平时，高二奶奶听见这么说话的早急了，怎么说也是有钱人家的阔太太，谁敢跟她大呼小叫？此时却猛然一惊，心里头一翻个儿，高连起是不对劲儿，两口子过了这么多年，没吵过架、没拌过嘴，连脸都没红过，今天却似变了另一个人，之前她浑浑噩噩的没多想，让李老道这一句话惊出一身冷汗。李老道告诉高二奶奶，高连起误信歹人言多语失，将孩子的生辰八字说了出去，而你们家小少爷的命格极贵，旁门左道正想找这样的孩子，因此害死了高连起，扮成他的样子上门来拐小少爷，你母子二人回到家中，一个也活不了。高二奶奶听得噩耗，眼前一黑脚底下发软，坐倒在地哭天抹泪，不知该当如何是好。李老道说："在家等你那位，见你迟迟不回，必定会来找你，此处离三岔河口不远，你赶快带孩子跑过去报官，可保性命无虞，事不宜迟越快越好；万一有人追上来，你就扔这两样东西。"说完掏出一面小镜子、一盒绣花针，塞在高二奶奶手中，连声催促她快走。高二奶奶慌了手脚，哪里还有主张，只得信了李老道的话，揣上绣花针和镜子，抱起孩子直奔三岔河口。因为是在城外头，天也黑了，路上看不见一个人。高二奶奶心里打鼓，一边走一边犹豫该不该听李老道的一面之词，可不管如何，到了警察所总不会有人再害她们母子。正在这个时候，忽觉身后刮起一阵阴风，回头一看可了不得了，高连起追上来了，咬牙切齿、目射凶光，叫道："贱人，你把孩子留下！"这哪是平时慈眉善目、和气生财的高连起，分明是个吃人的夜叉鬼！

高二奶奶吓坏了，看来李老道说得一点没错，抱紧孩子拼了命往前跑，可她是有钱人家的阔太太，平日里养尊处优，长得也富态，跑能跑得了多快？听得来人越追越近，急得冷汗直冒，正当手足无措之际，突然记起李老道给她的两样东西，忙掏出那盒绣花针往后一扔，盒盖敞开撒了一地。假高连起追到这儿不追了，低下头看了一阵，蹲下身去一根一根捏起来。咱们平常人看来，地上只不过撒了一把针，没什么大不了的，而在假高连起眼中，无异于一排排插天杵地的尖刀挡住了去路，不拔出来过不去。高二奶奶不明所以，心里头也纳闷儿，不过紧要关头顾不上多想，心忙脚乱拼了命往前逃。假高连起怒不可遏，不知何人在暗中作梗使坏，把地上的绣花针捡了一个遍，这才再次拔腿追赶高二奶奶。眼看快追上了，高二奶奶忙抛下李老道给她的小镜子。假高连起又不追了，捡起镜子捧在手中，脸对镜子左照右照、上照下照，照得真叫一个仔细。一边照一边用手往脸上抹，三抹两抹之下，又变成了一张大白脸。上下左右照了许久，猛然回过神来，把镜子扔到地上摔了一个粉碎，怒骂一声甩开大步紧追不舍。

　　高二奶奶趁大白脸捡绣花针、照镜子的当口，抱上孩子往前逃命，跟跟跄跄跑到北营门，暗中闪出一人拦住去路。高二奶奶低着头跑，险些撞到来人身上。此人四五十岁，晃荡荡身高在七尺开外，竖着挺长，横着没肉，腰不弓，背不驼，杵天杵地，形同一根成了精的灯杆。打扮得与众不同，头顶红缨碗帽，上边的缨子稀稀拉拉的都快掉光了。身穿清朝练勇的号坎儿，上头大窟窿小眼子，破得不像样了。穿也不好好穿，斜腰拉胯、敞胸露怀。脑袋上留着一条大辫子，打扎上就没解开过，又是土又是泥，全粘在一起了，顺脖子绕了三圈，辫梢儿拿破布条扎着，直愣愣垂在胸前。肩扛一杆破扫帚一样的秃头扎枪，挎了一口腰刀的空刀鞘。此人见了高二奶奶，眼珠子一亮，嬉皮笑脸地说道："哎哟，我当是谁，这不高二奶奶吗？我常大辫子给您请安了。"

高二奶奶心中暗自叫苦，赶这要命的当口遇见谁不好，偏偏碰上了常大辫子！说起这个主儿，在天津卫尽人皆知、家喻户晓，有没见过的，可没有不知道的。还有大清国的时候，他是把守北营门的门官。过去的天津卫以营护城，有城门也有营门，城门在里、营门在外，皆有守卫。城门官归县衙门管、营门官属军队编制。门官带个"官"字，可没有官衔，等同于门军，只是在一早一晚开闭营门，赶上门口人流车马荏在一起了，他去给疏通疏通，整天守在营门口，风吹日晒雨淋挺辛苦，一个月的薪饷也不多。常大辫子倒挺得意这份差事，他当年就是个兵痞，穿上号坎儿单手叉腰，丁字步往营门口一站，狗披虎皮——愣充混世魔王，凭一身官衣瞪眼讹人。此人有一项绝的，天津卫上上下下、大大小小、男女老幼、高矮胖瘦，没有他不认识的，但凡是出入过北营门的，十个里得有八九个能叫得上姓名，一认一个准儿。大伙儿心里明白，让他认出来没好事，无多有少总得讹你点儿，有钱讹钱、没钱讹东西，雁过拔毛，见便宜就占。托塔李天王从北营门过，也得把手中那座宝塔敲下来一截。

4

后来大清国倒了，城门、营门都没了。常大辫子断了饷银、丢了饭碗，全指讹人吃饭，又舍不得离开北营门这块地方，整天瞪着过往行人，伺机"做生意"。他不同于地痞混混儿，瞪眼就骂街、举手就打人，平地抠饼、抄手拿佣，靠耍胳膊根儿讹钱。常大辫子讹人不说要钱，他有句口头语"我找您要钱我是王八蛋"，改朝换代不改打扮，无冬历夏穿一身旧号坎儿、留条大辫子，老远看见人紧跑几步，过去先给请个安，一张嘴客气极了，姓张的是张二爷、姓李的是李掌柜，礼数绝不缺。你不搭理他，扭头一走就没事儿了；但凡一搭话，那就上了套儿，不撂下点儿什么别想走。

常大辫子经常说他打过太平军、打过洋鬼子，两军阵前所向披靡、势不可当，杀七个、宰八个，胳肢窝里夹死俩，拔根汗毛也能压倒一大片，吹得是天昏地暗、日月无光。这些可没有任何人见过，只知道他讹钱有"三不论"，不论男女老少、不论贫富贵贱、不论僧俗两道，说白了就没有不讹的，跟谁都是那一套说辞，好比说这位姓张，常大辫子认准了开口便说："张二爷，今天出来得挺早啊，好多日子不见，您可胖了，刚才您痰嗽了一声，震得我这耳朵直嗡嗡，好大的底气啊！甭问，买卖不错，又发财了吧？看您就是一脸福相，也别说，现如今局势好，马放南山、刀枪入库、河清海晏、太平盛世，从前可比不了啊！庚子大劫您也赶上过，八国联军的洋鬼子够多坏，烧杀抢掠、无恶不作，还甭说老百姓，北京城的万岁爷都坐不住了，一听说八国联军来了，带着三宫六院、皇子皇孙、文武群臣、左卿右相，连同保驾的帮闲的全跑了。您知道跑哪儿去了吗？就跑到咱天津卫了，知道我常大辫子在这儿守营门，万岁爷心里踏实，打我手底下没进出过一个洋鬼子，有一个杀一个、有两个宰一双，那真叫一夫当关万夫莫开，洋兵洋将见了我脚底下打战，腿肚子转筋。可咱还得把话说回来，纵然浑身是血，又能做几块血豆腐？我能耐再大，也离不开军队中的兄弟帮衬，当年我们这一营老弟兄，为了保国护民，死的死、亡的亡，留下了多少孤儿寡母，我砸锅卖铁也周济不过来，您无多有少可怜几个，我替弟兄们给您磕头了。"

如果被讹的人给了钱，他就不缠着你了，可以少听几声闲屁；倘若不给钱，常大辫子再往下说可就不好听了："我可不跟您要钱，要钱我是王八蛋，我是替死去的弟兄们找您要俩纸钱儿，为什么找您要呢？您想想，我们当年上阵杀敌，吃的虽是皇粮，报的也是皇恩，保的却是咱天津城的老百姓，这里头也有您一家老小不是？到如今您的日子过好了，吃香的喝辣的穿金的戴银的，连家里的醋瓶子都是玛瑙的，我那些弟兄可都成了孤魂野鬼。没别的，带得多您多给，带得少您少给，死人不挑活人的理，您非不给也不算您不对。万一我那些兄弟在下头连张纸钱也掏不出来，上了刀山、下了油锅，受尽折磨过来问我，我可只能告诉他们您了姓字名谁、家住何处，让他们自己上门求您。"这个话说出来，谁听了不别扭？好在常大辫子也讹不了多少，一两个大子儿就能打发了，只当花钱买个耳根子清净，没人跟他置这个气。常大辫子就凭这一套，在天津卫"七绝八怪"之中占了一怪，也有人说他是一绝，因为见了人过目不忘，别人没有他这个本事。

当天深夜，高二奶奶娘抱上孩子逃命，在北营门让常大辫子拦住了去路。常大辫子吃饱了没事儿出来溜达，顺带把明天的早点钱讹出来。等了半天没开张，见了高二奶奶眼前一亮，抢步上前一抹袖口儿，单腿打欠请了一个跪安，满脸堆笑地说："高二奶奶，想当初我那些老弟兄与八国的联军厮杀，你们老高家可没少照顾，我得替他们给您磕个头。"

高二奶奶知道常大辫子是来讹钱的，给他几个也没什么，无奈出来的匆忙，身上没带钱，架不住常大辫子死缠烂打不放她过去，心中起急，只好往身后一指，对常大辫子说："我们当家的在后边，你找他要去。"

常大辫子往高二奶奶身后一看，果然有个穿绸裹缎的大白脸正往这边跑，心说："这位不是高二爷啊，高二奶奶改嫁了？"改不改嫁不打紧，反正有钱拿就行，他把高二奶奶娘儿俩放过去，拦住追上来的大白脸。大白脸知道有人暗中作梗，心里头气急败坏，一路紧赶慢赶追到北营门，又被常大辫子过来把路挡住，死活不让他过去，肚子里的火就上来了。大白脸是外来的，不知道常大辫子底细，抬手一拳将拦路的打翻在地。常大辫子在北营门混了这么多年，可从没吃过这个亏，别人见了他都是绕道走，胆敢碰他一个指头，那还不得从舅舅家讹到姥姥家去？此时劈头盖脸挨了这么一拳，不由得勃然大怒，趴在地上往前一扑，紧紧抱住大白脸的腿，口中高声叫骂："好啊，八百里地没有人家——你个狼掏狗攮的忤逆种，敢跟你常爷动手！想当初国难当头，不是我舍生忘死上阵厮杀，狗兔崽子你能活到这会儿？今天你别想走，给我治伤去，后半辈儿你都得养活我！"

大白脸岂能让这个兵痞耽误了大事，当下用手一抹脸，脸上的五官全没了，一张白纸似的。常大辫子抬眼看见，吓得魂飞胆裂，要讲讹人他常大辫子没有怕的，天津卫上上下下有一个是一个，逮着谁是谁，没有他不敢讹的，可他也怕鬼怪，吓得双手一松，放开了大白脸。大白脸趁常大辫子一愣，狠狠掐住他的脖颈，两只手一使劲，犹如十把钢钩，直掐得常大辫子眼珠子往外鼓、舌头往外伸，双手乱挠、两脚乱蹬，却也无力回天，脑袋一耷拉断了气儿。可怜守营门的常大辫子，让大白脸活活掐死在了北营门，从此九河下梢的七绝八怪少了一位。常大辫子到死也没想明白，讹俩钱儿怎么会惹来杀身之祸？

5

咱再说高二奶奶过了北营门，拼命逃到河边，迎头对脸又走过来一个人，挺大的个子，穿得邋里邋遢，手拎一条扁担，晃晃悠悠来到近前。高二奶奶也认得这个人，谁呀？前文书咱提到过，挑大河的邋遢李。他从打山东老家逃难至此，以挑河送水为生，长年累月给高家送水，三节一算账，高二奶奶关照穷人，结钱的时候往往多给几个；赶上逢年过节，或是家里人做寿，还额外有份赏钱。天津卫没有井水，自古吃河水，大河上没盖儿，河水有的是，有力气随便挑，所以有那么句话"挑水的看大河——全是钱"。话虽如此，送水这个行当却非常辛苦，起早贪黑累断了腿，未必吃得饱肚子。不是真正活不下去的穷人，谁也不愿意干这个，而且还得有膀子力气，身单力薄的一天就得累吐血。邋遢李在山东老家当过庄稼把式，为了多挣几个钱有口饱饭吃，不怕卖力气干活，只怕没活可干，起五更趴半夜，别人走一趟，他得走十趟，就为了填饱肚子。他瞧见高二奶奶带了孩子，跑得上气不接下气，没等过去请安，就看后边追上来一个大白脸。邋遢李一看这可不行，不知什么歹人大半夜的追这娘儿俩，这事儿我得管管，万一高二奶奶有个三长两短，水钱找谁结去？

邋遢李让高二奶奶娘儿俩先过去，把扁担往身前一横，摆开架势拦在路口当中。虽说不会把式，可是常年挑河送水，身上有的是力气，又是山东爷们儿，看不惯倚强凌弱，心说："路不平有人铲，事不平有人管。想为难高二奶奶，你得先过我这关。"

说话这时候，大白脸已经追到了，邋遢李双手高举扁担，摆出一个举火燎天的架势，只要大白脸胆敢上前，他就抡扁担拼命。大白脸看邋遢李虽是一条大汉，但是身上穿的破衣烂衫、满是油泥儿，腰里系着麻绳，活脱儿一个乡下怯老赶，手持一条大扁担，扁担上有铁链和钩子，旁边的地上扔了两个水筲，就知道这是个挑大河送水的。他可不会把这样的人放在眼中，正待上前结果了邋遢李的性命，却见对方的扁担非同小可，不由得倒吸一口冷气，连忙止住脚步，再也不敢往前走了。

别看邋遢李穷困潦倒，挑河送水勉强糊口，他挑水的扁担可了不得，至于怎么个来头，又有什么用，咱先埋个扣子，留到后文书再说。只说大白脸瞧见邋遢李手中的扁担，一时不敢上前，换成旁人也许不怕，大白脸可是会妖法的人，见了这条扁担如同见了打神鞭，他一看硬闯不行，就对邋遢李说："我一没招你二没惹你，咱们往日无冤近日无仇，为何拦住我的去路？"

邋遢李说："不拦你就出人命了，刚才跑过去那娘儿俩跟你有什么过节儿？非要置人家于死地？"

大白脸揣着明白装糊涂："这话从何说起？前边哪儿有人？"

邋遢李也不傻："前边没人你跑什么？"

大白脸眼珠子一转，说道："我真有十万火急的事，您了高抬贵手，放我过去行吗？"

邋遢李根本不听这一套，一手叉腰一手将扁担戳在地上，任凭对方说出大天来也不放行。

大白脸急道："王法当前，你敢黄夜持械拦路打劫不成？"说着话作势按住了钱袋子，生怕让邋遢李抢去。

邋遢李大为不满："你怎么说话呢？李爷我人穷志不短，马瘦毛不长，谁要抢你？"

大白脸故作惊慌，转过头要往回走，手上同时使了花活儿，掉了几个铜钱在地上，却恍如不觉。

邋遢李看见地上的铜钱，当时两眼放光，他起五更爬半夜挑一天的水也挣不来这么多钱，心说："你给我钱我不能要，否则真成拦路打劫的了，你自己掉了钱可活该，别怪李爷我不厚道，咱又不是知书达礼的文墨人儿，也不知道哪个叫有主儿的干粮，路遇之财不捡白不捡！"他抢步上前，一脚踩住了铜钱。"先踩后捡"是捡钱的规矩，万一掉钱的主儿还没走远，回头看见了还得还给人家，都得先踩住了，然后蹲下身假装提鞋，再顺手捡铜钱。邋遢李脚上趿拉的是一双短脸儿便鞋，连后跟都没了，那也得装模作样，为了捡这几个铜钱，从不离手的扁担也放下了。他一边蹲在地上捡钱，一边偷眼盯着大白脸，担心对方发觉掉了钱回过头来找。

可是怕什么来什么，大白脸走了没两步，把脸一抹猛地转过头，青面獠牙、一张血口、二目如炬，恶狠狠瞪着邋遢李。邋遢李吓坏了，我的亲娘四舅奶奶，这是什么玩意儿？庙里的判官也没这么吓人，总听人说常走夜路没有撞不见鬼的，以前还不信，今天可真碰上了，当场吓得一屁股跌坐在地。大白脸跟身进步，右脚铆足了劲儿，狠狠踩到邋遢李小肚子上。这一下就踩冒了泡，邋遢李口吐鲜血，气绝而亡。大白脸掐死常大辫子、踩死邋遢李，又一脚把扁担踢到河中，加快脚步追赶高二奶奶娘儿俩。

再说高二奶奶抱着孩子逃到三岔河口，浑身上下已经脱了力，说什么也跑不动了，扑倒在地高呼："救命啊，有人抢孩子！"当天火神庙警察所有两个守夜的，一个是刘横顺，一个是杜大彪，突然听到外边有人呼救，俩人健步如飞蹿出大门，只见一个大嫂子抱着孩子倒在路边，追过来一个大白脸，眼珠子都快瞪出来了，凶神恶煞一般，恨不得一口吃了这娘儿俩。

6

刘横顺心说："从前只有拍花子拐小孩的，可没见过敢在警察所门口明抢，这是要造反哪！"急忙挡在高二奶奶身前，喝令杜大彪拿下大白脸。大白脸接连遇见横三阻四的，心下焦躁无比，只顾往前追，没看见来了巡警，一头撞到杜大彪身上，如同撞上一堵墙，紧接着挨了一个通天炮，正打在脸上。杜大彪多大的力气，这一下打得他脸都塌了，青的紫的红的黑的黄的绿的一齐往下流，银盆似的白脸上五颜六色开了染坊。此人纵然凶顽，可不是杜大彪的对手，让杜大彪三拳两脚打翻在地，五花大绑捆了一个结结实实。连同高二奶奶和孩子，一并带回火神庙警察所。刘横顺问明经过，得知大白脸不仅害死了高连起、掐死常大辫子、踢死邋遢李，还上门行凶抢孩子，事关这么多条人命，这可不是警察所能办的案子，立即让人通报巡警总局，收殓常大辫子和邋遢李的尸首，同时将大白脸打入苦累房，等天亮了再问口供。当地方言土语说的"苦累房"，是指关押人犯的号房。

转天一早，来了几个膀大腰圆的差人，提上大白脸，押入巡警总局的黑窑。天津监狱始建于清朝末年，位于西营门教军场，按明治维新之后的日本监狱规划。巡警总局中也有号房，以及专门审讯犯人的黑窑，当中是三根木头柱子，一旁摆设桌椅板凳，墙壁上挂满了各式刑具，皮鞭、红棍、烙铁、钎子一应俱全，铁打的罗汉到此也得打哆嗦。

衙门口儿虽然改成了巡警总局，三班六快也变了称呼，审讯那一套可没变，变了也是换汤不换药。以往审案折狱讲究"三推六问"，其实这么说并不准确，应该是"六问三推"，问在前推在后。问指的是审讯，推指的是分析，因为问出口供来不一定是真的，必须经过分析、比对，找出前前后后的破绽，如此方可定案。"六问"是一份口供反复问六遍以上，或多人同时审问犯人。衙门口儿有句话叫"人是苦虫，不打不招"，缉拿队擒获的贼人，往往先打再问，就为杀杀他的威风、挫挫他的锐气，所以"三推六问"后头还有一个词儿——"绷扒吊拷"。绷是捆，扒是扒衣服，吊是吊起来，拷即是打。说简单点儿，就是把人犯扒去了衣服，捆好了吊起来打。

在黑窑打人和在堂上不同，堂上用的是水火无情棍，抡起来打屁股，说是屁股，实际上打的是大腿根儿，那个地方的肉最嫩，几下就打烂了。黑窑打人不用棍子，用的是皮鞭，还得蘸上水，一鞭子下去保准皮开肉绽。还有更狠的，鞭子不用牛皮的，而是用牛筋的，鞭梢儿绾成一个筋疙瘩，这东西有个外号叫"懒驴愁"，驴脾气那么倔，三鞭子下去也打顺溜了，何况往人身上招呼？鞭子梢儿的筋疙瘩一抽一带，一条肉就下来了，另有红烙铁烫、铁钎子扎、辣椒水灌等酷刑，可都不出奇，最厉害的是"双头叉、蜜汁肉、挂铃铛"之类，官面上不让用，不过很多时候为了拿口供，上边也会睁一眼闭一眼装不知道，这叫"开小灶"，也叫私刑。所谓"双头叉"，是一个六寸的铁叉子，两端有尖儿，绑在人犯的脖子上，一头儿对着胸口、一头儿对着下巴，使人无法低头睡觉，一低头两边的铁尖儿就往肉里扎，熬上三天两宿，人就受不了了，没有不招供的；"蜜汁肉"是把犯人扒光了捆上，全身涂满荤油糖水，苦累房中阴暗潮湿，有的是苍蝇蚊虫，还有许多大大小小的耗子，蜂拥上来啃咬，使人求生不得求死不能；"挂铃铛"是用铁丝拴紧犯人下身，再用鞭子抽打。熬不住刑的要么吐口招供，要么被活活折磨至死。大白脸是条汉子，先吃了一顿"懒驴愁"，身上被打开了花，找不出一块好肉，愣是咬紧了牙关，一个字不说。吃衙门口儿这碗饭，就不怕嘴硬的，人心似铁非是铁，官法如炉真如炉，准备给大白脸"开开眼"。几个狱卒把大白脸的手脚捆在地上，肚子下边架个长凳，屁股朝天撅起来，插上一个麻雷子，也就是特大号的炮仗，点上火一炸，大白脸"嗷"的一声惨叫，当场昏死过去。兜头一桶凉水浇醒了，不问招与不招，因为这是一套的，接下来还有"踏地火、顶天灯"！

为什么要"踏地火、顶天灯"呢？因为大白脸杀人害命拐孩子，用当差的话讲，他这叫"头顶上长疮，脚底板儿流脓——坏透膛了"，得给他"治治"！

众人把大白脸捆在柱子上，皮条子勒住脑袋，双脚不着地，又找来三支蜡烛，两个脚心底下分别点一支，这叫"踏地火"；头顶上点一支，这叫"顶天灯"。这个损招一用上，很快发出一股子焦糊的臭味，两个脚心几乎烤熟了。大白脸连声怪叫，那响动比杀猪还难听。别忘了头顶上还有"天灯"呢，头上的蜡烛越烧越短，离脑袋越来越近，头发全燎焦了；蜡烛油不住往下滴落，流了他一脸，烫出一片片燎泡。大白脸实在吃打不过，从牙缝中挤出了一个"招"字。

7

大白脸招出口供，他原先是白云山下一个瓦匠，还会木工活儿，搭屋造房、梁柱榫卯，件件拿得起来，手艺也不错。可他手又懒嘴又馋，总觉得挣这个钱太累，想身不动膀不摇就能发大财，不免打起了歪念头，暗中使上祖师爷不让用的邪活儿：或在盖房的木料中混入碎棺材板，破了"材"，等于破了"财"，再有钱的人住进来也得过穷了；或在屋中埋几个沾上死孩子血的小纸人，住进来的人成天被鬼压，这也没个好儿；或以吊死过人的老树当房梁，吊死过男子，这家女子死，吊死过女子，这家男子死。大白脸以此讹钱，后来被人识破，遭到官府缉拿，走投无路入了魔古道九仙会，拜在"混元老祖"门下，练成了捏脸易容、匿形换貌的妖术，奉命与"五斗圣姑"下山拐孩子。五斗圣姑身边那只狐狸也是个奇人，江湖上人称"狐狸童子"，实则年岁不小，只不过是个侏儒，擅于钻入狐皮作案。

之前被枪毙的飞贼钻天豹也是法王门下，此人脚上的豹子筋，正是混元老祖给他换上去的。钻天豹是打头阵的，先来天津城踩盘子，却改不了贪淫好色，犯下案子失手被擒，让陈疤瘌眼打了七十六枪，惨死于美人台上。此后来到天津城的五斗圣姑与狐狸童子，以邪法迷惑人心，诓那些有钱有势的人买小孩，扮成金甲玄衣的童男童女送入铁刹庵。扒下值钱的金玉，再连夜把童男童女引到三岔河口淹死。怎知一时大意，误服打胎药"铁刷子"，空有飞天遁地之术，却也逃之不能，枉死于缉拿队杜大彪的水缸之下。

大白脸扮成做买卖的，躲在城中拐孩子，他会变脸易容，扮成熟人将孩子拐走，可谓神也不知鬼也不觉，无意当中得知高连起的孩子生辰八字极贵，就将高连起沉尸大水沟，又上门去拐孩子，撞上了在火神庙警察所值班的刘横顺、杜大彪，当场被这俩人拿住了。

至于为什么将童男童女带到河中淹死？只因天津卫九龙归一，是块风水宝地，三岔河口下有一头白蛟。蛟和龙不同，一半似蛇一半似龙，头顶上一个角。相传蛇活到一定年头，头上长出一只角，这就是蛟。三岔河口乃九龙归一的宝地，河中的白蛟可以呼风唤雨、喷云吐雾，只是上不了天，当不了天龙，如若吃够一百对童男童女，即可长出另一只角，借了这道龙气，当有面南背北之尊。大白脸也想通了，既然落到这个地步，躲不过上法场吃黑枣，所以他把能招的全招了，只求别再用刑。

天津卫开埠六百年，向来龙蛇混杂，以前并不是没出过魔古道，据说分支众多，九仙会只是其中之一。老百姓分不清哪支哪派，习惯将旁门左道的妖人统称为魔古道，官府屡次剿灭，却难以彻底铲除，往往死灰复燃，想不到如今这个年头，居然还有人信这个，妄想九龙归一当皇帝？

说起混元老祖，乃是民国初年悬赏通缉的妖人。据说此人开了天眼，额顶生一纵目，道法通玄，胯下九头狮子，左有金童、右有玉女，手持镇灵宝剑，可以调动阴兵鬼将，麾下四大护法分持四件法宝，一是无字天书，二是阴阳扇，三是拘魂铃，四是纸棺材，四处云游超度孤魂野鬼。到得七月十五鬼门开，混元老祖骑上九头狮子，手托无字天书，摇动拘魂铃去到酆都城，一年当中收来的孤魂野鬼听见铃声跟随其后。来到酆都城门口，祭起阴阳扇，扇一下飞沙走石，扇两下电闪雷鸣，扇三下城门大开，再将身后的孤魂野鬼打入城中。城中饿鬼成千上万，有趁乱往外逃的，都被九头狮子的九张血口吃了。凭这套迷信的东西妖言惑众，开坛作法、扶乩起卦，常出没于湘黔、川陕等穷乡僻壤，信者如云，为害一方。

大白脸招供至此，连环案已然明了，不过一件事他还没说，混元老祖是不是也来了天津城？

官厅的人正想接着问，怎知大白脸不说话了，脸色一会儿不如一会儿，一时不如一时，双眼翻白，气若游丝，眼见他脑袋瓜子往下一耷拉，不明不白地暴毙于巡警总局。查不出什么死因，只得说是熬刑而死。

当年在九河下梢拍花拐孩子的大白脸，并非凭空杜撰，真是确有其人，也是让刘横顺拿住的，案子没审完人就死了，这是确有其事。具体作案过程，则属民间传言，书文演义，不必深究。

此案了结之后，官厅如何命人从大水沟中捞出高连起的尸首，如何交给苦主收殓，官厅的各级官员又如何邀功请赏，这都不在话下。只说抬埋队将大白脸尸首拉去乱葬坑，半路又被李老道化去了。

刘横顺得知此事，再也按捺不住，直接去白骨塔问李老道："城里城外死的人多了，你说你在白骨塔修行，可没见你收过'路倒'，为何只收"钻天豹、五斗圣姑、狐狸童子、大白脸"的尸首？"

李老道手中拂尘一摆，只对刘横顺说了一句："早知灯是火，熟饭已多时！"真是话到嘴边留半句，断尾巴蜻蜓令人猜不透玄机，欲知后事如何，且听下回分解。

第五章 邋遢李憋宝

1

天上群星拱北斗，

世间流水尽朝东。

穷通自古无从定，

成败到头总是空。

上文书说到刘横顺去问李老道，为什么接连收去"钻天豹、五斗道姑、狐狸童子、大白脸"的尸首？这几个神头鬼脸的没一个好人，各怀妖术邪法，又均与魔古道一案有关，你究竟有什么图谋？

李老道却打了一个哑谜，那意思是早该来问他。天津城的案子一出，他便猜测是魔古道所为，几百年来官府屡次剿灭魔古道，却多次死灰复燃，至今仍有余孽作乱。旁门左道荼毒万民，败坏社稷，人人得而诛之，李老道得过龙虎山五雷正法的真传，对付魔古道乃分内之事，然而此辈藏匿极深，扮成五行八作、三教九流，干什么的都有，数不胜数、防不胜防，也无从分辨，只能在暗中寻访。他接连将"钻天豹、五斗道姑、狐狸童子、大白脸"的尸首收去白骨塔，只因入了魔古道的人大多会邪法，所以李老道化尸成骨埋在塔下，以免再起祸端。

刘横顺对此不以为然，人死如灯灭，灯灭尚可续，人死难再生，穿官衣的警察还怕闹鬼不成？又问李老道天津城中还有没有魔古道余孽。

李老道说魔古道妄图借三岔河口的龙气作乱，岂会轻易罢手？三岔河口的形势，应了九龙归一之兆。所谓的蛟龙，实则是沉在河底的一口古剑，名为"分水剑"，乃是镇河之宝，一旦被人取走或借势化龙，天津城非让大水淹了不可！

刘横顺虽不信鬼神之说，不过九河下梢的人几乎都听过"分水剑"。故老相传，三岔河口水深无底，下边直通海眼，暗流极多，经常淹死人。很多上岁数的人说，天津卫如此繁荣，养活了诸行百业那么多人，全凭沉在河底的分水剑，让三岔河口变成了一块宝地，但是从来没人见过分水剑，仅有一个人例外，正是七绝八怪之一挑大河的邋遢李。

邋遢李在三岔河口憋宝一事，在当地可以说尽人皆知，刘横顺也曾有过耳闻，无非是以讹传讹的民间传说罢了，谁会当真？

书说至此，咱得先交代一下，邋遢李当年下河取宝的旧事。此人原籍山东，由于老家闹兵乱，一路逃难来到了天津卫。二十年如一日，天不亮就起来，扛扁担挑河水，挨家挨户送上门，勉勉强强挣口饭吃。挑水这个行当又苦又累，不是穷到家的人不愿意干，披星戴月出门，从城外挑了水往城里送，累得断腿折腰也挣不了几个钱，凑合着饿不死而已。

以前有句老话，正好可以形容邋遢李这样的人——"宁愿家中失

118

火，不愿掉进臭沟"，怎么讲呢？邋遢李穷光棍一条，住在北门外的河边，茅草土坯搭的一个窝棚，要多破有多破，遮风挡雨勉强容身，不怕失火烧了，茅草和两膀子力气不要钱，大不了再搭一个，费不了多大的事。掉臭水沟里可不成，因为只有这一身衣服。裤子褂子全是夹的，寒冬腊月往里边絮稻草，三伏天热了再掏出来，白天当衣服、夜里当被了、死了做装裹，上边补丁挨补丁、补丁摞补丁，赶上下雨淋透了，才相当于洗上一次，还得在身上焐干了，挂在树杈子上晾，保不齐来一阵风吹走了，想哭都找不着调门儿。并非不嫌脏，实在没换的。他成天蓬头垢面、破衣烂衫，故此得了"邋遢李"的绰号。

邋遢李可以在九河下梢称为一绝，皆因他水性出奇地好，不知何方水怪的根儿，长了一对鱼眼，下到河中如同一条活泥鳅，水里能睡觉，河底能走道。邋遢李来到天津卫的时候还有大清国，本以为凭他的水性，徒手下河逮几条鱼，就可以挣口饭吃。哪知道天津卫任何一个行当都有混混儿把持，河边有专门的鱼锅伙，无论鱼虾蟹，但凡是河里捞上来的，都得卸到鱼锅伙，胆敢说个"不"字，锅伙里的混星子保准给你打得跟血葫芦似的，这些鱼虾得由锅伙里的"寨主""军师"开秤定行市，再转给天津卫大大小小的鱼贩子，各个鱼锅伙分疆划界，各占一方各管一段儿，规矩森严，岂容外来的插上一脚？邋遢李一不懂规矩，二没有门路，挨了不少大嘴巴，才知道想吃这碗饭是做梦，空有一身的本事，却没有用武之地。他为了活命，只好东家讨、西家要，白天进城当乞丐、天黑回到河边的窝棚过夜。

有这么一天夜里，邋遢李正在窝棚中忍饥挨饿，隐隐约约听到河边有两个人说话，他觉得挺奇怪，三更半夜的谁会上这儿来？许不是作了案分赃的贼人？邋遢李不敢吭声，支起耳朵一听，敢情说话的两位不是人！

2

常言道"法不传六耳"，那二位在河边一说一聊，没想到旁边还有个人，可都让躺在窝棚中的邋遢李听去了。

其中一个说："八爷，等会儿华光天王从此路过，你我何不趁机跪拜讨赏？"

八爷说："黑爷，吾辈披鳞戴甲，岂能入得了上界华光的法眼？"

黑爷说："你我多说好话、求告求告，尊神必然开恩。"

八爷说："咱又没个孝敬，只说好听的管用吗？"

黑爷说："华光天王是马王爷，马王爷三只眼，说的就是这位，只要拍对了马屁，天王肯定有赏。但是华光天王来得快去得快，这就看咱俩的造化了，嘴快才来得及讨赏。"

八爷说："我的腿脚慢，嘴可不慢，你听我给你来个快的，说打南边来个喇嘛，手里拎着五斤鳎目，打北边来了一个哑巴，腰里别了一个喇叭……"

邋遢李听出来了，半夜在河边说话的这二位不是人，什么一个披鳞一个戴甲，一个黑爷一个八爷，许是黑鱼和王八不成？念及此处，躺在草席子上的邋遢李一惊而起，他住的窝棚低矮简陋，猫腰撅腚才进得去，趸摸了半块破门板，铺上稻草当床，只是个歇宿的地方，此时猛然一起身，额头"砰"的一下正撞在窝棚顶子上，给棚顶开了一个大窟窿，脑袋伸在外边，但见月朗星稀，只听得河水哗哗作响，哪里还有别的响动。河里的两个东西可能被他惊走了，也可能是他饿昏了头做梦，分不清是真是幻。邋遢李穷光棍一条，又是饿怕了的人，怕穷不怕死，仗起胆子过去一看，河边什么也没有。他仍心存侥幸，寻思："有枣没枣先来上三竿子，万一是真的，我给华光天王多磕几个头，不求大富大贵，只求尊神指条活路，让我别再要饭了就行。"

邋遢李在河边左等右等，等到天快亮了，还真等来一位。看打扮似乎是个过路的乡下老农，推了一车菜，赶早去城中叫卖。邋遢李却认准了此乃上界华光，三步两步抢上前去，扑通跪倒在地，纳头便拜。

卖菜的愣了半天，不知这是要饭的还是讹钱的，等明白过来什么意思，只觉哭笑不得，告诉邋遢李认错了："我一个卖菜的乡下人，哪是什么华光天王？"邋遢李不依不饶，抱着大腿不让人家走，磕头如同捣蒜，好话说了一箩筐，祖宗爷爷叫个没完，说我大老李从山东逃难到此，就是会水，别的都不会，当地混混儿又不让外来的下河打鱼，不得已讨饭过活，有上顿没下顿，说不定哪天就成了饿死的路倒，万望尊神赏个饭碗子，指点一条活路，不求发多大的财，有个饭门吃饿不死就成。卖菜赶的就是个早，天不亮就得打着灯笼往菜市运，当时天津城最大的菜市在东浮桥一带，相距城里不远，水陆交通便利，天津人讲究吃"鲜鱼水菜"，蔬菜得是刚从地里收上来，带着露水珠儿才好卖，邋遢李在这儿软磨硬泡，再耽误下去菜都蔫了，可就卖不上价钱了，他急于进城，却让邋遢李缠得没辙，为了脱身只好随手从河边捡起一个东西递过去，这才把邋遢李打发走。邋遢李磕头谢恩，匆匆跑回窝棚，摸出个蜡烛头儿点上，仔细打量手中这件东西。一看傻眼了，非金非银、非铜非铁，就是一根破木头棍子。他扯下一块破布条子，从这头到那头仔仔细细擦了七八遍，仍是一根糟木头，既不是紫檀，也不是花梨，并非值钱的木头，通地沟太短、顶门又太长，扔路上也没人捡，这有什么用？邋遢李颠过来倒过去，一直想到天光大亮，也没想出个子丑寅卯，急得直嘬牙花子，无意当中一抬头，瞧见了窝棚

121

外的大河，再看看手中这根木头，不由得恍然大悟：“对啊，我可以挑大河送水，卖力气挣饭吃，华光天王指点我干这一行，说不定哪天从河里捞上个金疙瘩！”于是将破木头杆子两边刻出豁口儿，当成一条扁担，又找来两个旧水桶，挨家挨户给人送水。

在老时年间来说，送水这个行当又苦又累是没错，还不是谁想干谁就能干，因为水从河里挑上来，不是直接挨家挨户去送，河边打上来的水先倒进水车里，水车有大有小，有的是独轮儿，也有俩轱辘的，上边都有水箱，推到胡同口，再从水箱倒进水筲，然后再挑进住户，谁往哪几条胡同送水是提前划分好的，不能互相抢生意。邋遢李抱着扁担四处求爷爷告奶奶，跟行会的人说尽了好话，才在这一行里混上口饭吃。

天津卫这块宝地，说到底还是坐轿的少、抬轿的多，穷老百姓为了一口吃喝，常年起早贪黑地忙活，舍得出力气。谁都想出门让金元宝绊个跟头，可真正一夜暴富的又能有几人？邋遢李一年四季都是赚固定的这几个钱，将就着打发肚子，唯独到了大年初二能有点儿外找，因为按照天津卫的风俗，这一天要“迎财神”，挑水的除了送水以外，还给送一担柴。说是柴，其实就是麻秆儿或秫秸秆儿，捆好了在外边贴上一张红纸，上写五个大字“真正大金条”，“柴”的谐音是“财”，讨一个吉利，进门之前先要喊一声“给您了送财水”，有能说好唱的，再给唱一段喜歌，主家一高兴多少得赏个仨瓜俩枣儿的；倘若赶上有钱的富户，说不定一赏就是一两块现大洋，他们这些挑河的苦大力全指着这一天换季发财。

邋遢李在天津卫挑大河，送开水也送挑水，一干就是多少年，从没把这扁担当过好东西，送水回来往窝棚门口一竖，任凭风吹日晒雨淋，他却不知道，这根破木头杆子大有来头。九河下梢船运发达，樯橹如麻，当年河关上有一杆大旗，上挂九龙幡，乃朝廷御赐的镇河幡，后因战乱折断，前边这一截掉在河中多年，又被水流带到河边，阴差阳错成了邋遢李挑大河的扁担。

邋遢李一个卖苦力的，打乡下来的怯老赶，能见过多大的世面，哪认得这是旗杆子，更想不到这个东西可以干什么，也只能当个扁担使，他不认得不要紧，可有人认得，谁呀？天津卫四大奇人之一、目识百宝的窦占龙！

说话这一天早上，邋遢李正在挨家挨户送水，窦占龙骑着驴从旁经过。邋遢李可不认得窦占龙，见来人风尘仆仆、形貌诡异，不免多看了两眼。不怪邋遢李觉得出奇，窦占龙是和别人不一样，什么时候看也是四十多岁，鹰钩鼻子蛤蟆嘴，一对夜猫子眼，俩眸子烁烁放光，从里到外透出一股子精明。身上粗布衣裤，虽然穿得不讲究，但是大拇指上挑着白玉扳指、纽帕上挂着象牙的胡梳，腰间坠着金灿灿一枚老钱，可都是有钱人的玩意儿。手握一个半长不短的烟袋锅子，乌木杆儿、白铜锅儿、翡翠嘴儿。别的不说，就这块翡翠，真看出值钱来了，碧绿碧绿的，半点杂色没有，一汪水儿相仿，往嘴里一叼，脑门子都映绿了，扔着卖也值两套宅子。他跨下这头小黑驴也不是凡物，缎子似的皮毛乌黑发亮，粉鼻子粉眼四个白蹄子，绝非拉磨、驮米的蠢物。

窦占龙来到邋遢李身边，一翻身从驴上下来，道了一声讨扰："我乃行路之人，天干物燥，口渴得紧，想跟你寻碗水喝。"

邋遢李身边没有碗，将肩上挑的两个水桶放下，让窦占龙自己用手掬水喝。窦占龙喝完了没走，抹了抹嘴对邋遢李说："实不相瞒，我正想找一条称手的扁担，瞅你这个挺合适，不如我给你钱，你把它让给我得了。"

邋遢李连连摇头，挑水的扁担虽不值钱，却是他吃饭的家伙儿，长短粗细正合适，用起来十分顺手，仨瓜俩枣儿的卖给旁人，还得另做一条，好使不好使不说，岂不耽误了干活儿？再说你有钱上哪儿买不来扁担，何必非要我这条？这不成心裹乱吗？

窦占龙却执意要买，一边说话一边从怀中摸出一块碎银子递了过去。所谓的"碎银子"，可不是把整个的银锭砸碎了，必须到银号里剪，银号有专门的剪刀，剪多剪少有规矩，剪完刨去损耗，再过戥子、称分量。窦占龙掏出来的这块银子，往少了说也得有二两。邋遢李把眼瞪得老大，他以为来人买他的扁担，顶多给上七八个铜子儿，没想到一掏就是二两多银子，什么扁担值这么多钱？听此人说话挺明白的，也不傻啊，为什么出这么多钱买一条破扁担？

窦占龙见邋遢李瞪着眼不说话，以为他嫌钱少，又从怀中掏出一块银子，比刚才的还大，不下七八两。邋遢李人穷志短，他却不傻，谁会为了一条扁担掏这么多银子？他也是穷人，穷人最会买东西，好比路过一个地摊儿，瞧见摆的东西不少，扇子、手绢、醒木、茶壶，可能是哪位说书先生干倒了行市，把家底儿都卖了。他一眼打上了这把扇子，可不能直接问价，他得先问手绢多少钱？茶壶怎么卖？全问一个遍，最后再问扇子，这叫"声东击西"，就为了少花钱。邋遢李心想："骑驴的这位来历甚奇、踪迹可怪，不知怎么相中了我这条扁担，许不是个憨宝的，识得华光天王赏下的扁担？"

3

邋遢李一冒出这个念头，无论窦占龙掏多少银子，就咬死了不卖，双手紧紧攥住扁担，把脑袋摇得跟拨浪鼓一样："扁担是我邋遢李的，告诉你不卖就是不卖，你说出大天去也没用，光天化日、朗朗乾坤的你还敢明抢不成？"

窦占龙摇头说："你这个人不明事理，我给你的银子够买一百条扁担了，居然还嫌少？"

邋遢李说："您倒是明白人，咱明人不说暗话，我可听说过，有个骑黑驴的窦占龙，腰上拴一枚老钱，常在九河下梢憋宝，甭问就是您吧？"

常言道"好汉莫被人识破，识破不值半文钱"，既然被邋遢李认出来，窦占龙也无话可说了，只得告诉邋遢李："你挑水的扁担大有来头，但是你不会用，玉在璞中不知剖、珠在蚌中不知剖，倒不如让给我窦占龙，你要多少钱我给你多少钱，绝无二话。"

邋遢李是外地来的，可在天津卫挑大河的年头也不少了，打早听过窦占龙的名号，据说此人无宝不识，各种奇闻异事耳朵里都灌满了，没想到眼前这个人真是窦占龙，这还了得？说他是财神爷都不为过，这么个发大财的机会，岂可等闲放过？他对窦占龙一摆手："那可不成，除非你和我平分其中的好处，否则说出仁皇帝宝来我也不卖，下半辈子就用它挑大河，吃苦受累我认了。"

窦占龙真没想到，挑大河的穷光棍邋遢李心眼儿还挺多，插圈做套哄弄不过去，又寻思也缺一个帮手，就点了点头，对邋遢李说："告诉你也无妨，知不知道前边有个三岔河口？"

邋遢李道："你这话问得多余，有话直说咱也甭拐弯抹角，我一个挑大河送水的，能不知道三岔河口？"

窦占龙道："想必也知道三岔河口下有分水剑了？"

邋遢李眉头一皱："倒是听人说过，可没当真，如若河底真有分水剑，怎么不见有人下去取宝？"

窦占龙说那是你不知道，下河取宝之人从来不少，可都是有去无回，因为三岔河口底下通着海眼，没你这条扁担，水性再好也得填了海眼。你当它是挑水的扁担，实乃镇河六百年的龙旗杆子。我带你上三岔河口取分水剑不打紧，只是你得按我说的来，我让你干什么你干什么，到时候别怕就行。

邋遢李满口答应，只要能发财，阎王爷来了他也不怕，水也不送了，桶也不要了，扛上扁担就奔三岔河口。

窦占龙忙叫住邋遢李，让他别着急，分水剑乃天灵地宝，非同小可，只有这条扁担可不够，取宝还得凑齐另外几件东西。邋遢李知道窦占龙是憋宝的祖宗，听他的准能发财，当下跟在后头，二人一个骑驴，一个步行，晌午时分走到北运河边上，经过一大片瓜田，路边有个草棚子，看地的瓜农是个老头，正在草棚中闲坐。瓜棚边上有个大西瓜，大得出奇，三尺多长，二尺多宽，一个人抱不过来，邋遢李长这么大也没见过这样的瓜。窦占龙停下不走了，点上烟袋锅子"吧嗒吧嗒"抽了几口，掏出一大块银子递给邋遢李，让他过去买这个西瓜。

邋遢李二话没说接过银子，扛上扁担来到瓜棚前，给看瓜的老农作了个揖，说是走得口渴，跟您买个瓜，就要最大最老的这个。

看瓜的老农告诉邋遢李："我是种瓜的不是卖瓜的，地里有的是瓜，你想吃哪个自己摘，不用给钱，棚边这个瓜却不行。"

邋遢李说："不白拿您的，我给钱。"

看瓜的老农说："不是给不给钱的事，那个瓜老了，不中吃。"

邋遢李说："大爷，我就愿意吃老瓜，您这瓜扔在地里也是个烂，卖给我得了。"

看瓜老农以为此人热昏了头满嘴胡话，这个瓜又老又娄，里边的瓢子都烂了，稀汤挂水儿馊臭馊臭的，吃一口恶心三天尚在其次，万一吃出个好歹二三的，谁肯与你担这样的干系？正说未了，邋遢李已经把那块银子递了上去，看瓜老农活了大半辈子，不曾见过这样的冤大头，这可不是天上掉馅饼了，简直是连肘子、羊腿、烧鸡、烤鸭一齐，掉下了整桌的满汉全席，八百年也未必赶上这么一个人傻钱多缺心眼儿的，那就没什么可说的了，常言道"好良言难劝该死的鬼"，咱俩一个愿打一个愿挨，你自己非要掏银子买这个不能吃的老瓜，我又何苦不卖？老农只怕邋遢李反悔，忙把银子揣入怀中，找来一辆小独轮车，帮邋遢李将老西瓜搬到车上，连车带瓜一并给了邋遢李。

邋遢李推上独轮车，又跟窦占龙来到供奉鱼行祖师的三义庙，使银子买通鱼行把头，从鱼行祖师的神龛上摘下十二色三角令旗，装在一个鱼皮大口袋中。书中代言，这三义庙跟别处的不同，寻常的三义庙供的是刘关张，此处的三义庙另有来历，供奉的是鱼行之祖，在明朝受过皇封。三义庙与火神庙警察所隔河相望，也在三岔河口，鱼市就在庙门前，守着河边。渔民打上来的鱼不能直接卖，得先运到三义庙。鱼行的把头不要钱，只要各条船上最好的一条鱼，送到各大饭庄子，那可就不是按分量了，打着滚儿翻着个儿卖，饭庄子不买还不行，没有好鱼卖了，你要不买这条鱼，他也不让别的鱼贩子跟你做买卖，这就是鱼行的生财之道。必须等鱼行把头挑完了，鱼贩子才能开秤，全城的老百姓才有鱼可吃，就这么霸道。

鱼行的令旗也到了手，邋遢李忍不住问道："咱不是去三岔河口取分水剑吗？怎么又是西瓜、又是令旗的，唱的是哪一出？"

窦占龙说在民间传言中，三岔河口中分水剑的来头可不小，据说当年龙王爷途经此地，不慎落剑于河底。宝剑不碰自落，可见此乃天意，龙王爷只好舍了这口宝剑。从此三岔河口的水清浊分明，颜色不浑。分水剑上十二道剑气变幻不定，肉眼凡胎见得十二色宝光，双目立盲，旋即为分水剑所斩。还有人说分水剑不是宝剑，而是打入三岔河口填了海眼的一条老龙，下河取宝的人全让老龙吃了。反正是天灵地宝，妄动为鬼神所忌，稍有闪失便会送命。但也不是没有法子，骑上这个老西瓜才下得了海眼，十二色令旗可以挡住十二道剑气！

邋遢李听得暗暗咂舌，又问窦占龙镇海眼的分水剑有什么用，可以换多少金银。听这意思，怎么不得值个十万八万的？

窦占龙哈哈一笑，什么叫天灵地宝？有了分水剑在手，划山山开，划地地裂，那还不是想什么有什么，想什么来什么？如今"挑水的扁担、北运河老西瓜、三义庙令旗"均已到手，大事可期，不过这还不够，咱俩得进城走一趟。

4

邋遢李当初逃难来的天津卫，托半拉破碗沿街乞讨，后来捡了条扁担挑大河为生，披星戴月给人送水，扁担压弯了腰还得赔笑脸，别看他身大力不亏，让找碴儿的地痞无赖揍一顿，屁也不敢放一个。说句不好听的，累死累活干一辈子，连板儿钱都攒不下，死了就是扔野地里喂狗的命。而今时来运转，跟窦占龙去憋宝发财，他邋遢李可长脾气了，车也不好好推，走路大摇大摆、一步三晃，但是身上的行头太寒碜了，您想他一个挑大河送水的，穿的如同臭要饭的乞丐，蓬头垢面破衣烂衫，却摆架子绷块儿充大爷，好似戏台上的丑角一般，不免引得路上行人纷纷侧目。

窦占龙见状不住摇头，他不想招人眼目，以免因小失大，只好先带邋遢李剃头刮脸，又给他买了身衣裳，虽不是绫罗绸缎，至少干净齐整。俗话说"人配衣裳马配鞍，狗戴铃铛跑得欢"，邋遢李本就是膀阔腰圆的山东大汉，这些年挑河送水也练出来了，细腰乍背扇子面儿的身材，从头到脚一捯饬，也是人五人六的，这一下更是娘娘宫的蒙葫芦——抖起来了。可他犯财迷，终归撇不下穷人的心思，那身旧的也没舍得扔，裹成一团往身后一背，将来也好有个替换。全都拾掇利索了，二人就近在裕兴楼吃饭。窦占龙让伙计在楼上找了个座，先要上一壶香茶，又点了几个灶上的拿手菜，糟熘鱼片、九转大肠、葱烧海参、水晶肘子，全是解馋的，外加一斤肉三鲜的煎饺，这是裕兴楼的招牌，还烫了一壶酒，告诉邋遢李少喝，以免误了大事。邋遢李看着桌子上的酒肉实在绷不住了，一个劲儿地掉眼泪，为什么呢？从来没见过这么好的东西，在自己脸上掐了一把还挺疼，敢情不是做梦，搁在以前想都不敢想，这不欺祖了吗？抹着眼泪把裤腰带一松，这就招呼上了。窦占龙没动筷子，一边抽烟袋锅子，一边看邋遢李狼吞虎咽。邋遢李可顾不上窦占龙了，用筷子都不解恨，直接伸手抓起来往嘴里塞，肘子就着鱼片、大肠裹着海参，没出息劲儿就别提了。过不多时，跑堂的又端上来一碟子菜，湛清碧绿的碟子，看着就讲究。邋遢李使出"吃一望二眼观三"的本领，吃着碗里的看着锅里的，什么也落不下，抻脖瞪眼这么一瞧，碟子当中摆了一根白菜心儿，没切没剁，整个儿的，心道一声没意思，烂白菜帮子我可没少吃，这哪有桌上的大鱼大肉过瘾？却见窦占龙把烟袋锅子往桌上一放，不慌不忙拿起筷子，夹起一片白菜，放在眼前的吃碟里，细嚼慢咽地吃上了。邋遢李挺纳闷儿，憨宝的窦占龙当真古怪，这么多好吃的不吃，非吃破白菜心儿？

等吃饱喝足了，邋遢李用手抹了抹嘴头子，打着饱嗝儿问道："窦爷，没听说你们憨宝的不能动荤啊，您光吃那碟子白菜，那能解饱吗？"

窦占龙见盘中还有一片白菜，就推到邋遢李面前，让他尝尝这道"扒白菜"。邋遢李瞧这片白菜倒挺水灵，叶不塌、帮不蔫，白中透绿，翡翠的相仿，当真好看，好看顶什么用？说一千道一万不也是白菜吗？还能比得上肘子？他捏起来往嘴里一放，当场傻眼了，这片白菜入口即化，回味无穷，比大鱼大肉好吃太多了，后悔刚才眼拙没多吃几口。他可不知道，"扒白菜"是裕兴楼看家的本事，这一道菜抵得上一桌燕翅席。看似简单，做起来可麻烦，先用鸡鸭鱼肉、虾段干贝煨成一锅老汤，再滚一锅鸭油，选上等的胶州白菜，仅留中间最嫩的菜心儿，其余的全扔了不要，架在老汤上熏，几时菜心儿上见了水汽，几时扒下来放进鸭油里炸，火候还得好，不能炸老了，水汽炸没了立即出锅，再放到老汤上熏，熏完了再炸，如此反复多次，直到把老汤的味道全煨进去，才盛在"雅器"中端上桌。裕兴楼的扒白菜正如窦占龙此人，瞧上去只是个骑毛驴叼烟袋的乡下老赶，却是真人不露相，实有上天入地、开山探海的能为。不过窦占龙并不想跟邋遢李多费口舌，那叫对牛弹琴，瞎耽误工夫，让他尝一口，长长见识就得了，因为邋遢李做梦也梦不到白菜可以这么吃，说了他也明白不了。邋遢李说："窦爷，我头也剃了，脸也刮了，衣裳也换了，酒饭也吃了，您还带挈我憨宝发财，说句实打实的话，我爹在世时也没对我这么好，我再给您了磕一个吧。"

窦占龙摆了摆手："吃饭穿衣何足道哉，这都不值一提，等三岔河口的分水剑到手了，够你胡吃海塞八辈子的。"说罢又掏出一锭银子，吩咐邋遢李去一趟铁匠铺，按他说的长短粗细买一个铁钩子，现打来不及，得买做好的。邋遢李答应一声，揣上银子抱着扁担跑下楼去，他也不傻，窦占龙是个走江湖的，江湖上好人不多、坏人不少，谁知道窦占龙是不是想支开他，万一趁他出去买铁钩子，拿上扁担来个溜之大吉，到时候财没发成，吃饭的家伙也丢了，这就叫"穷生奸计、富长良心"。

书要简言，邋遢李跑去买了一个铁钩子，带回裕兴楼交给窦占龙。窦占龙也没闲着，吩咐跑堂的准备了一大包烧鸡、酱鸭、猪蹄儿，一大摞葱油饼，一坛子老酒。二人仍是一个骑驴一个推车，直奔鼓楼。

天津城的鼓楼没有鼓，却高悬一口铜钟，因为钟声传得远，一天鸣钟一百零八响，晨五十四、暮五十四，也有板眼，所谓"紧十八、慢十八、不紧不慢又十八"。整座城楼分三层，一层以青砖砌为方形城墩，四周各开一个拱形的穿心门洞，正对天津城的四个城门，行人车马可以从底下过；二楼供奉观音菩萨、天后圣母、关圣帝君等诸多神明；三层形似城头，高悬一口铜钟。看守鼓楼的官称"老皮袄"，这个称呼怎么来的呢？以前看守鼓楼的皆为老军，没什么累活儿，只是一天敲两遍钟，夜里打个更，给不了几个钱。凡在上头巡夜打更的老军，按例由官府拨发一件皮袄，所以天津卫老百姓将鼓楼的守军称为"老皮袄"。

窦占龙带邋遢李来到鼓楼，说是来二层神阁烧香还愿，摆出酒肉请几个巡夜的老军大吃大喝，还一人塞了一大锭银子，这是额外的犒赏。守军平时没什么油水，见了酒肉和银子，乐得跟要咬人似的，对窦占龙点头哈腰，连声道谢。窦占龙自称当年许过一桩愿，悬挂铜钟的那条绳钩子已经用了那么多年，说不准哪天会断掉，因此他请人打造了一个上好的铁钩子，想将旧绳钩子换下来，这也是功德一件，万望上下通融则个，遂了他的心愿。几个守军喝得天昏地暗，还得了许多银子，吃人家的嘴短，拿人家的手短，哪还有不应之理，况且又是一桩好事，不觉得这有什么不妥，众人一齐动手，换下绳钩子给了窦占龙。

如此一来，窦占龙又得了一个绳钩子。邋遢李一头雾水，又是酒肉又是银子，只换来悬吊铜钟的绳钩子。要说鼓楼上这口大钟真够个儿，上铸瑞兽云龙，倒覆莲花，挂钟的绳钩子可太寒碜了，虽说够粗也够结实，但是年头太久，已经变了色、起了毛，无非俩大子儿一捆的烂草绳，这玩意儿哪儿没有啊？

窦占龙走南闯北到处憋宝，怎么会干赔本的买卖？天津城鼓楼上的绳钩子可不一般，据说当初鼓楼中有一面大鼓，但是鼓声传得不远，到了城门口就听不见了，官府决定换成一口铜钟。可也邪门儿，铜钟怎么也铸不成，铸到一半准裂。当时的县太爷信奉灰大姑——一个顶仙的婆子，备下大礼上门求教，灰大姑给官府出了个主意，要说这个法子可太缺德了，选一对童男童女扔进铜水，铜钟一定可以铸成。县太爷交差心切，又怕老百姓传谣言，说什么当官的贪腐无德，触怒了上苍，以致连口铜钟也铸不成，这个话要是传出去，他这个官还当不当了？就命手下人到鲇鱼窝买了两个孩子，扔到煮铜水的大锅之中，一瞬间就化没了，当真是惨不忍睹。还别说，真应了灰大姑之言，用上这个邪法之后，铜钟就铸成了。孩子的爹娘听到敲钟的声响，如同刀子剜心一样，转天就在鼓楼的门洞子上自缢而亡。鼓楼从此闹上鬼了，老百姓们离近了听这个钟声，总是回荡着一个"鞋"的尾音，因为把两个孩子往铜水锅里扔的时候，女孩掉落了一只鞋，所以阴魂不散，还在找那只鞋。县太爷得知这个传言坐不住了，来到鼓楼下这么一听，可没从钟声中听出这个"鞋"字，却听出一个凄厉的"杀"字，连惊带吓一口气没缓上来，俩腿一蹬见了阎王。继任的官员经高人指点，将挂钟的链子换成了一根草绳，这个地方才太平。皆因这草绳不是寻常的绳子，而是一条草龙，犯了天条被贬来吊钟，才把阴魂压下去。分水剑是镇河之宝，剑气斩人于无形，血肉之躯近之不能，取宝非用这个绳钩子不可。

而今凑齐了"扁担、绳钩、西瓜、令旗"，窦占龙却不上三岔河口惩宝，按他的话说，分水剑有水府中龙兵把守，还得准备阴兵鬼将助阵，方保万无一失。

邋遢李但觉窦占龙所言匪夷所思，"扁担、绳钩、西瓜、令旗"好找，都是阳世上的东西，阴兵鬼将如何搬请？

5

邋遢李已经摸透了窦占龙的脾气，此人行踪诡秘，说话云里雾里，让人摸不着头脑，岂是我一个挑河送水的大老粗所能领会？问了也是白问，说了我也不见得明白，反正下河取宝，得了分水剑有我一份，眼下全听他的便是，就跟在窦占龙后头，来到河边一处大车店住下。窦占龙又掏出银子，吩咐邋遢李连夜进城，采买八百对纸人纸马，一人一马为一对，可不是出殡用的童男童女、牛马轿夫，皆要全身披挂、青面獠牙，此乃八百阴兵。再来一十二个鬼将，个头要比阴兵大出一倍，胯下麒麟兽，也是怎么吓人怎么扎，从头到脚顶盔掼甲、罩袍束带。按十二面三角令旗的颜色，鬼将身上的甲胄也分成十二色。阴兵鬼将不能空着手，什么刀枪剑戟、斧钺钩叉，锐棍槊棒、鞭铜锤抓，拐子流星，带尖儿的、带刺儿的、带棱儿的、带刃儿的、带绳儿的、带链儿的、带倒钩儿的、带峨眉刺儿的，有什么是什么，一概手持兵刃，当然也是纸糊的。过三天是七月十五，民间俗传七月为鬼月，七月十五这天为鬼节，那一天烧纸的人最多，到时候你把八百阴兵舍给天津城烧纸的老百姓，再找一条船，把十二鬼将摆在船上，等到天黑之后，你听我招呼，咱们下三岔河口取宝发财。

邋遢李听得目瞪口呆："窦爷，您了醒醒盹儿，我找十家扎彩铺连灯彻夜干上三天，可也凑不齐八百对纸人纸马，这不睁眼说梦话吗？宽限我十天半个月行不行？"

窦占龙说："一般的扎彩铺子不成，你去城隍庙门口，找扎纸人的张瞎子，三天之内准能做完。"

当时的城隍庙已经破败了，不过还有个庙祝，人称张瞎子，本名张立三，天津卫人称"立爷"，响当当的人物字号。别看立爷叫瞎子，但是人瞎心不瞎，扎彩裱糊的手艺没的说，睁眼的也比不了。不过十家扎彩铺子忙活三天，也扎不出八百阴兵十二鬼将，张瞎子一个瞽目之人，能干得了这个活儿？邋遢李将信将疑，按照窦占龙的交代，带上银子进了城，在西北角城隍庙找到张瞎子，一问这个活儿可以干，他心里才踏实，给完银子回到大车店闭门不出，往炕上一躺呼呼大睡，吃饭自有伙计来送，吃了睡、睡了吃，只在屋中养精蓄锐。

　　三天之后七月十五正日子，邋遢李先去骡马市雇了大车，下半晌来到城隍庙，八百对纸人纸马外加十二个大鬼全扎好了，一个挨一个，一个摆一个，密密匝匝摆在大门口，有很多老百姓挤在周围看热闹，不知道这是干什么的，往常烧的扎纸无非童男童女、轿子牛马，这怎么全是横眉立目的兵将，免不了指指点点、议论纷纷。邋遢李暗暗吃惊，搁在寻常的扎彩铺，别说扎八百多对纸人纸马，仅就这些坯子，没个二三十天也做不完。城隍庙的张瞎子双目失明，半点光亮也看不见，却在三天之内扎成了八百阴兵十二鬼将，身上穿的、头上戴的、手里拿的、胯下骑的，一件不缺、半件不少。张瞎子的手艺也厉害，纸人纸马俱是栩栩如生、活灵活现，十二鬼将面目狰狞、杀气腾腾，何以见得？有赞为证："乌金盔盔分八卦，锁子甲甲扣金锁，护心镜胸前紧挂，飞虎旗背后分插，宝雕弓铜头铁把，狼牙箭箭穿梨花；面似红铜鸭蛋眼，满口钢髯连鬓毛，长相怪须发倒卷，血盆口紧衬獠牙。"

　　邋遢李招呼周围看热闹的，说有一位姓窦的财主爷行善，在天津城舍八百对纸人纸马，有要的但取无妨。围观的老百姓们一听，反正今夜晚间也得烧纸，既然有财主爷舍纸扎，不拿白不拿，你一个我一个，没用多大一会儿，纸人纸马就被搬了一空，八百对是不少，可架不住人多。您还请放心，没有占这个便宜的，夜里不烧纸的谁也不会搬这玩意儿回家，不当吃不当喝也换不了钱，摆在门口能把走夜路的吓一跟头。舍完八百对纸人纸马，邋遢李让车把式将十二个大鬼装上，他进城隍庙对张瞎子道谢。张瞎子冷笑了一声："我扎纸人无非挣钱糊口，你出的是银子，我卖的是手艺，无亏无欠，不必言谢。可你置办这些东西干什么，你自己心知肚明。按说我不该多嘴，可我多劝你一句，

134

镇河之宝一旦让人取走，天津城就会发大水，全城都得淹了，那得死多少人？干这等瞒心昧己的勾当，不怕遭报应吗？"

邋遢李当场一愣，让张瞎子几句话说得心中忐忑，惴惴不安，他肚子里有鬼，不敢在张瞎子面前多说，匆匆忙忙作了个揖，带上大车离开城隍庙，出北大关直奔三岔河口，一路上心里直犯嘀咕。到地方一看，窦占龙已经把船赁好了，正在一旁等他，俩人把十二个顶盔掼甲的鬼将抬上船，"西瓜、令旗、绳钩、扁担"全带上，只等天黑了动手。入夜之后，城里城外到处都有烧纸的，火光此起彼伏，窦占龙舍出去的八百对纸人纸马也在其中。邋遢李和窦占龙带了一船纸人，来到三条大河相交之处。天上的月亮忽明忽暗，十二个纸扎的鬼将五颜六色，直愣愣戳在船上，青面獠牙，各不相同，深夜看来，甚是可怖。

窦占龙点上烟袋锅子，估摸时辰差不多了，借火头燃起十二鬼将，纸人纸马沾上火就着，风助火势、火趁风威，火苗子冲天贯月，蹿起一丈多高，转眼烧成了一片。纸灰化成一缕缕黑烟，涌在半空挡住了月光。隐隐却听得火光中传来厮杀之声，人马杂沓，刀来枪往，剑戟相接，铿锵之声不绝于耳，似有千军万马厮杀在了一处。

6

窦占龙一直竖着耳朵，两眼盯在虚空之中，见时机已到，抬鞋底子搋灭了烟袋锅，整了整衣襟，拽了拽袖子，浑身上下收拾利落了，再次叮嘱邋遢李："我带上扁担绳钩、骑西瓜下河取宝，你须助我一臂之力，瞧见水中伸出什么颜色的手，就将该色令旗递在手中，递完十二面令旗，分水剑就到手了，到时候要什么有什么，可千万别有差错，否则我难逃一死，你也别想发财了！"说罢手持扁担，肩挎绳钩，骑瓜入水，转眼沉入河底没了踪迹。

邋遢李捏着一把冷汗，抻长脖子等了多时，忽见河水往两旁分开，从中伸出一只白色的大手，同时射出一道白光，明晃晃夺人二目，刺得他俩眼生疼。窦占龙下水之前说了，会从河中伸出手来要旗子，可没说手有这么大，真把邋遢李吓了一跳，他发财心切不敢怠慢，赶紧把白色的令旗递过去。那只大手接住令旗没入河中，也将那道白光挡了下去。邋遢李惊魂未定，没等他缓过神儿来，又从河中伸出一只青色的大手，带起一道青光，晃得他睁不开眼，邋遢李忙将青色令旗递在手中，把那道青光挡回了河底。但见三岔河口无风起浪，翻涌如沸，跟开了锅似的，邋遢李递一面令旗，心中便多怕一分，他一个挑大河送水的，何曾见过这等阵势，忽然想起张瞎子的话，一旦取走镇河的分水剑，天津城就会发大水，那得死多少人？纵然发了大财，怕也躲不过天打雷劈！

正当胡思乱想之际，河水中又伸出一只红手，邋遢李心中慌乱，误将紫色令旗投了下去，当时就知道完了。三岔河口的风浪随即平复，皓月当头，乌云散尽，他低头一看，窦占龙被分水剑斩成两半，尸首已经浮了上来。邋遢李魂飞胆丧，再后悔可也来不及了，收了窦占龙的尸首和那条扁担，连夜找个地方埋了死人，三行鼻涕两行泪地哭了一场，无奈回到河边的破窝棚，仍旧在天津城挑河送水，饥一顿饱一顿地过穷日子，再也不敢动下河取宝的念头。几年后他在河边挑水，又瞧见了骑黑驴的窦占龙，还以为撞见鬼了，吓得屁滚尿流，却不知窦占龙乃龙虎山五雷殿的金蟾借壳成形，一辈子要躲九死十三灾，死在三岔河口的只是一个分身，应这一劫而已。

天津卫这个地方说野书的最多，"邋遢李憨宝"这段书传得很广，几乎尽人皆知。有人问起过邋遢李，是否真有此事？邋遢李却闷不吭声，三棍子打不出个屁来，一个字也不提。很可能是说书的信口胡编，挖苦邋遢李这个穷汉妄想发财。而今邋遢李又让大白脸一脚踢死，再想问也问不出了。

刘横顺从来不信这套，天津卫有水警，经常在三岔河口打捞死尸，又不是没人下去过，河底下哪有什么分水剑和老龙？魔古道虚张声势，只是掩人耳目罢了，一定另有所图，必须尽快将旁门左道一网打尽，免得再祸害老百姓。

李老道一捋长髯，口诵一声道号："无量天尊，大白脸、钻天豹、五斗圣姑、狐狸童子全死在了你手上，不用你找魔古道的人，魔古道的人也会来找你，不将你置于死地，他们什么也干不成。"

刘横顺可不怕送上门来的，正好来一个逮一个，来两个逮一双，省得费力气了，跑坏了鞋还得买去。

李老道说："刘爷千万别大意，你在明处、敌在暗处，明枪容易躲、暗箭最难防，何况此辈均为旁门左道，多有妖术邪法，只怕上门找你的不是人！据贫道所知，混元老祖门下有四大护法，分持四件法宝，其中一件是个纸棺材，不过巴掌大小，想要谁的命，就写上谁的名姓八字，一个时辰拜三次，三次拜不死拜六次，六次拜不死拜九次，以十二个时辰为大限，此人必死无疑，你不怕魔古道用纸棺材拜你？"

只因李老道说出这一番话，才引出一段"摆阵火神庙，斗法分龙会"，正是"且将左道妖邪术，惊动如龙似虎人"，欲知后事如何，且听下回分解。

第六章　斗法分龙会

1

水火不容未为奇，

五行生克本常然。

古今成败说不透，

从正从邪判祥殃。

接续前言，上文书正说到李老道告诉刘横顺："魔古道的人接二连三折在你手上，同伙定会上门寻仇。别的倒还罢了，兵来将能挡、水来土能掩，但旁门左道有一件法宝纸棺材，可以托于手掌之上，用一张黄纸写上活人名姓八字，放在纸棺材中，拜上十二个时辰，生魂即入其中，埋于北方坎位，其人立死。三寸气在千般用，一旦无常万事休。刘爷，你可得当心了！"

刘横顺说道："自古邪不压正，棺材里边哪有咒死的鬼？我刘横顺是何等样人？穿的是官衣，吃的是官饭，当的是官差，怎么会相信这一套？再者说来，如果纸棺材真是法宝，还能让我活到此时？"

李老道说："正如刘爷所言，你穿的是官衣，办的是官差，不比寻常百姓，此乃其一；其二，你的名号了不得，缉拿队的飞毛腿火神爷刘横顺，天津卫谁人不知、哪个不晓？不是十二分命硬的人，可担不住这个名号；其三，火神庙警察所的形势厉害，屋子是老时年间的火神庙，你坐在火神爷的正位上，张炽、李灿二巡警一左一右，杜大彪守门，老油条在后，与火神庙先前的格局一般无二，火气仍盛。旁门左道虽有法宝纸棺材，却不敢拜你，怕拜不死你，反祸自身。不过你是火命，而水能克火，凡是下大雨发大水的时日，你可千万别出门。"

还真让李老道说对了，刘横顺喜的是响晴白日，厌的是天阴雨湿，一下雨就心浮气躁，干什么也不成，说不出什么原因，此乃秉性使然。可他没把李老道的话放在心上，问完话就回火神庙警察所当差了。

接下来一段时间，天津城没再出什么乱子，却也不能说太平无事，因为接连走水，把水会忙得够呛。走水就是失火，过去人避讳这个"火"字，以"走水"代而称之，九河下梢乃漕运要地，房屋交错、商铺林立，着起火来损失惨重，还不是灯芯蜡头的小火，一着就是大的。以前的屋子多为木质结构，即使外边有砖有瓦，里边的梁柱也是木头的，见火就着，势不可当，一烧起来，那可了不得，真叫风助火势万道金蛇舞，火趁风行遍地皆通红，楼台殿阁成火海，房梁屋舍转眼空。巡警总局和水会派人连更彻夜地巡逻，也没见到纵火的歹人，无缘无故就起火。不知从哪儿传出一个谣言——三岔河口的火神庙挡住了龙王爷，以致城里城外经常失火，除非把火神爷送走。

其实在当时来说，天津卫早没有火神庙了，只留下一个地名，当年的庙堂已然改为火神庙警察所，庙中的神像、供桌、香炉、烛台也没了，拆庙等于是把警察所拆掉。社会上的谣传从来不少，官厅也不会当真，可一人道虚、千人传实，又架不住当地的各大商会反复施压，官商两道勾连甚深，一个有权一个有钱，谁也离不开谁，当官的不愿意得罪大商大户，况且拆掉一个小小的警察所也没什么大不了的，于是下了一道命令，限期拆除三岔河口的火神庙警察所，一砖一瓦也不留。

上头一句话，下边跑断腿。飞毛腿刘横顺再大的名号，也只是警察所的一个巡官、缉拿队的黑名，胳膊拧不过大腿，官厅的命令岂能不听？无奈拆完了火神庙也不给盖新房，不是商会不出钱，全进了当官的腰包，下边一个大子儿也没见着。警察所挪到旁边一处又脏又破、透风漏雨的民房，桌椅板凳往里一堆，门口挂上块白底黑字的木头牌子，这就齐了。刘横顺带上张炽、李灿、老油条、杜大彪，五个人收拾了一整天，累得一身臭汗，满头满脸是土，忙到天黑才吃上饭。张炽、李灿坐在屋里大发牢骚："几百年的火神庙，居然说拆就给拆了，等我们哥儿俩查出是谁传的谣言，准得给他来点儿好瞧的！"

坐在旁边的老油条嘀嘀咕咕说了一句："拆都拆完了，再查谁传的谣言顶什么用？说到底咱火神庙就是吃了瓜落儿，这些个火可不是灯芯蜡烛头引着的……"

刘横顺听出来了，老油条的话里有话，那意思就是有人放火？知道你早说啊，火神庙也不用拆了，咱们哥儿几个更不用窝在这破瓦寒窑中受气，就让他把话说明白了，到底什么人放的火？

老油条一脸神秘地说："刘头儿，我可没说放火的是人，实话跟您说吧，火是小鬼儿放的！"

2

刘横顺太知道老油条的为人了，在一个警察所共事多年，还能看不出他是什么鸟变的？虽说也是个巡警，却打骨子里就不像当差的，一贯胆小怕事、油嘴滑舌，整天张家长、李家短地嚼老婆舌头，听风就是雨、给个棒槌就认针，说不定天津卫有一半的谣言是打他嘴里传出去的，口口声声说什么小鬼儿放火，这不狗带嚼子——胡勒吗？

老油条说此事千真万确，所谓"耳听为虚，眼见为实"，这一次可是他亲眼得见，当场将来龙去脉添油加醋讲了一遍。他今年五十多岁，老油条这个外号可跟了他不下三十年，只因此人最贪小便宜，出门一趟空着手回家就算吃亏，走路从来不抬头，就为了能捡着钱，掉了一个铜子儿能追出二里地去。仗着一身警服，拿人一棵葱、顺人半头蒜，他还不像张炽、李灿，那俩小子也出去讹钱，但分人，专找地痞无赖、嘎杂子琉璃球下手，你横我比你还横，你坏我比你还坏，没给刘横顺丢过脸。老油条却不同，一不来横的，二不来硬的，只会耍二皮脸，横的他还不敢惹，就找老实人下手。过去有这么句老话叫"不怕不要命，就怕不要脸"，舍出一张脸去，那真可以说是天下无敌。只要能占便宜，什么丢人现眼的事他都干得出来，让他叫声亲爹给套煎饼，他张嘴就叫，还觉得不吃亏。

头些日子，老油条歇班在家，他住在南小道子一带的胡同大杂院，家里就他们两口子。眼瞅到了饭点儿，老婆问他晚上吃什么。老油条让她先不急，出门转了一趟，回来告诉他老婆："快剥蒜，今天吃饺子！"两口子过了这么多年，一抬屁股就知道要放什么屁，老油条这么一说，他老婆就明白了，原来老油条有个习惯，快饭点儿就去门口溜达，瞧瞧左邻右舍做的什么饭，窝头咸菜也还罢了，如果说谁家烙饼捞面、大锅炖上肉了，他想方设法也得蹭上一顿，要是再赶上包饺子，更了不得了，俗话说"好吃不如饺子，舒坦不如倒着"，不吃上一顿对不起祖宗。蹭吃蹭喝也有门道儿，比如看见这家吃饺子，剁馅儿、和面的时候不能进去，擀皮儿捏饺子也不能进去，饺子下了锅煮还不能进去，非得掐准了节骨眼儿，等饺子刚一出锅，热气腾腾往桌上一端，老油条推门就进。寻常百姓家不比深宅大院，不趁值钱的东西，老街旧邻过来串门，在门口打个招呼就可以进屋，没那么多讲究，有两家走得近的，不打招呼也没人挑理。老油条并非能掐会算，饺子出锅的香气他闻得出，捞饺子的响动他听得到，闻不着、听不见也不打紧，他还会看烟囱。看见这家烟囱里冒的是黑烟，这是刚生火；过了一会儿冒白烟了，这就是煮上了；冒了一会儿烟下去了，说明火灭了，饺子也该出锅了，推开进来先说一句："哎哟，巧了！"什么叫巧了？那意思就是我没吃饭，正赶上您家刚把饺子煮好，其实都在外边等了一个多时辰了。人家一看邻居过来串门了，低头不见抬头见的，怎么也不能往外撵，只得客气两句，留他一同吃饺子。老油条就不客气了，还得拿腔作调："不讨扰了，您家里这地方也不宽敞，我端回去吃吧。"盛上满满一大盘刚出锅的饺子，端回家跟老婆一吃，不仅解了馋，这顿饭钱也省下了。

那会儿的老百姓轻易吃不上一顿饺子，尤其是老油条住的南小道子一带，胡同、大杂院儿里住的都是穷人，说今天改善改善，来上一顿肉丝炒白菜就算不错了，到肉铺子买两个大子儿的肉，那能有多少？还舍不得都用了，炒熟了留出来一半，另一半加上大半棵白菜炒一大碟子，就相当于开荤了。再不就是买点羊杂碎，多来点儿汤，回头泡点儿宽粉条，来点儿豆腐，放上白菜熬这么一锅。家里有孩子先不给吃，留着当家的爷们儿回来才往外拿，先是让当家的吃饱了，孩子们这才开始上桌上炕，唏了呼噜一吃，外带做点儿杂面汤、棒子糁儿粥，天热的时候熬点儿绿豆汤。主食吃什么呢？通常就是窝头、棒子面儿饼子。偶尔蒸几个馒头也舍不得蒸净面的，都是两掺面，或者烙点儿金裹银的饼，里面是棒子面，外头是白面皮，外带着剁点儿葱花，来点儿五香面，就着白菜丝儿这么一吃，也是解饱解馋。如果说家里头的妇女心疼自己的爷们儿，出去辛苦一天累了，就给准备些下酒菜，怎么便宜怎么来。没钱买整瓶的酒，上门口杂货铺打散酒，来上这么二两，再预备一盘五香花生米，天津卫叫果仁儿，带壳炒好了，爷们儿回来之前给包出来，满仁的、整的挑出来搁在一个小瓶子里，喝酒的时候倒出来几个，小的、瘪的就给孩子吃了，这日子就算说得过去的。所以除了过年的时候，非得是家里赶上什么好事儿，或者爷们儿挣来额外的钱了，才舍得包一顿饺子吃，家里孩子大人都盼着这顿饺子解馋。街里街坊的偶尔赶上了，跟着吃上这么一两次还成，老油条却占便宜没够，厚着一张脸皮东讹西要，周围的住户也瞧出他这人性了，再一再二没有再三再四的，老油条再来也就不让他了，换别人没辙了，老油条脸皮够多厚？只要能吃上这口，什么都不在乎，人家不跟他客气不要紧，一屁股坐下来，两眼直勾勾地盯着桌上的盘子，先夸这饺子："嘿！这饺子好啊，你看这面，头号儿的精白面吧？包出来溜光水滑的多好看哪，面好放一边，吃饺子主要吃的是馅儿，我可闻出来了，西葫羊肉的，还没少放香油，刚出锅您可别着急吃，得先凉凉了，为什么呢？烫嘴啊！"

说这话就是成心，饺子哪有凉凉了吃的，尤其是羊肉饺子，一放凉了里边儿的油就凝了，再吃就不是味儿了，事儿是这么个事儿，可

143

千万别搭理他，一搭话就上当了，邻居要说一句："饺子又不是切糕，凉了怎么吃？就得吃烫嘴烫心的。"他问都不问，马上捏起一个饺子塞进嘴里，烫得唏了呼噜地说："嚯，跟您家吃饺子太长学问了，我说怎么平常吃饺子不对味儿呢，这还真是热的好吃，那什么，二嫂子，您了再给我来瓣儿蒜。"这就吃上了，谁还好意思再让他吐出来？老油条那嘴是练出来的，无论凉的热的软的硬的，全能往里塞，吃完了喝一大碗饺子汤，来个"原汤化原食"，这可不叫完，把碗筷往桌子上一放，还得一边剔牙一边说："二嫂子这饺子包得太好了，又好吃又好看，下锅里一煮跟小白鸭儿似的，我家那个倒霉娘们儿可做不出来，活该今天让她挨饿。"邻居一想，反正老油条也没少吃，不差这几个饺子，就要盛一碟子让他带回去。老油条赶紧说："哎哟，这话怎么说的，吃了您的喝了您的，怎么还能往家捎呢？您别受累了，赶紧坐下吃饭，我自己来、我自己来……"说话接过碟子，满满当当盛上七八十个饺子，端回家去老婆吃不了，后半夜他再凿补一顿消夜，邻居一家子拢共才包多少饺子？只得对付个半饱，不够再拿窝头儿找齐。老油条倒吃了个滚瓜溜圆，满嘴油舍不得擦，躺到床上还在舔嘴岔子，就是这么个货。

那一天快到饭点儿了，老油条又去门口溜达，正瞅见有邻居剁馅儿包饺子，他心中暗暗窃喜，三步两步跑回来，吩咐老婆赶紧剥蒜，吃饺子得趁热，等端回来再剥蒜，饺子就凉了。他老婆在屋里剥蒜，他出去讹饺子，本以为又能解馋了，不承想邻居家吃一堑长一智，就知道他准得来，包好了饺子愣是不煮，当天仍吃窝头咸菜，饺子留到转天老油条去警察所当班再下锅，宁可把饺子放塌了也认头。老油条在邻居家门口一直等到半夜，饿得前心贴了后背，这才臊眉耷眼地回到家，把经过跟他老婆一说，嘴里还直埋怨："这家人不地道，包好了饺子居然舍不得下锅，愣让一家老小啃窝头，不怕噎死？"他老婆白剥了好几头蒜，也饿得够呛了，就对老油条说你别抱怨了，赶快拿钱出去买俩烧饼吧。老油条一听说要花钱，他连肝儿都颤，眼泪好悬没掉下来，赶紧劝他老婆："我说大奶奶，咱这日子还过不过了？钱又不是大风刮来的，自己掏钱买烧饼，还有王法吗？要不然这么着，今天您先凑合凑合，把剥完的这几瓣蒜吃了，明儿个一早我去河边巡逻，找人对付两碗锅巴菜回来，那个东西好啊，真正的绿豆面煎饼切碎了，浇上卤子，加上韭菜花、酱豆腐，多来香菜，有红有绿，放够了辣椒油，老话儿怎么说的？要解馋辣和咸，这边儿吃着，那边儿把你爸爸勒死你都不带心疼的。"他老婆一听这话不干了，锅巴菜虽好，却是远水不解近渴，这一宿怎么过？哪有拿蒜当饭吃的？再怎么能凑合，那也顶不了饿。老油条又说："大奶奶，你是怎么了？这大晚上的，吃一肚子东西难受不难受？再说了，吃完你就躺下睡觉，东西扔在肚子里下不去，早上还怎么吃锅巴菜？你听我的，桌上有一壶茶叶底子，才喝了三天，正是有滋味儿的时候，你来这个就大蒜，吃完了咂摸咂摸嘴，咬紧了后槽牙使劲逮那个劲儿，绝对能品出饺子味儿！"

老油条舍不得生火，从水缸舀出凉水直接倒进茶壶，倒进去扣严实了，得先闷一会儿再喝，给他老婆气的："凉水沏茶还闷一会儿？你糊弄鬼呢？"一赌气抓过壶来，嘴儿对嘴儿长流水儿，"咕咚咕咚"灌了一肚子。老油条的肚子也饿，眼看老婆灌了个水饱儿，他也来了两大壶，还把剥好的大蒜全吃了，吃饱喝足了不敢走路，稍微一动肚子里就直晃荡。

老公母俩一人喝了一肚子凉水，躺在炕上钻了被窝，饭吃多了不好受，水喝多了也够呛，这一宿上来下去净折腾了，怎么呢？水喝多了起夜。以往那个年头，住胡同大杂院的老百姓家里没有茅房，尿桶子就搁在屋里，各家各户都一样。老油条两口子一人一肚子凉水，你

145

起来我躺下，你躺下我起来，不到后半夜尿桶子就满了。老油条无奈起身，出门去倒尿桶子。屋外月明星稀，他睡眼惺忪，又饿又困，懒得走到大杂院儿门外，想顺手倒在那家包了饺子不煮啃窝头的邻居门前，给那家添点恶心，刚走了没两步，忽觉眼前一亮，只见一团鬼火穿门进了院子！

3

　　老油条心里头一激灵，一只手拎尿桶子，一只手使劲揉了揉眼，定睛再看真是鬼火，似乎有风吹着，忽忽悠悠贴地而行，钻入门中直奔柴垛。他以为谁家的灶没看严实，火星子被风吹了出来，这还了得？水火无情，这要烧起来，他这么多年的家底就完了，其实他那点儿"家底"归了包堆值不了几个钱，但是老油条财迷心窍，拉屎择豆儿、撒尿撒油儿，饭都舍不得吃，还别说把房子燎了，点上一盏油灯就算坑家败产。他顾不上再去找水，情急之下有什么是什么，干脆把手上的尿桶子一兜底，一桶子尿全泼了出去。咱之前说了，两口子喝了一肚子凉水，满满当当一大桶子尿，那点火头还灭不掉吗？当时青烟一冒，火头就没了，还溅了他两脚尿。老油条站在当院嚷嚷了两句，刚要往屋里走，却见火头熄灭之处有个东西，白乎乎的不知是什么，捡根树枝子挑起来一看，是三寸多高一个小纸人儿，有胳膊有腿，有鼻子有眼。老油条心说可不作怪，借月光细一打量，见纸人前胸后背各写了一个"火"字，两个手上分写"霹雳"二字，两个脚下各写"飞"和"疾"，均以朱砂写成，鬼画符似的。他这个人迷信甚深，当时冷汗就下来了，刚才那点鬼火是这个小纸人儿不成？这不见鬼了？

　　老油条也顾不得脏了，忙把纸人儿扯了，扔地上踩了两脚，回屋上炕心里头还在打鼓，怕老婆犯嘀咕，没敢跟她说，一直憋在肚子里，今天在警察所发牢骚，话赶话把这件事给说了。

说者无心，听者有意。老油条添砖加瓦这么一说，让刘横顺想起了李老道之前说的话，心念猛然一动，天津城中接连失火，多半是魔古道以妖术纵火，又放出谣言扰乱民心，只为了拆掉火神庙。按李老道所言，来天津城作案的钻天豹、五斗童姑、狐狸童子、大白脸，全栽到了刘横顺手上，皆因刘横顺所在的三岔河口火神庙警察所火运当头，凭借这个形势，妖魔邪祟不敢近前。而今拆掉了火神庙，旁门左道也该找上门了。刘横顺可不信这个邪，该干什么干什么，没了火神庙刘爷还不抓贼了？

可也怪了，打从拆掉三岔河口的老火神庙以来，天津城没再失过火，一连多少天阴雨连绵。刘横顺心中烦乱，干什么都不顺，怎么待着怎么别扭，但是老天爷要下雨，谁也拦不住。多亏近来比较太平没什么案子，不用去缉拿队当差，除了照常在周围巡逻，只需在屋中闷坐。

这一天早上，仍是阴雨天。刘横顺来到警察所当班，刚打开门李老道就来了。李老道一向阴阳有准、法眼无差，见火神庙警察所换了地方，不住地摇头叹气，本以为刘横顺凭借火神庙的形势，尽可以躲过此劫，万没想到道高一尺魔高一丈，人家还有这一招釜底抽薪，直接把庙给拆了。

当时张炽、李灿、老油条、杜大彪都在，李老道就当着众人的面说出缘由，拐小孩的大白脸被缉拿归案不久，审讯到一半，突然暴毙于巡警总局，并非受刑不过，那是为了灭口，让人用纸棺材拜死的。火神庙警察所的巡官刘横顺，一样是魔古道的眼中钉肉中刺，但是坐镇三岔河口火神庙，旁门左道纵有邪法也奈何不得。可没想火神庙被拆了，事已至此，再说什么也没用了。如今这个破屋子，虽然仍挂了火神庙警察所的牌子，形势却已不复存在，比不了三岔河口的老火神庙。

几个巡警你看看我我看看你，大眼瞪小眼面面相觑，一个个都不说话了，以前在老火神庙当差，尽管屋子年久失修，可好歹是庙堂改的，宽敞明亮、梁柱高挑，坐在里边就有底气，如今让李老道这么一说，越看眼前的破屋子越别扭。

李老道告诉众人："没了火神庙的形势，只怕刘爷死到临头了，大限只在明日！"

张炽和李灿听不下去了，这不是登门咒刘横顺死来了吗？一个挖苦道："你这牛鼻子老道太高了，你是阎王爷的外甥，还是判官的舅舅？偷看过生死簿不成？"另一个恫吓道："在白骨塔埋死人真是屈了你的才，不如我帮你把两个眼珠子捅瞎了，你拿根马竿儿出去算命，准不少挣钱。"

李老道并不动气，说你们几位也不是不知道，明天是五月二十五分龙会。民间俗传，五月二十五乃一年一度的分龙会，到得这一日，五湖四海九江八河的龙王爷齐聚，商定一整年如何行云布雨，常言道"虎行有风，龙行有雨"，五湖四海九江八河的龙王爷全出来还了得，带动的水气弥天漫地，可以说是一年当中雨水最大的日子。缉拿队的飞毛腿刘横顺，在天津卫人称火神爷，有他坐镇三岔河口，魔古道难以在此作乱。而且刘横顺身上火气极盛，想用纸棺材拜死他绝非易事，要不然也等不到今日，一定是在五月二十五分龙会当天，趁刘横顺的火运被水汽遮住，才好下手。此时的刘横顺气色极低，可见那边已经拜上纸棺材了。说完画了一道黄纸符，让刘横顺钉在警察所的门楣上，天塌下来都别出门，黄纸符也摘不得，可保你躲灾避祸，否则活不过今天。李老道交代完了，匆匆回去准备，今夜子时之前再赶来相助。

老油条迷信甚深，张炽、李灿也担心刘横顺出事，劝刘横顺快把黄纸符钉在门上。刘横顺是什么脾气，一把将黄纸符扯碎，抬手扔到了门外，就不信这份邪！

4

火神庙警察所的刘横顺就这个脾气，宁让人打死不让人吓死，明知山有虎偏向虎山行，不仅把李老道给的符扯了，还想带人出去巡逻。老油条谨慎惯了，宁可信其有不可信其无，死活拦住刘横顺，说什么也不让他出去，下这么大的雨，按例不用巡逻，在门口留一个值班的就行。反正无事可做，倒不如在警察所下一锅面条，几个人吃顿打卤面。火神庙警察所搬了地方，按说得吃捞面温居，择日不如撞日，不如就在今天了。老油条这么说，是为了把刘横顺温住，他们这屋子虽然破旧，门口好歹挂了"火神庙警察所"的牌子，又坐了一屋子穿官衣的巡警，想来邪祟不敢上门。他一边说一边对张炽、李灿连使眼色，那二人也紧着劝，好说歹说才让刘横顺回屋坐下。张炽、李灿出去买东西，杜大彪刷锅洗碗，再把灶台收拾出来，老油条放桌子摆板凳。火神庙警察所的几个人，一同张罗这顿打卤面。

按照老天津卫的习惯，上梁动土、买卖开张、放定过礼、乔迁搬家，都得吃捞面，喜面、寿面、子孙面、下车面，连生意干倒了、过日子分家了也得吃一顿散伙面。吃面可以省事，打点儿卤子、炸点儿酱，或者随便炒一盘宽汁儿的菜，拌上面条就可以吃。也可以按讲究的来，正经吃上一顿打卤面，人手少了都不行。首先来说，卤子里的东西就得够多少样，木耳、香菇、面筋、干贝、虾仁、肉丝、鸡蛋、香干、花菜全得有，煎炒烹炸带勾芡，打这一锅卤子一个人都忙不过来。另外还得配上菜码，该削皮的削皮，该焯水的焯水，该过油的过油，黄瓜、青豆、红粉皮儿。凉菜也得凑上七碟八碗，连就面带下酒，摊黄菜、炒合菜、素什锦、肉皮冻、肘花、酱肉、猪蹄、火腿，一样也不能少，吃的是全合、要的是热闹。

警察所条件有限，吃打卤面没那么讲究，可也足够齐全。张炽、李灿出去一趟，该买的东西全买了，应名是买，实际是讹，这俩小子一个大子儿没掏，用他们话讲，穿官衣的吃饭还得掏钱，那叫没本事。光蒜就好几样，泡蒜、腌蒜、独头蒜，想吃什么有什么。老几位一齐动手，切菜、打卤、煮面，忙到下半晌，满满当当摆了一桌子，一人面前一大海碗白面，旁边一大锅卤子、冷荤凉素各式菜码摆了七八碗。外边的雨越下越大，屋子里却十分闷热，其余四人吃面都过水，刘横顺单吃锅挑的，面条打锅里捞出来不过凉水，热气腾腾直接吃。他也说不出来为了什么，就觉得身上一阵阵发冷，心里头也闷，压了块大石头似的，明知魔古道在天津卫作乱，官厅上却无人理会，只凭他一个人，如何将隐匿在城中的魔古道余孽一网打尽？正好张炽、李灿搬来一坛子老酒，索性来了个"三杯万事和，一醉解千愁"，几个人推杯换盏你来我往，一顿酒喝到傍晚时分，刘横顺脑袋瓜子发沉，进里屋往桌上一趴，昏昏沉沉地睡上了，恍惚之中见到四个身穿黑袍头顶小帽的人，跪在地上一动不动。

话分两头儿，按下进了里屋的刘横顺不提，再说老油条等人吃饱喝足之余，也各找地方打盹儿。火神庙警察所的破屋子没通电，门口挂了个纸皮灯笼，屋里只有两盏油灯，忽明忽暗闪烁不定，外头仍是风一阵雨一阵，可也没出什么怪事。

半夜时分，李老道身后背着宝剑和一个大包袱，腰挂火葫芦，也没打伞，淋得跟落汤鸡似的，顺道袍往下流水，脸色青灰，乍一看跟死人相仿，急匆匆赶回火神庙警察所，到了门口抬头一看门楣上没钉黄纸符，当时吃了一惊，脸色由青转白，一问给他开门的老油条，才知道让刘横顺给扔了。李老道十分诧异，按说那道符没钉在门上，这会儿就该收尸了，刘横顺却跟没事儿人似的，仍在里屋蒙头大睡。

老油条见了便宜绝无不占之理，下半晌吃捞面的时候也贪杯没少喝，喝完胆了大了，醉眼乜斜地说："李道爷，不是说我们不信您，可您也忒小瞧我们刘头儿了，我们刘头儿那是什么人？堂堂火神庙警察所的巡官，天津城缉拿队有名有号的飞毛腿，破过多少大案，捉拿过多少凶顽的贼人，岂能让一口纸棺材咒死？"

李老道听罢连连摇头，关圣帝君纵然神勇，也难保时运低落败走麦城，五月二十五分龙会是刘横顺命中一劫，路逢险处须回避、事到临头不自由，可不是坐屋里睡一觉就能躲过去的。李老道让老油条带他到各屋看了一遍，如今的火神庙警察所里外两进，外屋一明两暗，当中是堂屋，桌椅板凳摆得挺满当，灶头在东屋，西屋还没得及收拾。李老道转来转去，瞧见西屋墙角扣了四个鸡笼子，暗道一声："怪哉！"

5

火神庙警察所西屋的四个鸡笼中扣了什么呢？咱们这个话还得往前说，原来头些日子天津城接连失火，巡警总局加派人手在城中巡逻站岗，临时抽调了火神庙警察所的张炽、李灿、杜大彪三个巡警。杜大彪还好说，张炽、李灿这俩坏小子出去巡逻，不讹几个就叫白巡，当天赶上有大饭庄子开业，他们二人出门没看皇历，运气可还真不赖，赶上买卖了，互相递了个眼神，让杜大彪在旁边等着，他们俩把手往身后一背，大摇大摆地走到门口。开饭庄子做生意讲究和气生财，最怕招惹混混儿和巡警，一旦得罪了这些人，时不时地来搅和一通，买卖就甭干了。老板一看来了巡警，忙把备好的食盒递上去，里头有酒有菜，就是为了打发这些人的，不光赔笑给东西，还得一个劲儿道辛苦。

张炽、李灿心说罢了，还得说是城里头巡逻的差事肥，做买卖的也懂规矩，三岔河口就没这个章程。等到下了差事已是傍晚时分，他们仨没回火神庙，找了个没人的地方，把食盒打开一看，嚯！东西真不含糊，大鱼大肉实实在在，酒也是透瓶香，河边席棚俩大子儿一碗的散酒可比不了。杜大彪见了好吃的，咧开大嘴傻笑，撸胳膊挽袖子抄起来就吃。张炽、李灿这俩坏小子可闲不住，成天无事生非，一想不能让杜大彪白吃白喝，得拿他寻个开心，就对他连吹带捧，净拣好听的说，简直把杜大彪捧到上了天。说他勇力赛过金刚，铁刹庵扔水缸砸死五斗圣姑、三岔河口活捉大白脸，皆是一等一的功劳，虽说是缉拿队的差事，可也真给咱火神庙警察所长脸，天津卫的老少爷们儿提起杜大彪，没有不挑大拇指的，都说咱刘头儿是脚踏风火轮的火神爷下界，你杜大彪是火神庙镇殿的将军，也就是这会儿没赶上好时候，放在老时年间你这能耐还了得？百万军中取上将之首级，定如探囊取物一般，力拔山兮气盖世的西楚霸王见了你也不是对手。杜大彪听了这番话大为受用，平时可没人这么拍他马屁，一杯接一杯地喝酒。张炽见杜大彪喝得差不多了，就在一旁煽风点火："大伙都说你膂力过人，有扛鼎拔山的本领，不过要让我看，他们说的对是对，可还不全，你杜大彪不仅能耐大，胆子也大，俗话说这叫艺高人胆大，身上本领这么高，胆量小得了吗？头天我跟李灿这么一说，你猜怎么着，这小子居然不服。"李灿接过话头："对，说到膂力，你杜大彪在九河下梢是头一号，那真叫恨天无环、恨地无把，天要是有环，你能把天扯塌了，地要是有把儿，你能把地拽翻了，可说起胆量，我还真没见识过。"

152

杜大彪不知是计，听了这话火撞顶梁门，当时一拍大腿，瞪着俩大眼嚷嚷开了："没见识过不要紧，你画条道儿，瞧瞧有没有我不敢来的！"

张炽见火候差不多了，装作打圆场："别别别，咱哥儿仨就是说闲话，哪儿说哪儿了，这能当真吗？喝酒喝酒，甭听他的。"

杜大彪向来一根筋，岂能让这俩小子看扁了，不依不饶非让李灿画道儿。俩坏小子一看杜大彪上套儿了，暗自发笑，就说南马道胡同尽头有一座大屋，如果你有胆子黑天半夜进去走上一趟，我们哥儿俩不仅心服口服，还得给你喝号戴花、摆酒庆功。

南马道胡同在南门里，天津城还有城墙的时候，城门两侧都有马道，可以骑马直上城头，后来城墙和马道全拆了，只留下当年的地名。南马道胡同又细又长，尽头的大屋是处义庄，已然荒废多年，里头还有几口当成"义柩"的破棺材，用于临时放置死尸。义庄荒废以来，夜里总有怪响，相传有冤魂作祟，白天还好说，晚上谁也不敢往那边走。

杜大彪想都没想："那有什么不敢的？别说半夜走上一趟，住一宿又如何？"

李灿一挑大拇指："还得说是哥哥你胆大包天，旁人跟你比，那真是王奶奶碰上玉奶奶——差了那么一点儿！"

张炽说："何止啊，依我看那是马奶奶碰上冯奶奶——差了两点儿！"

李灿说："就你小子话多，还王奶奶碰见汪奶奶呢——至少差了三点儿。"

张炽说："你要这么论，那就是能奶奶碰上熊奶奶——差了四点儿！不是我话多，是真佩服咱哥哥！"

杜大彪听得不耐烦了，一口气喝干了壶中酒，把眼珠子一瞪："旁人要是跟我比，那叫王奶奶碰见王麻子——不知道差了多少点儿！"说罢一手拽上一个，大步如飞直奔南门里。来到南马道胡同，已过了二更天，此时乌云遮月，胡同里漆黑一片，伸手不见五指，时不时吹出一阵冷风，直往脖领子里灌，使人不寒而栗。杜大彪可不怕，一是膂力惊人，二一个心直胆大，点上马灯来到义庄门前，"嘎吧"一声拧断了门上的铜锁，推开大门步入其中。张炽、李灿来之前煽风点火，真到了地方，他们俩也发怵，看见杜大彪进去了，从外边把门一带，来个凉锅贴饼子——蔫儿溜了。

放下两个坏小子不提，单说杜大彪酒意上涌，手提油灯走进大屋，四仰八叉往地上一躺，片刻之间鼾声如雷，真是一觉放开天地宽。睡就睡吧，毛病还不少，咬牙放屁吧嗒嘴，哈喇子流了一地。直睡到后半夜，觉得嗓子眼儿发干想喝水，迷迷糊糊坐起来，全然不知身在何处，借马灯的光亮往四下一看，屋中积灰覆盖，到处挂满了蛛网，墙根下一字排开，摆了七八口薄皮棺材。杜大彪挠了半天的头，想起这是南马道胡同的义庄，正要出去找水喝，忽听棺材"砰砰"作响。杜大彪一愣，酒劲儿还没过去，他也不知道什么叫怕，当即拎起马灯，走上前去看个究竟，但见其中一个棺材没盖严实，棺盖半掩，从中伸出一只皮干肉枯的死人手。

杜大彪挺纳闷儿，有本事你出来，伸只手干什么？等了好一阵也不见动，心想是不是这位死后无人烧纸，因此伸手讨钱？杜大彪脑袋不好使，心眼儿却不坏，他就掏出一枚铜钱，放在那只手中。说也奇怪，那只手接了铜钱，便即缩回棺中。可没等杜大彪走，死人手又伸了出来。杜大彪气不打一处来："你也太不知好歹了，一个大子儿还打发不了你了，我一个月才挣多少钱？给够了你，让我喝西北风去？再说死人该用冥钱，怎么连铜钱也接？"他越说越生气，一下子将棺盖揭开，要和死人说理，提起马灯一照，只见棺材中的死人皮干肉枯，仅余形骸。杜大彪嘟囔道："你都这样了还要钱呢？简直财迷到家了，你是老油条他爹不成？"再一细看，死人抬起来的胳膊底下，有几团黑乎乎的东西，在那儿一动一动的。杜大彪一瞧这可作怪了，死人身子底下怎么有活物儿？什么东西这是？这位爷是真愣，换二一个早就吓趴下了，他却一伸手把死人揪起来，压低了马灯一探究竟，这才看明白，棺底居然有四只大刺猬。

杜大彪见是刺猬讹他的钱，心中一股无名火起，大骂了一声，伸手把四只老刺猬拎出来。他是当巡警的，身上带有捆人的绳子，将几个老刺猬四脚一捆拴成一串，顺手扔在一旁，又提上马灯往棺材里找，刚才的铜钱得捡回来，没想到棺材中的铜钱不下百余枚，看来这四个刺猬没少在此讹钱。

书要简言，杜大彪将铜钱揣在怀中，拎上四只大刺猬从义庄出来，回到火神庙警察所之时，已然天光大亮。进屋一看，刘横顺也刚到。老油条值了一宿夜班，哈欠连天正要回家睡觉，见杜大彪灰头土脸的，手上拎了四只大刺猬，拧眉瞪眼一步迈进屋来，真把他吓了一跳，不知杜大彪唱的是哪一出，忙问："你怎么把大仙爷逮回来了？不怕遭报应？"

杜大彪嘴笨，说起话来前言不搭后语，费了半天劲才把事情说明白。老油条听罢啧啧称奇："大仙爷显圣找你借几个钱，那是你杜大彪的造化，久后准保佑你发财，你可倒好，拿了大仙爷的钱财不说，还都给捉了回来！"刘横顺说："什么大仙爷，这几个东西在义庄作祟，想来也非善类，趁早扔河里去。"杜大彪嘴馋，扔河里那是糟蹋东西，难得这几个刺猬这么大，不如糊上河泥放在灶膛中烧烤，扒下皮来比小鸡儿的肉还嫩，想一想就流哈喇子。

老油条吓了一跳，赶忙拦住杜大彪："老话讲狐黄白柳灰，刺猬

155

是白大仙，你寿星老儿上吊——活腻歪了，敢吃大仙爷的肉？咱见天儿在一个屋里待着，你们遭了报应我不得跟着倒霉吗？您二位瞧我了，高高手儿，饶它们一条命。"他一边求告，一边将几个刺猬从杜大彪手里抢过来，找了四个鸡笼子，一个下边扣上一只，下了差事不忘给它们喂吃喂喝，还得念叨两句，求大仙爷保佑，原想等哪天下了差事，带去西头坟地放生，这些天忙忙叨叨的，又赶上阴天下雨，还没顾得上去。可当李老道上前揭开鸡笼一看，这几个大刺猬都是二目圆睁、嘴角带血，皆已毙命多时。火神庙警察所里的一干人等面面相觑，四个大刺猬早上还是活的，怎么天一黑全死了？

李老道看明白了，多亏四只大刺猬做了替死鬼，否则死的就是刘横顺了！

6

夜近子时，大雨滂沱，雷声如炸，闪电接地连天，一道亮似一道，屋子本来就破，墙角屋檐哗哗漏水，火神庙警察所的几个人待不住了，上里屋去叫刘横顺，但是摇晃了半天，刘横顺仍趴在桌上一动不动。他们这才发觉情况不对，刘横顺是追凶拿贼的人，一向敏锐无比，有什么风吹草动一翻身就坐起来，不可能睡得这么死，这可不是喝过了！

李老道告诉众人："你们别动他了，事不宜迟，快按我说的排兵布阵！"之前李老道说过了，旁门左道有一件法宝纸棺材，将在五月二十五分龙会前后拜死刘横顺，如果警察所还在老火神庙，只要刘横顺不出去，尽可以躲过此劫；无奈几百年的老火神庙拆了，又赶上这么大的暴雨，想保住刘横顺的命，必须听他李老道的吩咐。

老油条等人真怕刘横顺有个闪失，万里还有个一呢，除此之外也别无他法，就听李老道的也无妨。李老道打开那个大包袱，从中拿出两面令旗，红底金边，一边绣金龙、一边绣北斗，命张炽、李灿分持令旗；又取出一面杏黄幡，上写六个大字"值日上奏灵官"，让老油条抱在怀中。老油条不情愿，心说这叫什么事儿呢？一把年纪了我还得当回孝子，当着众人又不好意思多说。光这样还不够，李老道来到堂屋，在地上摆了七个饭碗，一个碗底下压一双筷子，又用大葫芦往碗里倒灯油，放了捻子点上，不知他这是什么油，霎时之间腥臭扑鼻，呛得几个人直捂鼻子。

老油条问李老道："道爷，您这是什么灯油？怎么一股子怪味儿？"

李老道说此乃黑狗油，堂屋中的七盏油灯，等同于刘横顺的三魂七魄，你们可看紧了，千万别让灯灭了，灭一盏灯丢一样，魂魄一散人就完了。说罢交给杜大彪一口宝剑，让他守住大门，屋外的响动不必理会，天塌下来也不要紧，待住了别动地方，万一有东西进来，甭管是什么，你抡宝剑就砍。然后让老油条和张炽、李灿三人各持旗幡，守在二道门前。等到一切布置妥当，李老道说他还得走，该做的全做了，再留下也没用，万事虽由人计较、到头还看命安排，接下来全凭刘横顺的造化了。

老油条连声道谢，屁颠屁颠儿地跟去相送。张炽、李灿知道老油条胆小怕事，出门送李老道是假，找机会开溜是真，追上去把他拽了回来。四个人关紧屋门，吃罢剩下的捞面，按照李老道的交代各归各位，坐在警察所中干等。转眼到了子时，只听雨声一阵紧似一阵，倾盆大雨下到地上冒出阵阵白烟，天上泛起白光。民间有谚"亮一亮下一丈"，天津卫可有年头没下过这么大的雨了。

不过等到四更天，仍不见异状。张炽、李灿、杜大彪仨人懈怠了，有一句没一句地闲聊，但是吃饱了犯困，不知不觉打上了瞌睡。老油条憋了一泡尿，坐在屋中暗暗叫苦，李老道可说了"无论如何不能开门"，不开门如何出去放水？如若尿在屋里，万一让哥儿几个撞见，还要不要这张老脸了？可是人有三急，到了后半夜，老油条实在忍不住了，活人不能让尿憋死，再不出去非把尿泡憋炸了不可，又看其余三人都睡着了，他心存侥幸，觉得开一下门没什么，谁也不会发觉，就悄悄穿上雨披子，蹑手蹑脚来到门前，怎知刚一伸手开门，蓦地刮起一阵阴风，打着旋往屋里钻。

老油条一向胆小迷信，见阴风来者不善，立时吓了一跳，这口气提不住，裤裆一下子湿透了，再关门可来不及了，一道黑气霎时进了屋，贴着地皮走。张炽、李灿身上一冷，睁眼瞧见老油条将屋门打开了，两个人都吓了一跳，只见一阵黑风在屋中打转，刮得七盏油灯忽明忽灭，忙将杜大彪拎起来。杜大彪正做梦啃烧鸡，突然被人拽起来，迷迷瞪瞪地手持宝剑愣在当场。张炽伸手推了他一把，杜大彪才反应过来，抡宝剑一通乱劈胡砍，黑风化为乌有，一个让宝剑斩为两半的小纸人掉落于地，身上写了一个"风"字。咱们说得慢，事发却快，屋中的七盏油灯，已被黑风刮灭了六盏，还有一盏没让风刮灭，却让杜大彪一剑砍翻了，碗中黑狗油泼了一地，灯也灭了。

屋外大雨瓢泼，电闪雷鸣，四个人身上全是冷汗，谁也作声不得，这可要了刘横顺的命了！正是"人让人死天不肯，天让人死有何难"？欲知后事如何，且听下回分解。

第七章　张瞎子走阴差

1

古往今来几千秋，

龙争虎斗不断头。

休说天数无根由，

人乱妖兴祸自成。

前文书正说到五月二十五分龙会，天降大雨，电闪雷鸣，李老道在火神庙警察所摆下的七盏油灯全灭了，老油条等人吓得够呛，手忙脚乱不知所措。按下外屋的四个巡警不提，咱再说里屋的刘横顺，一整天昏昏沉沉，喝罢了几杯闷酒，趴在桌上眼皮子越来越沉，说什么也睁不开，过了五更才起身，听外头雨声已住，天色可还没亮，来到外屋一看，火神庙警察所中一个值班的也没有。刘横顺走出门一看可不怪了，火神庙警察所还没通电，门前挂的是盏红灯笼，此时却变成了白灯笼，几条竹坯子，外面糊白纸，里面一点烛火，连烛光也是白

159

的，张炽、李灿、杜大彪、老油条上哪儿去了？刘横顺提上白灯笼出去找，一路往前走，途中却没见到半个行人。按说往常这个时候，扫街的、送水的、倒脏土的已经出来了，磨豆浆、做豆腐脑的小贩也该点灯干活儿了，可是抬眼看去，大街小巷空无一人，各家各户黑灯瞎火，没有一处亮灯的，人都哪儿去了？还别说是人，路上连条狗也没有，瞧不见周围的屋舍，仅有脚下这一条路可走。

刘横顺心里纳闷儿，走了好一阵子，路过一个臭水坑，他认得这地方，天津城西北角的鬼坑。以往民谚形容天津城的四个水坑——"一坑官帽一坑鬼，一坑银子一坑水"。四大水坑各占一角，鬼坑位于西北角城隍庙，周围一片荒凉、野草丛生，遍地都是一人多高的芦苇，芦苇的四周有一些低矮潮湿的窝棚，住着像什么拉洋车的、倒脏土的、捡毛篮子的，也就是捡破烂的，总而言之全是穷人。那么说这个水坑是怎么来的呢？光绪年间有个德国人，有一日领着上千名挑着土篮子的民夫，在这里支起小窝棚，挖起了大坑。挖大坑干什么？卖土，这可是一笔有油水的买卖。挖完了之后又在大坑的南北两头修了两道闸，这一带的地势低洼，每到大雨过后，从高处流下来的污水把大坑灌得满满的，他就把这两道大闸一关，转眼间臭水就漫上了附近百姓的炕头儿了。想要水下去，得让大伙儿凑齐了钱交给他，这老小子才打开闸门。后来德国人突然下落不明，有人说是他遭了报应，开闸的时候掉进了坑里，还有人说是江湖上的义士为民除害，不论真相如何，这个臭水坑是填不回去了，成了全天津卫污水的几大聚集地之一，污水、雨水都往这儿排放，多年的淤积形成了一大片臭坑，深达五米，脏乱不堪，臭气冲天。

当地的住户有三怕：一怕晴天，二怕雨天，三怕瘟疫。说晴天怎么还害怕？太阳蒸发坑里的臭水气味难闻，胡同里到处都是从臭坑里爬出来的带尾巴的大蛆，大苍蝇、小苍蝇、麻豆蝇、绿豆蝇，漫天乱飞、嗡嗡作响，早晨不用鸡叫，苍蝇就能把人吵醒。到了中午，人们吃苍蝇吃过的这些个饭菜，夜里苍蝇能把屋顶盖得漆黑一片，好不容易苍蝇下班了，蚊子又开始上班了，成群结队，铺天盖地，点熏香、烧艾草都不管用，早晨一起来满身大包，甭管多瘦的人，在这儿睡一宿，第二天准变成胖子。雨天人们更是提心吊胆，从各处流过来的雨水带着死猫、烂狗、粪便、垃圾、蛆虫，又脏又臭不说，家里连柴火都是湿的，根本点不着炉子，人们只好吃冷饭，雨再大一点就有可能房倒屋塌，一家老小就闷在里头。更可怕的就是瘟疫了，老时年间不讲卫生，也没法讲卫生，闹瘟疫是家常便饭，动不动就死个几十口子，搭到乱葬岗子一扔，白骨见天。

入民国以来，此地依旧是底层百姓的聚居之所，老城里磕灰的都在这儿倒脏土，以至于臭水坑的面积越来越小，可是更臭了，引来无数的癞蛤蟆，往日里蛤蟆吵坑乱哄哄的，今天却是一片死寂。刘横顺来到此处，瞧见不远处有光亮，快步行至近前，不见灯烛火把，地上却是一个烧纸盆，后列一队人马，五颜六色排列齐整，可没一个活的，全是扎彩的纸人纸马！

正当此时，走过来一个脸色苍白的干瘦老头，举手投足十分干练，身上穿青挂皂，鹰钩鼻子，薄嘴片子，二目寒光烁烁。刘横顺一见此人，当场吃了一惊，这个老头他认得，不是旁人，正是在城隍庙扎纸人的张瞎子张立三。张瞎子长得不吓人，但是他这对招子已经坏了几十年。为什么此人两眼冒光，这是张瞎子吗？

刘横顺定睛再看，真是张瞎子没错，紧走两步上前下拜，毕恭毕敬地叫了一声："师叔。"

在城隍庙扎纸人的张瞎子，怎么是刘横顺的师叔？他这双眼又是怎么瞎的？咱这话又得往前说了，张瞎子当初可不瞎，本名张立三，天津卫人称"立爷"，九河下梢七绝八怪中的一绝，很多人以为他是扎纸人的手艺绝，也有人说他是走阴差的。却很少有人知道，立爷的名号打早就闯出来了，当年还有大清朝的时候，张立三是绿林道上头一号的飞贼，有一身飞檐走壁的绝技，进千家入万户窃取他人钱财。那么说这是个坏人？也不尽然，此人祖籍武清县，自幼丧父，和老娘相依为命，家徒四壁、贫寒如洗，后来在齐云山遇上了高人，学艺一十七载，练成一身的绝技，什么叫"蹿高纵矮、飞檐走壁"，怎么是"蹬萍渡水、走谷粘棉"，平地一跺脚就能上房，到房上还没站稳，一个跟头又能下来。下山之前，师父告诉他，你我二人虽有师徒之实，却无师徒之名，这么多年你也不知道为师姓甚名谁，并非有意隐瞒，而是不让你借师名行走江湖，按绿林中的黑话讲："不让你借我的蔓儿，想扬蔓儿自己闯去。"

张立三为人至孝，没有扬蔓儿的心思，因为人心险恶，绿林道也不好混，拜别恩师回到老家，凭他这一身本领，找了个给当地财主看家护院的活儿，不求大富大贵，有口安稳饭吃，能在老娘膝前尽孝也就罢了。没想到"人在家中坐，祸从天上来"，这就叫无妄之灾！这一天赶上他歇工，拣老娘爱吃的大包小裹买了不少，回到家陪老太太坐在炕上说话，忽听外头有人大声叫门，"啪啪啪啪"敲得山响，门板差点砸掉了，知道的这是敲门，不知道的还以为是拆房，他开门一看来了四位官差，怎么知道是官差呢？不是有这么句话吗，戴大帽穿青衣，不是衙役就是兵！四个官差见张立三出来，手中锁链子一抖，"哗啦啦"套在张立三脖子上，不由分说拽着就走。

咱们说张立三身怀绝技，一身的本领，为何如此轻易被官差拿住？其因有二：头一个，这些锁人的捕快，别的本领也许不行，这条锁链子却使得熟，手腕子上的劲儿又快又准，不等你看清躲闪，就已经搭在脖子上了，这叫不怕千招会，只怕一招熟；二一个，县衙门的锁链

162

子虽说仅有小指粗细，劲儿大的一下就能拽断，但是搭在脖子上这就叫王法，冤不冤你到了公堂上跟大老爷说去，如若胆敢挣脱，即是拒捕殴差、藐视国法，倘有一日被拿到大堂之上，什么也不问先打四十大板。张立三怕惊动了老娘，又觉得问心无愧，任凭四个官差锁了，直奔武清县的县衙，一路上心里这个别扭啊，平日里行得正坐得端，却被公差锁了带入县衙，让方圆左右的街坊邻居看见了，不得戳我脊梁骨吗？甭管犯没犯王法，哪怕是上午抓进去下午放出来，也架不住人嘴两张皮、里外都使得，还有会说不会听的，我的脸还往哪儿搁？这么一来我那看家护院的差事也没了，且不说指什么吃饭，往后我们娘儿俩出来进去的，如何抬得起头？张立三一路之上免不了胡思乱想，心中烦闷。到得公堂之上，一审一问他才明白，原来前些日子，他打退了几个夜入民宅采花行窃的贼人，可那几个贼怀恨在心，冒了他的名作案。当时这个县官昏庸无能，听说张立三可以飞檐走壁，便认准了他，不等审明案情，就吩咐左右挑断飞贼脚筋。

张立三没经过官，心中又是愤愤不平，不甘蒙冤受屈，一咬牙一跺脚，在县衙大堂之上蹿镖脱身，一个鹞子翻身上了屋顶，顺着后房坡走了。他连夜逃回到家中，常言道"遇急寻亲友，临危托故人"，先把老娘送到外地的二舅家，自己一个人躲出去避风头，奈何走投无路，思前想后长叹了一声："既然官府冤枉我，道儿上也有人看我不顺眼，我就去当一个飞贼，偷完了我也留下名号，让你们看看我是怎么当贼的，远了我也不去，就到天津城，显一显我张立三的手段！"

他这个念头一转上来，连夜进了天津城。从此之后，那些为富不仁的大户人家可倒了灶，家中的金银细软说丢就丢、说没就没，也不知道贼人怎么进来的，看家护院的请多少也没用，连狗都不叫唤，来无影去无踪，作完案只在墙上留下"张立三"三个字，任凭官府出动多少捕快，就是拿不着这个飞贼，连人影都见不着。立爷偷东西讲规矩，甭管这家人多遭恨，向来是只敛浮财，房契地契、当票账本一概不动，更不会惊扰女眷，怎么进来的怎么出去，屋里连个脚印也留不下，抠开的砖、掀开的瓦，全给你原样放回去。天津城的穷人们也算有了活路，无论是乞丐聚集的破庙，还是穷老百姓住的窝铺，总有人隔三岔五往里边扔钱，有时多有时少，有时是铜子儿，有时是散碎银子，尤其是年根底下，张立三会把这一年攒下的钱都散出去，很多穷人家早上起来，看见门前立着三摞铜钱，便知此乃"立三"之意，所以大年初一见了面，就互相问候："今年过得怎么样？"对方答道："托贵人的福，立来过得不错。"彼此会意，心照不宣，简直把张立三当成了救苦救难的活菩萨。

张立三屡屡作案从未失手，那些个为富不仁的豪门大户指着当差的鼻子骂，让衙门口儿颜面扫地，恨得牙根儿都痒痒，无奈此人高来高去，来时无影，去时无踪，只好将画像贴满了全城悬赏捉拿，赏银一路往上涨，直涨到纹银八百两。杀人越货的江洋大盗也不值这个价码，可是天津城的老百姓不贪这份财，都说张立三是侠盗，跺脚可上天、腾云能驾雾，劫富济贫、扶危救困，有满天神佛相护，官府想抓也抓不着，老百姓有知道他在哪儿的也不说。

至于张立三在天津城做下的案子，信着讲三天三夜也讲不完。他手段极高，身上有绝活儿，天鹅下蛋、海底捞月、蝎子爬城、蜈蚣过山，没他不会的；而且足智多谋、机巧过人，任凭大户人家的院墙再高、守卫再多，也挡不住张立三入室行窃。

一晃过了十年，飞天大盗张立三的名号在绿林之中、江湖之内，可以说是无人不知、无人不晓，提起来没有不赞同他的。官府三番五次悬赏拿贼未果，当官的听得张立三这几个字就头疼，真把他逼急了敢在县太爷的书案上留刀寄简，那意思是告诉你，别看你拿我不住，我取你的人头可易如反掌。后来上任的天津知县多谋善断，不再大张旗鼓地捉拿飞贼，只命人暗中寻访，一来二去探听出张立三的老娘躲在乡下，觉得这是个擒贼的机会，预先设下伏兵，又命人放出风去，说官府已经找到张立三老娘的藏身之处，这就要去拿人。

张立三为人最孝顺，听到风声立即赶回乡下，进屋二话不说，背上老娘就走，刚出门就让官差围上了。弓上弦刀出鞘，人又喊马又叫，灯笼火把照如白昼一般。如果说张立三扔下老娘，一个人纵身一跑，谁也追不上他，那也就不是张立三了。为了保住老娘，纵横江湖的飞天大盗张立三束手就擒，被押到天津县衙的大堂上面见县太爷。县令大人见张立三一脸正气，不似那些个獐头鼠目的蟊贼，就调出案卷细加审问，得知张立三蒙受不白之冤，走投无路才当了飞贼，虽在天津城作案无数，但有三点难能可贵：一来从不伤及人命，二不作奸犯科，三来所得贼赃均用于周济贫苦。县太爷佩服这样的侠盗，又赏识他这一身本领，就说弃暗投明的绿林人从来不少，照样可以保国护民，你张立三愿不愿意将功赎罪，当个捕盗拿贼的官差，也好奉养老母。

张立三跪地禀告："多谢老大人开恩，可我张立三没这个福分，吃不了做公的这碗饭。"为什么这么说呢？不是他瞧不起官差，虽然他是替天行道、劫富济贫、惩治不义，但是说得再好听，他也是贼，行走江湖结交的朋友皆为绿林人，做贼的和做公的，有如水火不能相容。张立三身上虽然没有人命案子，但这些年走千家过百户窃取的不义之财，加起来也够杀头的，没想到县太爷法外施恩，给他留了一条活路。不当官差，对不起县太爷；当了官差，没脸去见绿林道上的朋友：这真叫进退两难。张立三低头想了一想，求县太爷赏赐一盆石灰，他自有一个交代。县太爷想瞧瞧他如何交代，就吩咐左右装了一盆石灰放在张立三面前。张立三当场抓起石灰，将自己的两只眼揉瞎了，眼珠子烧冒了泡儿，一个劲儿地往下流黄汤子，他是"哼哈"二字没有，气不长出，面不改色。衙门口的人都看傻了，从上到下没有不服的，两把白灰揉瞎了一对招子，一哼一哈没有，这是何等的人物？

县太爷长叹了一声，可怜张立三身怀绝技，到头来成了失目之人，于是上下打点，帮张立三了结了官司，放他回去奉养老娘。张立三讨了个在西北角城隍庙守夜的差事，娶一个小寡妇为妻，以扎纸人纸马为业。两口子连同老娘，就在庙门口赁了一处房屋居住，飞贼立爷从此变成了扎纸人的张瞎子。

县太爷和衙门口的官差的没少照顾张瞎子，还时不常地送钱送东西，有什么破不了的案子，官府就请他出出主意、想想法子，张立三并非铁打的心肠，将心比心，该帮的就帮。他原本是做贼的，而且在这一行中被奉为翘楚，经过他的指点，十有八九可以破案，不过他也不是什么案子都理会，只对付败坏道上规矩的贼人。刘横顺在缉拿队的师父，曾是前清衙门口的公差，也跟张瞎子有交情，因此刘横顺得叫张瞎子一声师叔，以往没少和张瞎子学能耐。民间一直有个说法，张瞎子不仅扎彩糊纸人，还是个走阴差的，专拿九河下梢大庙不收小庙不留的孤魂野鬼！

2

五月二十五分龙会这一天，刘横顺从火神庙警察所出来，走到半路遇上了张瞎子，不由得吓了一跳：瞎了几十年的张立三，怎么又睁开眼了？

张瞎子见了刘横顺也挺诧异，此处过往之人皆穿寿衣寿帽，你刘横顺一身警装来干什么？他问明经过告诉刘横顺，城隍庙前是条阴阳路，往来的皆为孤魂野鬼，你可不该上这儿来。民间传言不虚，张瞎子正是九河下梢的阴差。按照老时年间的说法，阴差和鬼差不同，鬼差也是鬼，阴差则是活人。因为尘世相隔，很多地方鬼差进不去，必须由活人充当的阴差去勾魂，带上阴阳路交给鬼差。天津城上一任阴差，是西门外法场的皮二狗两口子，由于一时贪财，放走了一个阴魂，遭了天谴雷劈，城中又不能没有干这个差事的人，从那时起，张瞎子就当上了城隍庙的阴差。

张瞎子知道刘横顺并非阴魂，而是生魂，不过再往前走，可就让鬼差拿去了，便在刘横顺身上一推，催促他赶紧回去："常言道，人死如灯灭，你手上的灯笼不灭，你仍是生魂；灯笼灭了即成亡魂，到时候再说什么也没用了。一路上不论碰见什么人、遇上什么事，切记护住灯笼，千万不可分心！"

刘横顺可以不听李老道的话，张瞎子的话却不得不信，别过师叔转头往回走，四下里仍是昏黑一片，只有脚下这一条路。他是个急性子，走路从来都是一阵风，甩开大步直奔火神庙警察所，正是"前途未必皆如意，且离此地是非中"。大约走了一半，忽然传来一阵铜铃声响，旧时摇铃做买卖的太多了：倒脏土的摇铃，以免行人撞上蹭一身灰；走街串巷卖卦的摇铃，是为了招呼人出来算卦；大骡子大马脖子上也挂开道的铜铃，是为了提示路人避让；小孩儿挂百岁铃，上岁数的挂长寿铃，高楼宝塔上有惊鸟铃，住户门口挂门铃。总而言之，平时听到摇铃的声响并不出奇，不过阴阳路上可没有做买卖的，而且刘横顺听到的声响十分诡异，又尖又厉，四面八方均有回响，听在耳中如同针刺一般，使人肌肤起栗，头发根子直往上竖。

刘横顺的胆子够多大，换旁人不敢看，他可得瞧瞧来的是人是鬼，手提纸灯笼循声望去，但见路上走过来一个剃头匠，四十多不到五十

167

的年岁，穿一件青色长袍，经年累月洗褪了色，袖口已然泛白，但是非常干净，下襟撩起来掖在腰中，足蹬短脸儿洒鞋。肩膀上一个剃头挑子，一头儿是个小柜子，带三个抽屉，柜子上倒放一条板凳；另一头儿是个火炉，上坐铜盆。老话讲剃头挑子——一头热，说的就是这个东西。飞毛腿刘横顺在火神庙警察所当巡官，对剃头挑子再熟不过，因为一个剃头匠全部的家当都在挑子上，难免招贼惦记，过去单有一路偷剃头挑子的贼，单枪匹马不成，必须两个人做一对伴当，用贼话讲叫作"护托儿"。先过来一个贼声称要剃头，剃之前得洗头，这位坐在凳子上可不老实，一个劲儿往上抬屁股，把脑袋往铜盆里扎。这时候另一个贼过来将凳子搬开，跟剃头匠挤眉弄眼打手势，那意思是我们哥儿俩认识，趁他洗头看不见把凳子搬走，一会儿摔他个屁股蹲儿，取笑他一场，你可别说话。剃头匠不好说什么，任凭那位把凳子搬走了。等洗头的这个贼往后一欠身，发觉凳子没了，就问剃头匠怎么回事。剃头匠这告诉他，你朋友开玩笑把凳子搬走了。洗头的这个贼将脸一沉，说我一个初来乍到的外地人，哪儿来的朋友？那个人准是小偷儿，把你的凳子骗走了，你不赶紧去追，还跟这儿犯什么傻？剃头匠一听急眼了，撒腿就追偷凳子的，洗头的这个贼趁机将扁担往肩上一扛，整个挑子就归他了。刘横顺可没少逮这路贼，天津城的剃头匠多为同乡，十之八九他都认识，阴阳路上走来的这个剃头匠，在挑子上挂着个铜铃，当中的铜舌上拴了一段绳子，垂下来攥在手里，一拽一摇"当啷啷"乱响。刘横顺认得此人——走街串巷剃头的十三刀！

旧时在天津城吃剃头这碗饭的人，大多从宝坻县来，因为那时候宝坻县经常闹水，收成不好的时候，农民就到北京或关外学习剃头的手艺，再进天津城挣钱糊口，久而久之形成了一种风气。可也不能说是个剃头匠就是宝坻人，十三刀就是外来的，说话南腔北调，听不出老家在哪儿。以前剃头刮脸这一行没有带门面有字号的坐商，或在街边支个剃头棚，或者挑着挑子到处走，在各条胡同中转来转去，剃头刮脸掏耳朵这一整套活儿，有这个挑子就齐了。并且来说，干这个行当不能喝酒、不能吃葱蒜，而且还不准吆喝，怎么说也是动刀的买卖，横不能吆喝"刀子快水热，一秃噜一个"，不中听不是？全凭挂在扁担前边的一个大铁镊子，这个叫"唤头"，剃头的用小铁条一拨这个镊子，就发出"嗡嗡"震颤之响，金鸣悠远，绵长不绝，以此招揽买卖。有心剃头刮脸的听得这个响动，就从家里出来了。十三刀却不用"唤头"，而是在挑子上挂一个铜铃，论起剃头的手艺，他认了第二，九河下梢没人敢称第一。

十三刀打清朝末年就在天津卫给人剃头，过去女人不剃头，都是给老爷们儿剃，讲究留月亮门儿，脑门子上边这块得经常剃。天津卫那么多剃头匠，不乏师徒传授祖辈相传，手艺好的有的是，可都称不上一绝，唯独这位，听外号就知道，无论给谁剃头，也无论脑袋大小，哪怕前梆子后勺子长得里出外进三角四方，准是十三刀剃完。剃头的时候，左手手心握一块鸭蛋圆的皮垫儿用于备刀，剃一刀备一下，让刀子总是那么锋利，刀锋在头皮上行云流水，十三刀下去，一刀不多一刀不少，落不下一根儿多余的，给小孩儿剃胎头也是十三刀。可别小看这剃胎头，那是最考手艺的，干了多少年的老师傅未必剃得好，老时年间天津卫有"十二晌剃胎头"的老例儿，过去的孩子很容易夭折，但是那会儿有个说法，孩子过了十二天，往后就越来越好养活了，所以在这一天要请剃头匠到家里剃胎头。剃头匠剃胎头的时候手里得有数儿，小孩儿的头皮儿娇嫩，稍不留神蹭破了一点本家可不饶，给俩嘴巴都得接着，为什么？晦不晦气放一边，万一孩子因此感染，说不定就保不住了。剃的时候让奶奶抱着孩子，剃头匠把一个藤子编的托盘交给孩子姑姑或别的女眷，上边铺着红布或者红纸在旁边接着，因为孩子的胎发不能落地，剃下来以后包好了放在孩子的枕头里，说这样养孩子可以长命百岁。剃头匠剃完了以后要给本家贺喜，本家必须多给赏钱，往往剃这一个胎头，比给十个大人剃头还贵。十三刀不仅刀数准，刀法也好，剃刀在里手凤舞龙飞一般，不等孩子明白过来，眨眼之间就剃干净了，所以很多人宁可多掏钱也来找他剃头。

入了民国不改手艺，平头、背头、分头，他十三刀一律不剃，只剃光头，用他们的行话叫"打老沫"。虽说买卖道儿窄了，别的剃头匠却仍干不过他，一是因为此人手艺高超，二来会做买卖，一刀给你讲一个典故。好比说这头一刀叫"开天辟地"，下了刀就得念"盘古开初不记年，女娲炼石补青天，四个天角补了仨，唯有东北没补完。冰砖垒在东北角，刮起风来遍体寒，都说寒风似刀凛，要论刀法不如咱。一刀剃去咸酸苦，往后日子就剩甜，烦恼愁丝随刀落，开心长寿万万年"，谁听了这话不高兴？接下来第二刀叫"禹王治水"，他这么念："有了地有了天，有了人来种庄田，天皇坐了九百载，地皇坐了一千年，人皇坐了一千二，共是三千一百年。燧人取火人间暖，禹王治水能行船，三过家门无暇入，披头散发到河边，治得黄河不泛滥，才想起剃头换衣衫。这刀借了禹王胆，纵有蛟龙不近前，走在水边不湿脚，扬帆出海不沉船。"再往下第三刀第四刀一路剃下去"妲己祸世，楚汉争锋，三分天下"，直至第十三刀，正好说到当今"大清坐了十二帝，各路起义不断头，铁桶江山几百载，到了宣统从此休，剃去发辫一身轻，十三刀过定太平"。他这套词不固定，信口开河、即兴发挥、常变常新，辙韵板眼没那么讲究，可是和当街卖艺的一样，连说带练才是好把式，再加上刀法出众，在九河下梢闯出了名号，但是说出大天去，也不过是个做小买卖的手艺人。

刘横顺见来人是剃头的十三刀，心说："十三刀怎么会在这儿？死了？死了还做什么买卖？"

十三刀也瞧见刘横顺了，迎上前去嬉皮笑脸地说："这不缉拿队的刘爷吗，怎么着？我伺候您一个？"

刘横顺说："十三刀，你几时见我剃过光头？"

十三刀忽然沉下脸来说："谁说给你剃头了，我要剃你手中灯头火！"说完话，他将剃头挑子撂在地上，一只手摘下铜铃，不紧不慢地摇动，另一只手从袖口中顺出一柄寒光闪烁的剃刀。

刘横顺心说反了天了，走街串巷卖手艺的见了官差，就如同耗子见了猫，你十三刀一个剃头的怎敢如此放肆？却听十三刀手上的铜铃声响越来越急、直钻耳鼓，但觉五脏六腑十二重楼一齐打战，不知这是什么铃铛？怎么这么大的响动？他心念一动，想起了李老道之前说的话，魔古道扮成五行八作，隐匿于市井之中，四大护法手中分持四件法宝，其中一件称为"拘魂铃"，那么说剃头的十三刀也入了魔古道？

刘横顺有心拿住十三刀问个究竟，可是转念一想："活人走不上阴阳路，十三刀总不至于自己把自己弄死来找我，这个本儿下得太大了，可见十三刀也是生魂，有形无质，如何擒拿得住？倒不如听我师叔的，先回火神庙警察所，入了窍再去拿你！"打定了主意，不再理会十三刀，拔腿就往前走，他这双飞毛腿快如疾风，转眼将十三刀甩在了身后。走不多时又听得"当啷当啷"一阵铜铃作响，刘横顺抬头一看，十三刀在前头不远，剃头挑子横在地上，仍是一手摇铃一手持刀，紧接着手起刀落，望空一斩，再看刘横顺手中的纸灯笼一暗，烛火短了一截。刘横顺心下一凛，十三刀怎么到了前边？再让他来上几刀，灯笼可就灭了。刘横顺不信这个邪，护住灯笼加快脚步前行，脚底下比踩了风火轮还快，走出一段路，却又听到一阵铃响，抬头一看十三刀仍在他身前，挥手一刀，灯火又下去一截。

171

书要简言，刘横顺走了十二次，灯笼中的烛火让对方削了十二刀，挨一刀灯火小一截，眼看仅有黄豆粒大小，再挨上一刀非灭不可。刘横顺心中暗想："有十三刀手中的拘魂铃作怪，我走得再快也没用，既然如此，咱们就周旋一场，是福不是祸是祸躲不过，看是你十三刀的命硬，还是我刘横顺的命硬！"

刘横顺向来心明眼亮，生死关头闪过一个念头："警察所门口是盏红灯笼，却在路上变成了白灯笼，师叔张瞎子说了，人死如灯灭，十三刀想置我于死地，因此对我的灯笼下手。如若此人也是阴阳路上的生魂，为何身上不带灯火？"咱之前说过，刘横顺的腿快眼也快，一眼瞥见剃头挑子上的炭炉，忽隐忽现放出白光，不容对方再次挥刀，一晃身形冲上前去。

十三刀心里纳闷儿："刘横顺这是来拼命了？那我可不怕他，任凭你飞毛腿本领再高，在阴阳路上能奈我何？"怎知刘横顺闪身过去，直奔他身后的剃头挑子，十三刀恍然大悟，暗叫一声不好，想拦也拦不住了，刘横顺快得如同离弦之箭，一脚踢翻了挑子、踏灭了炉火。当时刮起一阵阴风，剃头的十三刀踪迹全无。

3

且说阴风一卷，歹人十三刀踪迹不见，刘横顺手中的灯笼也恢复如初，在灯罩子里"突突"乱颤。他手提灯笼往前走了不到半里，又遇上一个人。此人坐在一个高凳上，身前放了一张小桌，上罩天青蓝的桌围，迎面正当中彩绣一个斗大的"王"字，桌上摆着扇子、手帕、醒木、茶壶和一盏冒着白火的油灯。身穿长袍马褂，可比十三刀那身讲究，衣襟上别说窟窿、补丁，连道褶子也没有，真叫一个平整，斜襟儿的扣子系到脖颈子，挽起两个白袖口，两手撑在桌上，往那儿一坐气定神闲，稳如泰山。往脸上看，面赛冠玉，两眉如秃笔，二目似枣核，五绺长髯胸前飘洒，长相平常，派头儿可不小。这个人刘横顺也认得，天津卫赫赫扬名，一位说书的先生，江湖人称"净街王"。

净街王是个说评书的，常年在三不管儿撂地，身上的能耐不小。说出话来字正腔圆，赞儿背得熟、贯儿使得遛，说个纲鉴、拉个典故张嘴就来，稍微有几分烟酒嗓，听起来别有一番风味，仿佛脆沙瓤的西瓜，这叫云遮月，声音还打远儿，中气十足，掉地下能砸一坑儿。腰不弯背不驼，坐在当场腰杆儿笔直，说到两军阵前刀来枪往，站起来摆开架势，什么叫举火烧天、白鹤亮翅，怎么叫夜叉探海、力劈华山，比画什么像什么，不知道的还以为他真练过把式。不仅说得好，而且活路宽，文武坤乱不挡，你说是长枪、短打、公案、袍带、市井街俗、神鬼妖狐，没有他不会说的。只要他手里的小木头一拍，一街两巷的人立马围拢上前，在场的鸦雀无声，所有人都不说话了，拉胶皮的不拉了，偷东西的不偷了，要饭的不要了，家里着火也不回去了，全竖起耳朵听他的书。真有兜儿里揣着火车票，没听他说完这段书，宁愿把车耽误了也不走，因此上得了个"净街王"的名号。"净街王"的脾气非常古怪，不在乎挣钱多少，就愿意在大街上说，听书之人围得里三层外三层，房顶树杈上都是人。

刘横顺瞧见说书的净街王稳稳当当坐在路边，油灯的白光映在脸上忽明忽暗，透出一丝诡异，心说甭问，这又是等我的，且看你如何作怪！他打定了主意，低下头接着往前走，如同没看见对方一样，眼皮子也没抬一下。

净街王一看刘横顺不搭理他，站起身来冲他一拱手："刘爷，您了辛苦，这么着急干什么去？何不撂下灯笼歇歇腿儿，我伺候您一段解闷儿的，您信不信，我说的书和别人不一样，三句话黏不住人，我这个王字倒着写，嗨！那也还是个王，得了，我也不跟您逗闷子了，闲言少叙，咱这就开书……"说话拿起醒木要摔。

刘横顺站定了身形，斜眼看了看净街王："趁早别跟我这儿狗喝凉水——净耍舌头，明人面前不说暗话，你心里清楚，我肚子里明白，你不就是想灭掉我手上的灯笼吗？想动手就亮家伙，看是你死还是我亡。"

净街王笑着一摆手："刘爷，您别把我当成十三刀那种大老粗啊，那您可是骂我，他那是什么买卖？我这是什么买卖？我们说书的，一张嘴说尽古往今来，两排牙道出人情冷暖，金戈铁马、王侯将相、才子佳人、世态炎凉，全装在咱肚子里，醒木落案惊风雨，纸扇轻摇泣鬼神，说什么有什么，江湖上提起来这叫'先生'，我能跟您动手吗？咱不来武的来文的，您看如何？"

刘横顺根本没把"净街王"放在眼中，一个走江湖说书的，放着正路不走，入了魔古道兴妖作乱，还有脸自称先生？来什么文的，文的怎么来？你给我出一上联"山羊上山"，我给你对一个"水牛下水"，到时候你说你还能加字儿，我也得告诉你我能添字儿，你出"山羊上山山碰山羊角"，我对"水牛下水水没水牛腰"，你再出一个"北雁南飞双翅东西分上下"，我再对一个"前车后辙两轮左右走高低"，我还得卖派"高低既是上下"，你也得显摆"上下就是高低"，谁有闲心跟你扯皮？

净街王不急不恼，伸手又挽了挽白袖面儿，说道："您忙的是什么呢？家里着火了还是孩子掉井里了？就差这么会儿工夫？我说来文的，可不是想难为您，知道您没念过几天书，说深了您也不懂，咱这么着，您容我给您说一段书，还别不告诉您，这段书是我看家的绝活儿，出道多年一直没舍得说，天津卫说书的不少，高的桌子、矮的板凳，说的讲的谈的论的，却没二一个人会说这段《阴阳宝扇》！"

刘横顺只想尽快返回火神庙警察所，不耐烦听个说书的胡扯，有心直接上去灭了他的烛火，可是听得书名也是一怔，暗想："官府多次剿灭魔古道，却一次次死灰复燃，世人以讹传讹，皆说拘魂铃、阴阳扇、纸棺材、无字天书皆是世间邪宝，害人不浅，至于究竟怎么个来头，又如何用其兴妖作乱，从来无人知晓。净街王也入了魔古道，会说这段书并不奇怪，但有一节，他不可能对我说实话，我也不会信他的话，倒不如先下手为强……"

净街王瞧出刘横顺的脸上布满了杀机，忙说："刘爷，九河下梢谁没听过您飞毛腿刘横顺的名号？您是镇守三岔河口的火神爷下界，打死我这个说书的，如同捏死个臭虫、踩死只蝼蚁。我别的本事也没有，肩不能挑、手不能提，四体不勤、五谷不分，更无缚鸡之力，就会耍嘴皮子说书，您浑身是胆，又这么大的能耐，总不至于不敢听我这段书吧？"

刘横顺的脾气不同常人，从来不拍别人马屁，拉不下那个脸，也真没几个人能入他的法眼，不过他爱听别人拍他马屁，只要是一捧他，他就觉得言之有理。净街王这几句连吹带捧，可真说到了点子上，句句都往他心缝里钻。刘横顺一想也对，一个说书的江湖人能奈我何？都说三年胳膊十年腿，二十年练不好一张嘴，我却看不透，单凭你空口白牙还能说出牛黄狗宝来不成？

净街王见刘横顺中计了，又说："得嘞，您能在我这儿站站脚，就算赏下脸了，我承您的情、念您的好，您就是我的衣食父母，但有一节，哪有提着灯笼听书的，等会儿我这一开书，您听到精彩之处还不得给我拍个巴掌、喝个彩？您也知道，我说书的也有瘾，您叫一声好儿，我把这一腔子血泼出去也不心疼，不如先把灯笼放下，咱当中就隔一张小桌子，凭您的本事，还怕我抢走了不成？"

刘横顺从来目中无人，明知山有虎，偏向虎山行，将灯笼放到桌上，心想："纸灯笼有罩子，不怕你一口吹灭了，如若有别的举动，你一个说书的可快不过我，反正你的那盏灯也摆在桌上，我一口大气也能把它吹灭了。"

净街王低头看了看桌上的灯笼，嘿嘿一笑说道："您把心放在肚子里，踏踏实实待住了，听我伺候您这一段《阴阳宝扇》！"说罢一摔醒子，这就开了书：

常言道"人有人运、天有天运"。人运有兴有衰，天运亦复如是。天人相应，亘古不改。天运兴圣人出世，有圣人应运而生，天下大治；天运衰妖魔乱世，所谓人乱则妖兴，当有妖人应魔运而生，日月皆暗。

说完引子，咱们言归正传，要听书您往西边瞧，八百里秦川尘土飞扬，汉水南入嘉陵道处，有一座代王山，山高万仞，直插云霄，山环水抱，当出异宝。想当年魔古道祖师爷在此开山取宝，得了拘魂铃、阴阳扇、纸棺材、无字天书四件法宝。

闲言少叙，书归正传，别的法宝不提，单说那把阴阳扇，此乃先天灵宝，可以扇出十道阴风！

说到此处，净街王伸手拿起了桌上的那柄折扇，一尺二的挑灯方扇子骨，排口足够寸半，木柄黑中透红，下衬骨头坠儿，雕成一个鬼头，透出一股子邪气，绝非袖中雅物。刘横顺早有防备，倒看看对方有什么手段，但见净街王"唰啦"一下抖开了折扇。

按规矩说书的扇子可不是扇凉风的，拿起来就得有用，横握是刀、竖握是笔，两只手攥住了，右把在后、左把在前伸出二指就是花枪、打开来托在手里便是书信。净街王坐在凳子上拉了一个山膀，将折扇握在半空，嘴里没停，念出一段书赞"一扇晴日起狂风，二扇飞石似山崩，三扇天昏地也暗，四扇不辨南北东，五扇倒拔千年柳，六扇摧折万年松"，念一句挥一下扇子，刘横顺就身不由己退开一步，桌子上灯笼中的火头儿也往下缩一截。他想冲上前灭了净街王的油灯，却被狂风挡住了，抬不起腿，迈不开步，只听净街王不紧不慢往下念道："七扇江河波浪滚，八扇玉女撞金童，九扇刮倒凌霄殿……"刘横顺又连退了三步，灯笼中的火头儿也快灭了。净街王忽然不念了，露出一脸狞笑："刘爷，咱这最后一句就不给您留扣子了！"说罢抬手张口，这就要扇。刘横顺只觉两条腿如同长在地上一般，想抬也抬不起来，纵有一身本领，也往前走不了一步，双方相距九步，伸手够不到。抬腿碰不着，吹气也吹不了那么远，眼看净街王的扇子已经挥起来，心说完了，上了这厮的当。束手待毙之际，突然灵光一闪，想起那条从不离身的金瓜流星了，平时缠在腰里，用时伸手就有，当即一抖手打出去，大喝了一声："灭！"真如同电火行空，慢说一个说书的先生，换了谁也挡不住，但见金光一闪，金瓜正中油灯。净街王正待念出"十扇扇翻水晶宫"，这一个"十"字尚未出口，桌上的油灯已灭，当时怪叫了一声，就此不见踪迹。

4

刘横顺接连收拾了剃头的十三刀、说书的净街王，提灯上了阴阳路往回走。没走出多远，又遇上一个摆摊儿卖东西的，三十来岁，相貌出奇，打扮也不同寻常：黑黢黢一身糙肉，竖着不高，横里挺宽；油汪汪一张大圆脸，看着就让人腻味；脑袋上扎了两个抓髻，一边系一根红头绳。铺在面前草席上摆了些乱七八糟的破东烂西，无非居家过日子应手之物，什么都有就是没一件值钱的，角落里摆了一支素蜡，烛光也是白的。刘横顺一瞧也认识，这位不是旁人——喝破烂儿的花狗熊，长得又蠢又笨，人却不傻，心眼儿还挺多。过去喝破烂儿的也分三六九等，有的本钱大，有的本钱小，打鼓儿的也可以归入这一行，寻常的东西可不收，只收什么紫檀的桌子、花梨的椅子、翡翠的摆件、珠宝玉器、名人字画，本儿大利也大，说是喝破烂儿，可没一样东西是破烂儿，真要是破椅子烂板凳，看他也不看一眼；还有一路常年在乡下转悠，老乡开荒种地的时候保不齐刨出来个坛坛罐罐，这路人的眼高，可以从中分辨出值钱的古董，给几个小钱收回去，一转手就发大财，这路买卖叫"铲地皮的"；花狗熊就是收破烂儿的，不挑不拣没有不收的东西，平时背个箩筐挨家挨户收破烂儿，回去修补修补，拾掇好了摆出来卖。干这个行当的人从来不少，花狗熊却独占鳌头，什么破烂儿都能让他吹得天花乱坠。开了线飞了花的白绫布，他敢说是当年勒死和珅的那条，没这条白绫子，大清国一百多年前就没了；变了形的旧拐杖，是神力王的九曲棍，先打李自成，后灭张献忠，踏平了关内关外，搅翻了长江黄河。这么说吧，八国联军没从圆明园抢走的东西，全落在他的地摊儿上了。就靠着这一套连蒙带唬，说大话、贪小钱，竟在天津卫也混出了一个名号。假的说成真的，真的说成绝的，你要是不信，他敢捶胸顿足赌咒起誓，这件东西如若不真，就让他"抛身在外，死时不得还家"。买东西的人一听，花狗熊起誓起的都要客死他乡了，为了这么仨瓜俩枣儿的东西犯不上发这么重的誓，信不信的也买了。怎知花狗熊说话带几分外地口音，他的正字是"抛山在外，巳时不得还家"，江湖上的黑话将出恭说成"抛山"，那可不得在外边；"巳时"搁现在的时间是上午九点到十一点，他是不得还家，正在做生意骗人钱呢，这小子看着傻，却是面傻心邪，十足的奸猾透顶。

刘横顺是警察所的巡官，又在缉拿队当差，地面儿熟，人头儿也熟，当然认得吃喝破烂儿的花狗熊，更知道此人并非善类。花狗熊蹲在破草席子后边却似没看见刘横顺，手持一卷古书吆喝道："慈禧太后的尿盆儿、宣统皇爷的奶嘴儿、婉容娘娘的红肚兜儿、李莲英的子孙棍儿！外带无字天书一本儿，天底下无人敢瞧、无人敢看，别说是飞毛腿儿，钻天猴儿来了也白搭！"

刘横顺没心思搭理这个蠢货，本想上去一脚踩灭了他的蜡烛，可是一听之下无名火起，这不是成心勾卤儿闲话吗？九河下梢谁不知道，一说飞毛腿没有别人，就是他刘横顺，可恨花狗熊还往小了叫，什么叫"飞毛腿儿"？谁吃了熊心豹子胆，敢跟他这么说话？刘横顺把眼一瞪，喝道："花狗熊，你不老老实实卖你的破烂儿，却来蹚这浑水，真是活腻了找死！"

花狗熊听得有人说话，抬起头来看了看刘横顺，故作吃惊："哎哟，我当是谁呢，这不是刘头儿吗？您吃了吗？"

刘横顺说："甭来这套，我问你，你这个夜壶嘴刚才怎么吆喝的？"

花狗熊连赔不是："您且息雷霆之怒，慢发虎狼之威，我吆喝破烂儿也得赶辙啊，就是为了顺嘴儿，尿盆儿、肚兜儿、子孙棍儿，这不都是小字眼儿吗？就一不留神把飞毛腿，吆喝成了飞毛腿儿，可不敢损了您的威名。您大人有大量，别跟小的我一般见识。"

刘横顺说："没问你这个，你刚说什么无字天书我不敢看，还不拿来让我瞧瞧？"

花狗熊窘道："没有没有，我就那么一说，您就那么一听，吆喝叫卖讲究九腔十八调、棕绳撬扁担，有虚字、有废话，为了凑辙就从嘴里出溜出来了，您怎么还当真了呢？"

刘横顺可不傻，心里跟明镜似的，知道花狗熊装腔作势，就是想让他打开这本书，如果他不敢看，岂不是怕了花狗熊？丢了命事小，这个怕字可不能担，于是一把夺过花狗熊手中的古书，只见书卷残破不堪，书页已由黄转黑，订书的线绳几乎磨断了，扔在破烂儿堆里没人愿意多看一眼。

花狗熊忙道："刘爷，此书千万不可翻看！"

刘横顺眉头一纵："一本破书有什么不能看？它还吃人不成？"

花狗熊说："别怪我不告诉您，为何此书看不得？因为谁看书里就有谁，而且凶多吉少，您大人办大事儿、大笔写大字儿，我花狗熊是入不了您的法眼，可人这一辈子总有个三衰六旺，万一翻开书来一看，上边说您死了，那可如何是好？"

刘横顺从来吃顺不吃戗，越是如此说，他越要看个仔细，从来说生死有命，岂能让几张破纸降住了？将手中纸灯笼往地上一放，当场就把书翻开了，却见古卷中没有半个字，一页页尽是图画，头一页画的是一个人绑在柱子上，另有一人倒背双手在旁观看。画中人没有脸，可是不难看出，这是枪毙钻天豹的场面，倒背着手的那个人身穿警装，高人一头、乍人一臂，正是他刘横顺。刘横顺心想"这有什么可看的？"又往后翻了一页，但见一个狐狸在前边跑，后跟一人手挥金瓜流星；下一页是几个人把着一道庙门，门里坐着一个道姑，头顶上落下一个大水缸；再下一页是在警察所门前，两个人擒住一个大白脸。刘横顺莫名其妙，这叫什么"无字天书"？这几件事天津卫谁人不知，哪个不晓，画在书中也不值钱。

看到此处，刘横顺把书一合，啪地扔在地上："我还当是什么了不起的东西，都是尽人皆知的事情，糊弄小孩子呢？"

花狗熊把书捡起来，嘿嘿一笑："刘爷，您不想知道后边画了什么？也罢，我知道您是不敢往后看了，咱犯不上为了这本书把命搭进去。"

刘横顺差点儿气乐了，一把将书抢回手中："我就从头到尾看上一遍，不信这本破书还能把我画死！"

可再往后翻，却为之一愣，因为接下来的书页之中，分别画了他遇上十三刀和净街王的情形，什么时候画上去的？是花狗熊画的？那也太快了，何况画页上墨迹古旧，至少几百年了，可不奇了怪了？据说无字天书也是旁门左道的四件法宝之一，果不寻常，不知其中有何古怪。

刘横顺稳了稳心神，又往后再翻一页，画中是他在地摊儿前翻看无字天书，花狗熊蹲在一旁，虽然画得仅具轮廓，但是该有的全有了，地摊儿上的破东烂西一一可辨，甚至他放在地上的灯笼，以及花狗熊的素蜡，也都在画中，草草几笔还勾出了火苗子。刘横顺忽觉身上发冷，无意中抬头看了一眼，却不见了花狗熊，地上的灯笼和那支素蜡也没了！再看无字天书中的画和之前不一样了，画中的灯笼和素蜡仍在原处，蹲在地上的花狗熊往前欠身，正伸手去掐白纸灯笼里的烛火。这一切简直匪夷所思，纵然是刘横顺不信邪，额头上也已渗出一层冷汗。刚才花狗熊说过，此书看不得，谁看，书中就有谁，却是颠倒乾坤不成？如若迎头对面，十个花狗熊也不是刘横顺的对手，眼下却该如何是好？

刘横顺来不及多想，只怕再一眨眼，画中的灯笼就让花狗熊掐灭了，俩手腕子一使劲要把书撕了，怎知这无字天书看似残破不堪，实则坚韧非常，一使劲居然撕不动。他也是急中生智，从警装的上衣兜儿中拽出一支笔，直接将画中花狗熊的蜡烛涂成了一个黑疙瘩。当时黑风一卷，放在地上的灯笼去而复返、烛火依旧，吆喝破烂的花狗熊却已不知去向。估计到死也想不通，缉拿队的刘横顺身上为什么会带了一支笔？

5

刘横顺按照张瞎子的指点，手提纸灯笼顺着阴阳路一路往回走，怎知魔古道在这条路上摆下了连环阵，使他步步遇灾、处处逢险。说书的净街王、剃头的十三刀、喝破烂儿的花狗熊，这些个平日里藏匿颇深的市井奇人相继现了原形，持法宝来灭刘横顺手中的灯笼。飞毛腿刘横顺凭一身胆识，收拾了这几个旁门左道，眼看快到火神庙警察所了，对面又来了一个妖妖娆娆的小妇人，三十岁上下，身上披着重孝，耳朵边上缀一枚老钱，钱孔之中别着一绺麻，脸上未施脂粉、素面朝天，架不住长得水灵，真可谓：不擦官粉清水面，不点口红朱唇鲜，乌云巧绾梳水纂，白绒头绳把发缠；上穿一件白孝裉，白绫汗巾系腰间，白中衣绑着白线带绾三寸金莲白布鞡。老话讲要想俏一身孝，这位小妇人标标致致，好似雨打芭蕉一般往前走了几步，挡住了刘横顺的去路。

　　刘横顺闪目观瞧，这位他也认识，九河下梢七绝八怪中占了一怪的"石寡妇"，以四处哭丧吊孝为生。老时年间有一路妇人专吃白事，说白了就是一个字——哭。以前有这么一句老话叫"有钱难买灵前孝"，很多为富不仁的大户人家办白事，没人愿意登门吊唁，周围附近的街里街坊都忙着在家吃喜面呢，再赶上本家的后人不孝顺，光惦记分家产了，心里头噼里啪啦打着小算盘，谁顾得上哭？一棚白事办下来连个号丧的也没有，显得子孙不孝，让外人看了笑话，主家也没面子，就专门雇人来哭，管酒管饭，钱还不少给，但是必须能哭能号，舍得卖力气。哭丧的石寡妇在这一行中坐头把交椅，吃这碗饭的以婶子大娘居多，四五十岁，家里穷也没什么顾忌，到了人家的白事会上又哭又号，连撒泼带打滚，可是干打雷不下雨，眼睛一直往桌子上瞟，什么时候看见红烧肉上桌了，蹿上去抓两把，一边吃肉一边接着哭，总而言之舍出老脸去，什么都不在乎，反正肚子不亏，钱也挣到手了。石寡妇却不然，三十多岁长得一副好眉眼，不笑不说话，一笑俩酒窝，打从死了丈夫，这身孝衣再没脱过，不知道以为是贞节烈女，看着就招人疼、惹人爱，别人哭丧是成群结队，七八个老娘儿们凑在一起，跪在灵前哭天抢地。

石寡妇应这个差事，从来是单枪匹马，到了办白事的主家，在灵前一跪，一不喊二不号，两行清泪往下一滚，梨花带雨，悲悲切切，哭声不大却往人耳朵里钻，任凭铁打的罗汉，也得让她勾出泪来。本家孝子给够了钱，她还能陪着守灵，守着守着就守到一个被窝儿里去了。

刘横顺一见来人是石寡妇，当时心里就起腻歪，她长得是比那前三位都好看，但这小娘们儿也不是什么好货，想当初她丈夫还活着的时候，两口子就不干好事儿，专做"转房"的买卖。什么叫转房？说起来可太缺德了，一般这个买卖都是两口子干，爷们儿在外边交朋好友，专门结交一些有钱的主儿，也不是特别有钱的，人家八大家的少东家、大掌柜也不稀罕跟这种小老百姓交朋友，最多就是一些小职员、小买办，多少有俩闲钱儿不知道怎么花好的。石寡妇在家设赌局，这个赌局也不像外边的宝局子聚赌抽头儿，来家里玩儿不要钱，都是附近的街里街坊，连打牌带聊闲天儿，张家长李家短三个蛤蟆五个眼，没有不聊的事儿。没有大姑娘上这儿来的，全是婶子大娘，还有嫁了夫有了主儿的小媳妇。玩儿的也没有宝局子里花哨，什么麻将、天九、帕斯牌一律没有，天津卫的妇女单有一种爱玩儿的叫"斗十浒"，是一种纸牌，上面画的皆是水浒人物。三姨找六舅母、六舅母找二大妈，有的有孩子，让老大在家看着老二，自己跟这儿玩儿一上午牌。因为在过去来说，妇女掌家过日子，男人出去挣钱，一出去就是一天，中午对付一口头一天留下的剩饭，到晚上才做饭，所以说这一整天都闲着没什么事儿。石寡妇的爷们儿在外边结交了不少朋友，截长补短地带回来一个也跟这儿打牌，打牌是假，实则是没安好心，一边打牌眼神儿一边发飘，瞅见其中有个小媳妇儿不错，岁数也不大，二十四五，那阵子结婚比较早，这是年轻的少妇。这男的三十多，玩儿牌的时候一眼就搭上了，跟石寡妇两口子一说，让他们帮着攒局。石寡妇能说会道眼神儿也活泛，眼瞅着到了饭点儿，别人都回去吃饭了，留下这男的和那个小媳妇不让走，在家焖点米饭，叫上两个菜，烫两壶酒，一吃二喝的，可全是这男的掏钱，紧接着下午再一块儿玩牌，小媳妇家里有爷们儿，晚上出不来，可是白天没事儿，一来二去混熟了，行了，石寡妇就开始旁敲侧击，老说这个男的好，怎么怎么能赚钱，怎么怎么善解人意，怎么怎么会疼人，弄来弄去，把这俩搭在一块儿了。这个男的为了能占着便宜，大把地花钱，今儿给买个头花，明儿给买点儿脂粉，一来二去混熟了，俩人就到外头找个旅馆，尤其像那会儿的南市净有那种野鸡旅馆，条件不算多好，但是能论钟点儿开房，完事儿之后一吃饭，两个人就勾搭成奸了，钱可也没少花。过去专有这么一路人，喜欢勾引这样的良家女子，窑子里的姑娘明码标价他不去，一是嫌脏，二也怕被人瞧见失了体面。说石寡妇两口子白给他们牵线搭桥？天底下哪有那么便宜的事儿，一点儿也不少挣，常言道经手三分肥，作比说这男的在小媳妇身上花一百块钱，石寡妇两口子能落下三四十，帮着给传个话、送个东西，都指着这两口子，事成之后还得再扎顿蛤蟆，天津话的"扎蛤蟆"就是让人请客，大饭庄子、大澡堂子、大戏园子一顿足吃足喝足玩儿。也真有奸夫淫妇双双抛家舍业、抛妻弃子跑了的，本家来找石寡妇讲理也没用，到她这是玩儿牌来的，一个大子儿也不要，还搭水、搭烟伺候着，人丢了跟她也没关系，让你干瞪眼说不出话，打官司都没理可讲。过去有话叫"宁拆十座庙，不破一桩婚"，让您说石寡妇两口子干的这买卖够多缺德。后来为此闹出了人命，官厅派出缉拿队将石寡妇的爷们儿生擒活拿，在美人台上吃了陈疤瘌眼的一颗黑枣儿，从此石寡妇对缉拿队的人恨之入骨。

咱把书拽回来，再说阴阳路上哭丧的石寡妇见了刘横顺，当即跪倒在地，一句话没有，眼中含泪，满脸的凄凉，她手托一个铜盘，盘中摆放一口纸棺材，周围撒了许多纸钱，棺材头上是一盏灵前的长明灯，纸棺材小，长明灯也小，灯捻上的火头儿还没黄豆粒大。

刘横顺一看就明白了："拜纸棺材的旁门左道正是此人，石寡妇一拜二拜连三拜，拜了一天拜不死我，妖法反噬其身，她的灯就快灭了。"

只见石寡妇脸色惨白，哭得凄凄惨惨，跪在地上对刘横顺哭诉："刘爷，不怕您瞧我不起，常言道，既在江湖内，必是苦命人。我当家的死得早，抛下我一个人，之所以入了魔古道，说到头不过是为了一口吃喝，讨一个活命。而今死在你手上，我也不枉了。你可是火神庙警察所的巡官，缉拿队的飞毛腿，我一个弱女子如何是你的对手，真有本事把你手中的灯灭了再来拿我！"

刘横顺对石寡妇干的勾当一清二楚，不免心生厌恶，暗道你可真够不要脸的，怎么还带讹人的？分明是你拜不死我反祸自身，如今却倒打一耙！不过刘横顺是什么人？石寡妇不说也还罢了，说了他不敢做，他也不是镇守三岔河口的火神爷了，性如烈火、意若飘风，就这么个脾气，当时火往上撞，抬手将纸灯笼端起来，狠狠一口气吹灭了灯芯的烛火，问石寡妇："灭了灯你又如何？"

石寡妇万没想到刘横顺吹灭了灯笼，却还没死，直惊得目瞪口呆，手托的长明灯晃了一晃，化为一缕青烟。一阵阴风过去，石寡妇连同纸棺材一并没了踪迹。

刘横顺提起手中灯笼一看，灯火灭而复明，他也不知何故，迈步走到火神庙警察所门口，这真叫"千层浪里得活命，百尺危崖才转身"，将灯笼挂回原处，但觉眼前一黑，再看自己仍在里屋，做了一场梦似的，也不知道是不是真的。张炽、李灿、杜大彪、老油条正在一旁叫苦，见刘横顺活转过来，皆是又惊又喜，忙围上来七嘴八舌问长问短。刘横顺刚一起身，从他怀中掉出一物，捡在手中辨认，似乎是一张官府批票。旧时抓差办案须有火签为凭，就与那个类似，可又不大一样，押了城隍官印。刘横顺恍然大悟，原来张瞎子推他那一下的时候，将走阴差的拘票放在他身上了，所以纸灯笼灭了他才没死。

魔古道为了除掉刘横顺，想用法宝纸棺材拜死他，一来刘横顺命不该绝，二来有走阴差的张瞎子相助，虽然生魂出窍，在阴阳路上走了一趟，可是不仅没死，反倒收拾了"喝破烂儿的花狗熊、哭丧的石寡妇、说书的净街王、剃头的十三刀"这一干入了魔古道的妖人。转天一早，在三岔河口边上找到了这四个人的尸首，别看这几位或占一绝，或称一怪，在九河下梢有名有号，可也只不过是走江湖挣口饭吃，属于社会最底层的人。天津城中这样的倒卧多了，哪天不死个十个八个的，官厅管不过来，任由抬埋队的用草席子裹上，搭去西头义地一扔，没等天黑就喂了野狗。可是刘横顺又听说了，抬埋队前脚扔下"花狗熊、石寡妇、净街王、十三刀"的尸首，后脚就让李老道用小车推走了，如此一来，李老道接连收去了八具死尸，究竟是如他所言，埋在白骨塔下镇压邪祟，还是另有图谋，后文书自有交代。

没等刘横顺去找李老道问个明白，李老道就来找他了，迈步进门口诵道号："无量天尊，刘爷大难不死，必有后福，也是您手眼通天，超凡绝伦，魔古道接连折在您手上八个人了，这些丑类当然不是你的对手。可是常言道得好，射人先射马，擒贼先擒王。依贫道愚见，到了捉拿混元老祖的时候了，除掉这个祸根，其余丑类再也不足为患，不过捉拿魔古道混元老祖，还须请一位高人相助才行！不用刘爷您出马，高人我给您请来了！"说话冲门口一招手，由打外边探头探脑进来一位。刘横顺一见来人，鼻子好悬没气歪了，这位高人是谁呢？正是刨坟掘墓的孙小臭儿！

第八章　孙小臭儿下山东

1

生如萍絮无根蒂，

何苦贪财不转头。

纵是求得万般有，

时运不到也难留。

上文书说到五月二十五分龙会这一天，李老道赶来告诉刘横顺，如得孙小臭儿相助，捉拿混元老祖易如反掌。别看孙小臭儿长得寒碜，贼眉鼠眼，上不得台面。不过凡人不可貌相，海水不可斗量。想当初孟尝君拒秦国相印遭秦王软禁，危在旦夕，若无鸡鸣狗盗之辈相助，难免命丧强秦，再者说"士别三日当刮目相看"，而今的孙小臭儿，可不是从前那个人见人躲、狗见狗嫌，没人待见的臭贼了。

李老道见刘横顺不肯轻信，一招手将孙小臭儿叫到近前，让他自己说出始末缘由。孙小臭儿站在那一头雾水，也不明白李老道带他来干什么，既然把话说到这儿了，开弓没有回头的箭，吹牛他还不会吗？当场拽过一条板凳，蹦上去拔了拔胸脯子，撇了撇嘴岔子，对刘横顺一抱拳："哥哥，您坐那儿稳当住了，听我孙小臭儿给您说说，您猜我前一阵子干什么去了？"

刘横顺掐半个眼珠子瞧不上孙小臭儿，念在去年孙小臭儿捉虫献宝，俩人喝过酒，多少是有几分交情，可也够不上称兄道弟，见这厮又卖派上了，不觉眉头一皱，"嗯"了这么一声。孙小臭儿吓得一哆嗦，不敢再故弄玄虚，原原本本道出了实情。

上一次孙小臭儿到火神庙警察所献宝，给刘横顺送上一只宝虫，刘横顺不愿意欠他这个情，带他上二荤铺喝了一顿酒。这小子没出息，得意忘形喝得酩酊大醉，在二荤铺住了一宿，转天一睁眼，他可就不是他了：鸟枪换成了通天炮，大摇大摆鼻孔朝天，恨不得横着走路，到处说刘横顺是他结拜大哥，以后谁还敢欺负他孙小臭儿？

往脸上贴金不当饭吃，为了糊口还得钻坟窟窿，溜溜儿饿了一天，当天夜里，孙小臭儿去了趟李家大坟。那里是挺大的一片坟地，占地足有百十来亩，紧挨蓄水池，新中国成立后改成了南开公园。过去老百姓有这么一句话，叫死人奔土如奔金，有钱有势的大户人家都置有坟茔地，而且是祖辈留传的，通常坐落在近郊，多的上百亩，少的几亩地，四周立有石头界桩，上面刻着某宅茔地，拿这个当标记。在里面种上松柏，有的还垒起土山，以壮风水。有人亡故就按着尊卑长幼埋在自家的坟地里，为了防盗都雇有看坟的。很少有人按月给看坟的开工资，而是以此免租、减租，让看坟的在祖坟外围自行耕种维持生活，你给我们家看坟地，基本上你种的这个庄稼我就不要了。比如说本家有茔地二顷，二顷地也就是二百亩，坟盘占有六十亩；余下的一百四十亩分四十亩给看坟的，让他自己自种，不收租子；其余的那一百亩收半份租子，在这半份之内，耕作上有了困难，需要添置牲口、农具等等，看坟的仍然可以找本家索要。收来的租子本家不能随便乱花，只用于置办上坟的祭品，或者说上完坟之后远近的亲戚团聚团聚，吃个饭什么的，都是拿这个钱。

李家大坟的主家想当初是有名的大门大户，多少辈没分过家，李家老太爷当过大官，在前朝权势熏天、显赫一时，茔地选的位置也好：前有村，后有庙；左有河，右有道。祖坟造得也气派，坟地四周有砖墙，里头松柏成行，古树参天，入口起了祠堂，高门朱漆，左边刻着"文丞"，右边镌着"武尉"，正中高悬一块大匾"光宗耀祖"，两旁有门房，雇人常年在此看守。以往到了清明、忌日，全家老小就会拎着香蜡纸钱前来祭拜。后来时局不稳，兵荒马乱，活人都顾不过来，谁还能顾得上死人？老李家为求自保举族南迁躲避兵祸，守坟的人也跑了，李家大坟成了一片荒冢。孙小臭儿对李家大坟觊觎已久，心知高门大户的好东西少不了，掏出个一件半件的，就够他胡吃海塞半辈子，但是蓄水池一带常有警察巡夜，他怕让人逮住，按大清律条，刨坟掘墓斩立决，搁在民国的罪过也不小，所以一直没敢下手。如今不一样了，有缉拿队的飞毛腿刘横顺撑腰，即便让人瞧见了，哪个巡警不得给刘横顺个面子，额头上挂了金牌匾，他孙小臭儿还有什么可怕的？这要是不干上一票大的，岂不是给刘横顺脸上抹黑？

孙小臭儿的贼心贼胆全有了，打定主意说干就干，翻出一本他师父当年留下图册，里边皆是大户人家的《坟茔葬穴图》，过去有钱有势的家里都有这么一张图，自家坟地里何年何月在什么位置埋的谁、坟坑多深、头朝哪儿脚朝哪儿、用的什么棺材、里边有什么陪葬，全写得清清楚楚。孙小臭儿他师父不知从何处得来这么一本图册，天津卫但凡是风水宝穴、顶盖儿肥的坟包子，上边都有记载。无奈这豪门大户的祖坟，常年有人看坟守夜，凭他们师徒俩人想也不敢想，如今世道变了，连主家带看坟的，死的死逃的逃，又通了刘横顺的路子，正是天赐良机，此时不取更待何时？孙小臭儿准齐了应用之物，入夜后换上一身老鼠衣，往脸上抹了两把锅底灰，趁月黑风高四下无人，偷偷摸入李家老坟，按图找到一座大坟包子，施展开吃臭的手段，很快将李家老太爷的棺材挖了个四面见天。拨去棺盖的浮土，上头阴刻一行金字"皇帝敕封太子少保"。孙小臭儿不认识字，却知道这口棺材了不得，正经的金丝楠木老料，坚硬如铁，不会开的用斧子劈下去直冒火星子，而且这还是口独板的材，也就是大盖、两帮以及下底用的是四块整板，这是最为名贵的，折合成民国时期的银圆，这一口大材少说也得两千多块钱。做工也是头一路的，整个棺材浑然天成，不用一根钉子，全是龙凤榫子活，对好了也不用灌浆，凿不穿撬不开，连条缝儿也没有。以往他只挖穷坟，坟中多为薄板棺材，虫蛀鼠咬糟朽不堪，稍一使劲儿就抠开了，里头也没值钱的冥器，想开这样的棺材，得会解鲁班锁，造棺材的一个师父一个传授，没有相同的手法，盗墓的却万变不离其宗，正应了那句话——"难者不会，会者不难"。孙小臭儿吃的是这碗饭，此乃看家的本领，正待抠开棺板，怎么就这么寸，突然跑进来两个贩烟土的，一队巡警在后头紧追不舍。合该孙小臭儿不走运，没有发财的命，肥鸭子摆到嘴边也吃不着，巡警没逮住贩烟土的，却把孙小臭儿围住了。十多个巡警打着手电筒，上一眼下一眼打量孙小臭儿，一来知道这厮是个吃臭的，二来从头到脚一身老鼠衣，背了个大麻袋，腰里别着把小铲子，旁边一口大棺材被挖得四面见天，摆明了是在此偷坟掘墓，人赃俱获这还用问吗？当时不由分说，一脚将孙小臭儿踹趴下，七手八脚摁住了，全身上下搜了一个遍，又拎到蓄水池警察所，打入门口的木笼子，等天亮了再往巡警总局送。

蓄水池一带虽然偏僻，治安却比较乱，因为管片儿里有当时最大的两个市场。一个是六合市场，吃的喝的使的用的，卖什么的都有，白天人流量极大，最容易出乱子。除此之外，还有一个天津卫著名的"鬼市"，您琢磨琢磨，这能是个好地方吗？说闹鬼吗？闹鬼倒不至于，就是每天半夜之后，有从城里或者是周围城乡来的人，打着灯笼火把，到这儿开始做买卖，天不亮就收摊儿，市场上荧荧灯火、黑暗中人影依稀，犹如阴间的集市一般，故此得名。在这里一出一进的，好人不多坏人不少，神头鬼脸鱼龙混杂，做买卖多以骗人为主，有以次充好的，有整旧如新的，有趁黑调包的，有以假乱真的。就拿卖东西用的杆儿秤来说，这里边就有不少偷手，有的用空心秤砣，有的是大秤小砣，还有的干脆图省事儿，在秤盘子底下挂着一丝鱼线，天色昏暗买东西的看不见，称分量的时候小贩用脚一踩鱼线，说多少是多少。总而言之，这里卖的多是小道货、下路货、老虎货，反正没什么好货，久而久之吸引了很多小偷、扒手在这儿销赃，还聚集了很多地痞混混儿。咱这么说吧，害人的勾当加在一起不下百十来种。安分守己的老百姓在鬼市可站不住脚，就像西头住的这些个居民，无论是拉洋车的、卖破烂的、拾毛篮子的，甭管他们怎么辛勤劳作，最多也就是勉强填饱肚子，有时候买上一个菜瓜，那就是一天的饭食，吃一块萝卜也能顶一顿，那管什么用啊？放个屁就饿了，无奈何只能过着半饥半饱的日子，有的人家好不容易找街坊四邻、婶子大娘，或者亲戚朋友凑上三两个本钱到鬼市去碰碰运气，但只要是一沾上这个地方，往往是落得两手空空，碰得鼻青脸肿，不是正经人能容身的。因此这一带的警力在天津城里城外也算数一数二的了，巡警之多仅次于老龙头警察所，白天站岗、夜里巡逻，就这样管依旧是管不过来。

蓄水池警察所没有苦累房，门口常年摆着一大排木笼子，用来关押临时抓来的蟊贼、混混儿、骗子手。今天夜里抓来的可不止孙小臭儿一个，旁边还有几个小偷小摸、男盗女娼的。搁在以往，孙小臭儿早吓尿裤了，如今可不一样，刚才被夜巡队连打带捆没机会开口说话，跟他们也说不着，这几个小喽啰怎配臭爷张嘴，有什么话见了当官的再说，怎知到了蓄水池警察所没见官，让巡警直接一脚踹进了木笼。孙小臭儿不肯吃亏，当场在木笼车中嚷嚷开了，他是这么想的："我结拜大哥是缉拿队的刘横顺，关上关下、河东河西的巡警谁不认识他？吃官饭的谁敢不给他面子？等我把我大哥的名号往外一报，立马就得给我松了绑，大碗儿的白糖水端上来给我压惊！"在蓄水池警察所门口看守木笼车的巡警，听这个臭贼口口声声要见巡官，还说刘横顺是他大哥，上去就是一警棍，孙小臭儿饶是躲得快，架不住木笼子里挤挤插插都是人，一棍子正捅在肋条上，疼得他直吸凉气。巡警用警棍指这孙小臭儿鼻子骂："少他妈往自己脸上贴金，也不撒泡尿照照你自己是什么东西，狗熊戴花儿——你还有个人样吗？飞毛腿刘横顺要是你大哥，巡警局长就是我儿子！"

孙小臭儿挨了揍才知道这招不灵，正想开口求饶，却听旁边的木笼子中有人低声招呼："副爷、副爷，小的我有个拆兑！"这是过去老百姓对警察的尊称，老时年间军队里有千总把总，老百姓尊称为"总爷"；后来有了警察不知道该如何称呼，只得比"总"低了一等，称为"副爷"。

巡警瞥了一眼说话的这位，走过去靠在木笼子边上，那个人从鞋底子里扣出两块银圆，悄悄塞在巡警手中。巡警顺手把钱揣进兜里，又把另一个看守叫到一旁，两个人嘀嘀咕咕说了几句，掏出钥匙打开木笼子，把给钱的那个人放了，嘴里还说着："这可不怪我们，黑灯瞎火的难免抓错了人……"这是说给笼子里其他人听的，一来用来遮掩自己贪赃枉法；二来也是告诉他们，如若身上有钱，尽快照方抓药。再看给钱的那位头也不转，一溜烟儿似的跑了。

孙小臭儿看明白了，提谁也不如给钱，奈何身上虱子、跳蚤不少，偏偏一个大子儿没有。眼瞅过了四更天，两个看守木笼的巡警怀抱警棍，靠在墙边直冲盹儿。孙小臭儿一想等天亮进了局子，再想出来可不容易了，此时不逃更待何时？这厮长得瘦小枯干，警察所的木笼子，换成旁人钻不出去，却困不住孙小臭儿，他先把脑袋往外挤，都蹭秃噜皮了，那也比进局子强，忍着疼侧身一点点往外蹭。两名看守全然不觉，关在木笼子里的其他人可不干了，你出得去，我们怎么办？别看巡警收了钱放人出去他们不敢说话，可是孙小臭儿又没给过好处，同样让夜巡队抓进来的，凭什么让你跑了？当时就有人扯脖子喊上了："副爷，有人逃跑！"

这一嗓子立刻惊动了两名看守，睁开眼正瞧见孙小臭儿刚钻出木笼子，抄起警棍连吹口哨。孙小臭儿吓尿了屁，心慌意乱撒腿如飞舍命逃窜，蓄水池附近都是荒地，蒿草得有一人多高，他身形矮小跟个耗子似的，钻进去可就不好逮了。巡警咋呼得厉害，却也懒得去追：谁不知道孙小臭儿穷得叮当响，逮住也没多大油水儿，只当他是个屁，放了也就放了。

孙小臭儿可不知道警察心里怎么想，急急如丧家之犬，惶惶似漏网之鱼，这一次着实吓得不轻，跑得比兔子还快，偷坟掘墓顶多蹲几年土窑，从警察所木笼中逃出去的罪过可不好说了，说大则大说小则小，全凭官厅一句话，他怕让警察逮住挨枪子儿，天津城说什么也不能待了，他这个长相，怎么躲也得让人认出来，闻着臭味儿就知道他在哪儿，寻思先躲到外地暂避一时，等到风头过了再回来，当即拉了一个架势，冲身后的天津城抱了抱拳，我孙小臭儿这叫"浪不静龙游深海，风不平虎归山林"！已然落到这个地步了，他还拣好听的说呢。

2

孙小臭儿想得挺好，常言道树挪死、人挪活，大丈夫气吞湖海、志在四方，反正他房无一间、地无一垄，又是光棍儿一条无牵无挂，吃饭的能耐全在身上，出去走走倒也无妨，可他长这么大没离开过天津卫，不知应该投奔何处。他倒有法子，把鞋脱下来往天上一扔，看掉地上的鞋尖指向何方，他就往哪个方向跑。一路走静海、青县、沧州、南皮，过吴桥，不敢走大路，专拣羊肠小道、荒僻无人之处走，途中挖了几个坟头，饿死倒不至于，可也经常吃不饱。非止一日进了山东地界，孙小臭儿暗下决心，左右是出来了，怎么着也得混出个名堂，一定要发了财再回天津卫，拿钱砸死抓他的警察，看看到时候谁是孙子谁是爷爷。白日梦谁都会做，大风刮不来钱，如何发财呢？他文不会测字，武不能卖拳，还长成这么一副尊容，要饭也要不来，最拿手的就是掏坟包子，想发大财还得干这一行。反正撑死胆儿大的、饿死胆儿小的，到什么地方都有坟头，掏谁的不是掏，纵然盗不了皇陵，最次也得找个王侯之墓！在当地蹲了几天，拿耳朵一扫听，得知临淄城乃齐国国都，那个地方古墓极多，想来墓中的奇珍异宝也不会少，打定主意直奔临淄。一路上晓行夜宿，行至一处，尽是荒山野岭，前不着村后不着店，又赶上一场大雨，炸雷一个接一个，没处躲没处藏，只得继续往前走，把个孙小臭儿淋成了落汤鸡。

转过一个山坳抬头一看，路旁有一座大宅子，高墙大院，气派非凡，却与寻常的宅院不同，不分前后左右，造成了一个圆形，东西南北皆有广亮的大门，什么叫广亮大门呢？大门上头有门楼子，两旁设门房，下置三磴石阶，总而言之是又高又大又豁亮。孙小臭儿让雨浇得湿透了膛，也顾不得多想，忙跑到门楼子下头避雨。这个钻坟窟窿的孙小臭儿，不在乎风吹雨淋，只是怕打雷，他也明白自己干的勾当损阴德，怕遭了天谴让雷劈死，蜷在门楼子底下又累又饿，冻得哆哆嗦嗦的，好歹是个容身之处，躺在石阶上忍了一宿。转天一早，迷迷糊糊听得开门声响。孙小臭儿心知肚明，他长成这样，再加上这一身打扮，比要饭的也还不如，大户人家的奴才向来是狗眼看人低，瞧见他躺在大门口，一脚将他踹开那还是好的，嫌脏了鞋放狗出来咬人也未可知。

孙小臭儿就地一骨碌，急急忙忙翻身而起，匆匆闪到一旁，却见大门分左右分开，由打里边出来一位管家，不打不骂反而对他深施一礼，脸上赔着笑说："恩公，我们家老太爷有请。"孙小臭儿让来人说愣了，四下里看了看，大门前除了他之外再无旁人，许不是认错人了？你们家老太爷是谁？我孙小臭儿是谁？咱这辈子见过吗？怎么变成你们家的恩公了？管家不容分说，拽上孙小臭儿进了大门。到了里头一看可了不得，这座宅子也太大了，屋宇连绵，观之不尽，正堂坐北朝南，宽敞明亮，迎门挂一张《百鹤图》，下设条案，左摆瓷瓶，右摆铜镜，以前的有钱人家讲究这么布置，称为"东平西静"。条案两侧各有一把花梨木太师椅，左手边坐了一位老太爷，白发银鬓、丹眉细目，身穿长袍、外罩马褂，看见孙小臭儿到了，忙起身相迎，一把攥住孙小臭儿的手腕子："恩公你可来了，快到屋中叙话。"孙小臭儿直发蒙，不知这是怎么一个路数，更不敢说话了，半推半就进得厅堂，分宾主落座，有下人端上茶来。孙小臭儿又渴又饿，到这会儿也不嘀咕了，心说"反正是你们认错了人，我先落得肚中受用，大不了再让你们打出门去"，打开茶盅盖碗儿一瞧，茶色透绿，香气扑鼻，唯独一节，茶是凉的，孙小臭儿以为此地人好喝凉茶，什么也没多想，端起盖碗茶一口喝了个底朝天，为了解饱连茶叶都嚼了。那位老太爷也不说话了，如同一个相面的，上上下下打量孙小臭儿，把他看得浑身不自在，心里头直发毛，手脚不知往哪儿搁，心说这位是相女婿呢？我既无潘安之容，更无宋玉之貌，自己都不愿意看自己，头上也没长犄角，干什么呢这是？老太爷不知道他心里想的什么，看罢多时点了点头，命手下人带孙小臭儿沐浴更衣，同时吩咐下去备好酒宴。有仆人伺候孙小臭儿洗了个澡，大木盆里放好了水，居然也是凉的。孙小臭儿以为此时尚早，还没来得及烧水，凉水就凉水吧，总比淋雨舒服，咬住后槽牙蹦进去一通洗。仆人又给他捧来一套衣服鞋袜，从上到下里外三新，上好的料子，飞针走线绣着团花朵朵，要多讲究有多讲究，穿身上不宽不窄不长不短正合适。常言道"人配衣服马配鞍，西湖景配洋片"，孙小臭儿从小到大没穿过正经衣服，而今干干净净、利利索索，穿戴齐整了对镜子一照，您猜怎么着？还是那么寒碜！他身形瘦小，比个鸡崽儿大不了多少，脑袋赛小碗儿，胳膊赛秤杆儿，手指头赛烟卷儿，身子赛搓板儿，长得尖嘴猴腮、獐头鼠目，长年累月钻坟包子，脸上蓝一块绿一块全无人色，穿什么也像偷来的。

等他这边拾掇利落了，那边的酒宴也已摆好，刚才喝茶的是待客厅，大户人家吃饭单有饭厅。来到这屋一看，桌子上美酒佳肴应有尽有，说来奇怪，全是冷荤，没有热炒，酒也没有烫过的。另有一怪，外边阴着天，屋里灯架子上不见烛火，却以荧光珠照亮，真没见过这么摆阔的。孙小臭儿不在乎冷热，有半个馊窝头就算过年了，何况还有酒有肉，得了这顿吃喝，别说让人打出门去，把他一枪崩了也认头，死也做个饱死鬼。他怕言多语失，仍是一声不吭，坐下来山呼海啸一通狠吃，恰如长江流水，好似风卷残云，顷刻之间一整桌酒席，让他吃了一个碟干碗净、杯盘狼藉，这才将筷子撂下。在一旁伺候的奴仆全看傻了，此人长得如此单薄，吃这么多东西往哪儿搁啊？不怕撑放了炮？

咱们说孙小臭儿吃了一个沟满壕平，酒也没少喝，全然忘乎所以了，一边打着饱嗝儿，一边醉眼乜斜地对那位老太爷说："老爷子，我这才明白你为什么叫我恩公，因为你们家的酒肉太多吃不过来，得求我来替你们吃，如今我肉也吃饱了，酒也喝足了，帮了你们这么大的忙，大恩不用言谢了，咱们就此别过！"说话摇摇晃晃往门外走，却被老太爷一把拽了回来，将孙小臭儿摁在太师椅上，整顿衣冠拱手下拜："万望恩公搭救则个！"

老太爷自称姓张，尊他的皆以"张三太爷"相称，祖祖辈辈一直在此居住，都说富贵无三代、贫贱不到头，他们家却不然，从祖上就有钱，世世代代治家有道、家业兴旺，却也没有为富不仁，乃是当地头一号的积善之家。不过人生在世，无论善恶贵贱，总有恨你的，他们家行善积德，从不与人结仇，可也不是没有仇人，当年有个大对头，死前在坟中埋下一件"镇物"，妄图以此灭尽他们家的运势。起初也没在意，以为破点财没什么，可没想到这件镇物十分厉害，年头越多越邪乎，如今破落之相已现，迟早有灭门之厄，因此求孙小臭儿出手，盗取坟中镇物，保全他们一家老小，因此才说孙小臭儿是大恩人。这个活儿不白干，张三太爷有言在先许给孙小臭儿，事成之后当以一世之财为酬。

孙小臭儿已喝得东倒西歪，张三太爷说了半天他也没听太明白，别的没记住，就记住那一世之财了，便问张三太爷，一世之财是多少钱？张三太爷并不明言，只告诉他："这得看你命里容得下多大财了，十万也好，百万也罢，我一次给够了你。"孙小臭儿喜出望外，心想我一辈子吃苦受累可以挣多少钱？这一天都给了我，以后什么也不用干，站着吃躺着喝，就剩下享福了！当时把脖子一梗、胸脯子一拍："掏一座老坟又有何难，这个活儿臭爷我干了！"

张三太爷见孙小臭儿应允了，站起身来又施一礼，说那个仇人的坟就在山上，头枕山脚踩河，可谓占尽了形势，棺材下边压了九枚冥钱，称为"厌胜钱"。墓主借这九枚厌胜钱，拿尽了他们家的运势，而且那是个凶穴，墓主已成了潜灵作怪的恶鬼。常人身上阳气重，没等接近棺材，就会惊动了墓主，孙小臭儿是个挖坟掘墓的土贼，成天住在坟包子里，三分不像人七分倒像鬼，干这个活儿非他不可。

孙小臭儿财迷心窍，再加上酒壮怂人胆，一拍胸口满应满许，他也不想想，头一次从天津城出来，到了这个地方人生地不熟，谁也不认识，张三太爷怎么知道他是干这一行的？只问张三太爷讨了几件家伙——一把小铲子、一身老鼠衣、外加一只烧鹅，说完往地上一倒，鼾声大作。

当天晚上，孙小臭儿将一只烧鹅啃个精光，却没敢喝酒，他也知道自己量浅降不住酒，只恐耽误了正事，错失一世之财。等到月上中天，孙小臭儿换上老鼠衣，腰里别了小铲子，出门来到山上，当真有一个又高又大的坟头，坟前并无石碑，孤零零立在荒草丛中。

这一次不同以往，出门之前听张三太爷说了，厌胜钱不在棺中，而是压在棺底，别人干这个活儿得把坟土扒开，棺材搭出来再跳进坟坑翻找，他孙小臭儿却有"鲤鱼打挺"的绝招，省去了不少麻烦。正所谓"一行人吃一行饭"，孙小臭儿绕行坟头三圈，便已估摸出了棺材的深浅、朝向，当即将一把小铲子使得上下翻飞，挖开坟土穴地而入，进入盗洞铲子施展不开，一双爪子派上了用场，挖土抠泥有如鸡刨豆腐，耗子打洞也没这么快。

不出一个时辰，孙小臭儿已将盗洞挖到了棺材下边，他也不用灯烛照亮，常年干这个勾当，早将一双贼眼练得可以暗中视物，钻入洞中摸出九枚冥钱，与银圆大小相似，托在手中还挺沉，急忙用布包上揣入怀中，正待退出盗洞，不觉心念一动，埋在这座坟中的一定是个有钱人，为什么呢？张三太爷家趁人值，住那么大的宅子，跟他们家为仇作对的怎会是穷老百姓？要饭的、扛大包的，敢跟财主爷结仇？墓主必定也是地方上的大户，这就叫鱼找鱼、虾找虾，英雄找好汉、乌龟找王八，非得势均力敌才做得成冤家对头。干孙小臭儿这个行当的，掏的虽然是死人钱，脑袋上却也顶着一个"贼"字，常言道贼不走空，明知棺中必有狠货，不顺出一件半件的冥器，可对不住祖师爷，虽说他也不知道祖师爷是谁。

　　来之前张三太爷嘱咐了，让他只拿九枚冥钱，千万不可惊动了墓主，孙小臭儿此时这个贼心一起，把张三太爷的话忘到爪哇国去了，肚子里好似装了二十五个小耗子——百爪挠心，当时就使出"鲤鱼打挺"，对头顶上的棺材下了手。老坟中的棺材埋得久了，棺板已然朽坏，拿手一抠就是一个洞。他拽出一块黑布遮住口鼻，这是吃臭的规矩，活人身上有阳气，容易惊动了死人。再说孙小臭儿钻入棺材，伸手四下里一摸，发觉墓主已成枯骨，靴帽装裹尚存，寿帽是纸糊的，大得出奇，却没有一件陪葬的冥器。孙小臭儿暗骂一声穷鬼，不仅没有陪葬，头上的帽子也是用纸糊的，白让臭爷我高兴了。正想原路退出去，忽觉腹中生出一道凉气，往上没上去，顺着肠子可就往下来了，转瞬之间行至尽头，双腿使足了劲也没夹住，放出一个七拐八绕、余音袅袅的响屁，可能是烧鹅吃多了，没兜住这口中气，他也知道如此一来犯了吃臭的忌讳，急忙退入棺材下的盗洞，手脚并用爬出老坟，扯去蒙脸的黑布，快步往山下走，心想这下妥了，该当臭爷我时来运转，甭管怎么说，这件事办得挺顺当，好歹掏出了老坟中的九枚厌胜钱，下山献予张三太爷，平地一声雷，我孙小臭儿眼看就是腰缠万贯的大财主了。正得意间，忽觉身后刮起一阵阴风，吹到后脖颈子上直往肉皮儿里钻，怎么这么冷呢？转头往后一看，可了不得了，墓主人追来了！

3

从山上追下来的大鬼身高一丈有余，头上一顶白纸糊的寿帽晃晃荡荡，裹在一片愁云惨雾之中，直奔孙小臭儿而来。吓得他一蹦多高，打小干吃臭的行当，死人见了不少，可没见过活鬼，惊慌失措脚底下拌蒜，直接从山上滚了下去，摔得鼻青脸肿、满头大包，刚逃到老张家门口，身后的恶鬼也追到了。张三太爷带手下人打开大门，将他接了进去，紧接着"咣当"一声将大门紧闭，但听得阵阵阴风围着大宅子打转。孙小臭儿屁滚尿流惊魂未定，见墓主并未追进大宅，想必是门神挡住了，这才一屁股坐在地上直喘粗气，缓了半天才把这口气喘匀了，交出九枚厌胜钱，又将以往经过跟张三太爷一说，对他贪财入棺一事却只字未提。张三太爷手捻长髯沉吟不语，片刻之后抬起头来，对孙小臭儿说："墓主已然记下你的长相，你一出这座宅子，它就得掐死你。不过恩公也不必担心，容我想个法子。"

孙小臭儿说："您了真有这么大能耐，还用我去挖坟？"

张三太爷笑道："恩公有所不知，你盗走了厌胜冥钱，我就不怕它了。"

孙小臭儿将信将疑，又不敢出去，在大宅中待到半夜，忽听山上雷声如炸，从山下望上去，一道道雷火绕着山顶打转。转天早上来到前厅，见张三太爷稳稳当当坐在太师椅上，旁边的条案上多了一顶纸糊的寿帽。孙小臭儿问张三太爷："您把这帽子偷来有什么用？"张三太爷说你可别小看这顶纸帽子，也是一件镇物，名为"纸花车"，可避天雷诛灭。没了这顶帽子，墓主再也躲不过雷劫，此刻已然灰飞烟灭。孙小臭儿兀自不信，趁天亮上山一看，坟头和棺材已被雷电劈开，周围尽成焦土，纵然是个厉鬼，也让天雷打得魂飞魄散了。他这才放了心，回来找张三太爷要钱。

张三太爷言而有信，让孙小臭儿稍候片刻，吩咐两个下人去拿钱。孙小臭儿暗暗高兴，本来是避祸到此，不承想竟有这等际遇，还让两个人去拿，这得是多少钱？那么多银圆我可带不走，免不了拜托老张家的下人，抬去给我换成宝钞，大不了一个人赏一块银圆，现如今咱也是有钱的大爷了，不在乎这一块两块的。过了一会儿，两个下人回来了，孙小臭儿一看他们手里一没抬箱子、二没拎口袋，心说这倒好，还得说大户人家的下人有眼力见儿，直接就给我换好了。他正在这儿胡琢磨呢，其中一个下人一伸手，将一块银圆恭恭敬敬地摆在孙小臭儿面前。孙小臭儿当时一愣："什么意思，我还没赏你，你怎么先赏我了？"

张三太爷对孙小臭儿说："这就是你的一世之财，你命中只留得住一块钱，多一个大子儿也不行，否则必有灾祸。"

孙小臭儿如何肯干，说大话使小钱，这不是坑人吗？我舍命替你张三太爷上山挖坟，险些把小命扔了，到头来把我当要饭的打发？当场拍桌子翻了脸，蹦着高儿大骂张三太爷。孙小臭儿乃市井之辈，话不怎么会说，骂脏话可是八级以上的水平，老张家祖宗八辈一个也没放过，全给他垫了牙，污言秽语、不堪入耳。他也不想想这是大户人家，好酒好肉好招待，皆因有求于他，而今用不上他了，还用跟他客气吗？甭说儿子姑爷，看家护院的就不下几十人，岂能容他在此放肆？立马上来个膀大腰圆的，揪着脖领子左右开弓，打了孙小臭儿俩大嘴巴，拎起来往外一扔，"咣当"一声合拢宅门，任凭他撒泼打滚、跳着脚砸门叫骂，再也没人出来理会。孙小臭儿气坏了，可着天底下还有一个好人吗？可又不敢多作纠缠，实在惹不起，张三太爷家大业大，有根有叶有势力，真惹急了把他孙小臭儿活活打死扔在山上喂狗，也如同捏死只臭虫，只好揣上这一块钱，骂骂咧咧地走了。

孙小臭儿连窝火带憋气，身上又不齐整，东撞一头、西撞一头，乱走了半天，也不知到了什么地方，路上遇到一个猎人，长得五大三粗、膀阔腰圆，黑灿灿的一张脸庞，两道重眉毛、一对豹子眼，身上短衣襟小打扮，腰间围兽皮，手中拎了两只山鸡。这一带山林茂密，靠山吃山打猎为生的不少。打猎的见了孙小臭儿，瞪眼拦住去路，操着一口山东话问道："小孩儿，你是从横么地方来的？"

孙小臭儿正憋了一肚子火儿，看谁都不是好人，以为打猎的拦路抢劫，转身就要跑。打猎的是山东大汉，拿孙小臭儿如同鹰拿燕雀，追上去一把揪住他说："小兄弟别怕，俺是山中猎户，并非歹人，只是见你脸色不对，这才拦住你问一句。"

孙小臭儿肚子气得鼓鼓的，没好气地说："我脸色好不了，那个挨千刀的张三太爷，拿我当个要饭的打发，他们家从上到下没一个好鸟儿，全不是人生父母养的！"

打猎的奇道："哪个张三太爷？"

孙小臭儿说："当地还有几个张三太爷？不就是东山下那座大宅子里的张三太爷。"

打猎的闻听此言，两只眼瞪得更大了，问孙小臭儿："实在实在地好家伙，你说东山下的大宅子？那个地方从来没有大宅子，只有一座千年粮食垛！"

孙小臭儿以为打猎的胡说八道，老张家那座大宅子，院墙高耸、房屋成林，四座朱漆的大门气派非凡，红男绿女出来进去，怎么成了千年粮食垛？

打猎的却告诉孙小臭儿，此事千真万确，东山下的千年粮食垛早没人住了，久而久之被一窝狐狸占据，怪不得刚才从你身边过，闻到你身上一股子狐臊，原来你进过千年粮食垛。打猎的不怕狐狸，一物降一物，哪怕是成了精怪的老狐狸，见了鸟铳也一样打哆嗦，他也早有心打下那窝狐狸，因为以往看见过，千年粮食垛中出出进进的狐狸可不少，一个个油光水滑，皮毛锃亮，这要是逮住扒了皮，绝对能卖大价钱。如果将其能一网打尽，可比钻山入林，一只一只追着打省事多了。无奈那窝狐狸有了道行，不知道在粮食垛周围施了什么妖法，人一过去就被迷住了，走来走去只是在原地打转，根本近不得前，带上猎狗也没用。按孙小臭儿所说，老狐狸自称张三太爷，那也是奇了，平常的狐狸变成人形，大多说自己姓胡，要么说自己姓李，可没有敢姓张的，为什么呢？天上的玉皇大帝就姓张，兴妖作怪的东西和老天爷一个姓，那不找雷劈吗？敢以张姓自居，那得是多大的道行？

孙小臭儿听打猎的说了这么一番话，两个小眼珠子一转，心中暗暗寻思，张三太爷家里那么有钱，做饭却从不开火，喝茶洗澡只用凉水，屋里也不点灯烛，皆因千年粮食垛怕火，可见打猎的所言不虚。他吃了这么大的亏，恨得咬牙切齿，正苦于报不了仇，他就问打猎的，有没有法子对付千年粮食垛中的一窝狐狸？

打猎的说不遇上你还真没招，这一次让我撞见你也是天意，合该千年粮食垛中的狐狸倒霉，非得死绝了不可。二人一同下山，找来同村其余的几十个精壮猎户相助，一个个背弓插箭，各带黄狗、苍鹰。又备下火种，让孙小臭儿再去一趟东山，混入张家大宅子偷偷放起一把火，则大事可成。

孙小臭儿思量了整整一宿，想出一个坏主意，转天一早，又来到张家大宅，跪在门前磕头如同捣蒜，一把鼻涕一把泪地诉苦，前五百年后五百载的委屈全想起来了，先说自己前半辈子怎么怎么不容易，真好比是横垄地拉车，一步一个坎儿，把倒霉放在小车上——忒倒霉了，说罢又一边抽自己大嘴巴，一边给张三太爷赔罪，说张三太爷不仅收留了自己，管吃管喝还管住，他孙小臭儿才不致冻饿而死，简直是重生的父母、再造的爹娘，长这么大从来人嫌狗不待见，没受过这么大的恩德，本应做牛做马报答，到头来却财迷了心窍，做了忘恩负义的小人，简直禽兽不如，枉担这一撇一捺、不配披着这身人皮。还望张三太爷大人有大量，不跟混人辩理，别和恶狗争道。直说得泪如泉涌、号啕大哭。

孙小臭儿哭了多半天，真让他把大门哭开了，出来两个下人带他进去，来到厅堂之上拜见张三太爷，免不了又是一番磕头求告，鼻涕眼泪一个劲儿地往嘴里流。张三太爷一时怜悯孙小臭儿，怎么说也是有恩于他们家，便留下这个臭贼吃饭，没想到"引狼入室、放鬼进门"。孙小臭儿吃饱喝足了，溜达到院子里，东瞅瞅西看看，趁四下里无人，偷偷取出火种，放起一把大火，顷刻间黑烟滚滚火光冲天，放完了火撒丫子往外跑，出得门来转头一看，哪有什么大宅子，又高又大一座粮食垛，各个洞口中蹿出百十条狐狸，大大小小有老有少，一个个慌不择路，冒烟突火四下逃窜。

原来东山自古就不太平，老坟中的枯骨身边有两件冥器，一件应天、一件辖地，年深岁久成了气候。先说辖地的这一件，就是张三太爷让孙小臭儿盗来的九枚厌胜钱，为什么盗这个呢？厌胜钱镇在棺材底下，方圆百里之内有道行的东西，全都得听墓主的。张三太爷这一大家子，是千年粮食垛中的一窝狐狸，无奈受制于九枚厌胜钱，打也打不过，

204

逃又逃不掉，这才借孙小臭儿之手，上山偷走厌胜钱。

墓主失了九枚厌胜钱，张三太爷也就不怕它了，又去盗来了第二件应天的镇物——枯骨头上的白纸寿帽，名为"纸花车"，可以抵挡天雷。墓主头上这顶寿帽，晃一下天雷退一丈，三晃两晃云散雷止，就有这么厉害。张三太爷盗走寿帽的当天夜里，一道炸雷打下来，墓主灰飞烟灭。

实际上张三太爷没坑孙小臭儿，只给他一块钱并不是因为财迷，一来狐狸不挣钱，要钱也没用；二来孙小臭儿命窄，该当受穷，身上顶多有一块钱，多一个大子儿就倒霉，多给钱反倒害了他。怎知这小子怀恨在心，一把火烧了千年粮食垛，真应了那句话"宁得罪君子，不得罪小人"。

再说孙小臭儿引来的一众猎户，总共三十六位，个顶个年轻力壮、血气方刚，全是射猎的好手，各持弓箭、鸟铳，分头埋伏在千年粮食垛四周只等火起。待到孙小臭儿放了一把大火，千年粮食垛烧成了一座火焰山，那些狐狸往外一逃，无异于撞到了枪口上，全成了活靶子，真是出来一个打一个、出来两个打一双，百步穿杨、弹无虚发，足足打了半个多时辰，把这一窝狐狸全打光了。千年粮食垛烧成了灰烬，周围横七竖八都是死狐狸。猎户首领拣了最大一条老狐狸交给孙小臭儿，山上打猎的有个规矩叫"见者有份"，何况孙小臭儿帮了大忙，得他相助才剿灭了千年粮食垛中的一窝狐狸，这就是给他的分红。

孙小臭儿见死狐狸脖子上拴了九枚冥钱，甭问这就是张三太爷了，他将九枚厌胜钱扯下来揣在怀中，别过一众打猎的，扛上死狐狸进了县城，在皮货铺卖了四十块银圆，算是发了一笔财。后来张三太爷被做成了皮筒子，让当地的一个富商买走，过了几年富商到天津卫做生意，张三太爷的异灵不泯，附在这条皮筒子上去找孙小臭儿报仇，又闹出了一连串的奇事，此乃后话，按下不提，还是先说眼目前，孙小臭儿不能免俗，囊中有了钱还怕什么巡警？他也得来一把富贵还乡，却忘了张三太爷的话，他孙小臭儿命中只容得下一块钱，如今身上揣了那么多钱，可就离倒霉不远了。

<h1 style="text-align:center">4</h1>

且说孙小臭儿怀揣四十一块银圆动身上路，掉过头直奔天津卫。怎么有四十一块呢？张三太爷当初给了他一块钱，死狐狸卖了四十块钱，拢共四十一块银圆，另有九枚死人用的冥钱，这个钱活人不收，根本花不出去，不能算数。孙小臭儿从天津城逃出来的时候，两手空空，分文皆无，沿途忍饥挨饿，裤腰带勒到脖子上，净喝西北风了；如今却不一样，身上有钱，心里不慌，还得了一套上等衣衫，饿了打尖，困了住店，为了把钱留到天津城显摆，舍不得去太好的地方，可是吃有斤饼斤面、睡有板床草席，高高兴兴回到了天津城。

孙小臭儿此一番下山东，虽说没发大财，但是几十块钱对他来说也不少了。有道是"马行无力皆因瘦，人不风流只为贫"，过去他是没钱，有点儿钱可就不是他了，回来的当天就住进了窑子寻欢作乐。民国初年，官府明令禁止开窑子，但是明窑暗娼从没见少，只不过换了名，开门纳客的窑子改叫"绣坊"，窑姐儿改称"绣女"，换汤不换药，该怎么来还怎么来。孙小臭儿住进窑子，一手搂儿一个窑姐儿喝花酒。当窑姐的也都认识孙小臭儿，知道他是吃臭的，不过对于窑姐儿来说，有钱就是爷，谁在乎你杀人放火还是拦路抢劫，更别说长得丑俊了，养小白脸还得花钱，孙小臭儿再难看也是送钱来的，掏了钱就得给人家伺候舒服了。这个喂他一口菜，那个敬他一杯酒，把孙小臭儿灌得嘴歪眼斜，五迷三道。正得意间，有人在背后拍了孙小臭儿一巴掌，回头一看吓得一哆嗦，来者不是旁人，正是蓄水池警察所看守木笼的那个警察。穿官衣的警察怎么还逛窑子？搁在旧社会太正常了，逛完了不仅不给钱，不讹你几个就算烧了高香。那个警察进得门来，一眼认出了孙小臭儿，见这小子混得好了，居然有钱来找窑姐儿，当即走上前来，一拍孙小臭儿的肩膀，喝道："偷坟掘墓外带砸牢反狱，你小子这是掉脑袋的官司！"

孙小臭儿惊出一身冷汗，进了天津城一头扎进窑子，早把这件事忘在了脑后，不承想冤家路窄、狭路相逢，小耗子钻象鼻子——怕什么来什么，忙把这位巡警老爷让进里屋，狠了狠心、咬了咬牙，掏出十块银圆，恭恭敬敬递了上去。警察接过来数了数，挑出一个放在嘴边一吹，金鸣之声嗡嗡作响，顺手揣入怀中，把嘴撇得跟八万似的对孙小臭儿说："行，你小子还挺识相，那十块呢？"

孙小臭儿一头雾水："副爷，哪十块啊？刚才不给您十块了？"

警察把眼一瞪、脸一沉："刚才的十块钱，只平了你刨坟掘墓的官司，那天你从木笼子里钻出来，那叫砸牢反狱你知道吗？单凭这一条就能要了你的脑袋，你小子是跑了，我可替你背了黑锅，那能白背吗？"

孙小臭儿没地方说理去，只得认倒霉，哆哆嗦嗦又掏出十块银圆递了过去，心疼得后槽牙都快咬碎了。

警察接过钱揣好了，又问孙小臭儿："咱也别费事了，你总共还有多少钱？"

孙小臭儿都蒙了，带着哭腔儿问："副爷，您什么意思啊？什么叫总共还有多少？"

警察恶狠狠地说："少他妈装糊涂，官厅命令禁赌禁娼，你却明目张胆地逛窑子，一叫还就是俩，真是反了你了，不交够了罚款你就跟我走一趟，有什么话咱上里边说去！我问你还有多少钱，这是给你留了面子，别等我开了价你再后悔！"

孙小臭儿不服："你不也来逛窑子吗？怎么只许州官放火不许百姓点灯？况且这是我拿命换来的钱，多少你也得给我留几个，嫖娼能有多大的罪过？横不能比砸牢反狱、刨坟掘墓罚的还多吧？"那个警察可不想跟他废话，一个吃臭的敢跟官差还嘴，这就该枪毙，抡圆了一个大嘴巴抽过去，打得孙小臭儿原地转了八圈，顺嘴角流血、眼前直冒金星。

老鸨子眼看警察抢了钱，出门扬长而去，就抱着肩膀倚着门，一眼高一眼低瞟着孙小臭儿，阴阳怪气地说："哎哟，我的臭爷，您这是犯了多大的案子，都把警察招来了？我们庙小容不下大菩萨，您受累抬抬脚、挪挪窝儿吧，我们娘儿们可担不起这天大的干系。我还得告诉您，押在柜上的钱不够了，把账补齐了您再走。"

孙小臭儿知道当鸨娘的最势利，从来不近人情，过去有这么一个词儿叫"枭鸨之心"，枭鸨是两种鸟，枭鸟和鸨鸟，形容这个人翻脸成仇、转目忘恩，所以占了这个"鸨"字的必是心肠歹毒之人，有钱你是祖宗，没钱还不如三孙子。他是真没钱了，身上仅有那九枚厌胜冥钱，开窑子的可不收死人钱。老鸨子说："没钱不要紧，您也不是穿着树叶儿来的。"说罢叫了一声"来呀"，从门外冲进几个混混儿，专给窑子戳杆儿把场子的，凶神恶煞一般，三下五除二扒下孙小臭儿的这身长袍马褂，一脚把他踹出门外。

孙小臭儿捂着屁股从地上爬起来，脑瓜子一阵阵发蒙，刚才怀中还有几十块银圆，一转眼连衣裳也没了，这叫什么世道？还让人活吗？心想："张三太爷真是仙家，就说我命中只容得下一块钱，多一个子儿

208

也得倒霉，这话说得太准了！得亏只是钱没了，权当破财消灾吧。"

倒霉鬼孙小臭儿转眼又成了穷光蛋，如同战败的鹌鹑、斗败的公鸡一般，垂头丧气往城外走，路过西北角城隍庙附近，正赶上鬼会的找人干活儿，别的活儿都有人应，唯独有个一天给一块钱的差事，却没人愿意干，觉得太晦气。孙小臭儿不在乎，挤上前去应了差事，让他干什么呢？巡城赦孤之时扮小鬼儿，"赦孤"分阴阳两路，阳世赦孤指收殓死孩子。按旧时迷信的习俗，死孩子是要债的短命鬼，不能进祖坟，有钱人家远抬深埋，逃难要饭的穷苦人没那么讲究，草绳子捆上两条腿，拎到没人的地方一扔，天不黑就让野狗掏了，所以在以往那个年头，道边、臭沟、大河沿上看见个死孩子很正常，经常被撕扯的肠穿肚烂，惨不忍睹。逢年过节的时候，天津城各大药铺会出钱出力，收殓死孩子加以掩埋，也是一件大功德，民间称之为"赦孤"。阴间也得赦孤，城隍爷调兵遣将捉拿孤魂野鬼，找四个膀大腰圆的小伙子，身上扎彩靠、头顶凤翅盔、后插护背旗，手持刀枪棍棒，扮作四员神将。再找一个扮小鬼儿的，披头散发，涂黑了脸，夜半三更由打西门外白骨塔开始，小鬼在前边跑，神将在后边追，嘴里不住地喊着"有冤报冤、有仇报仇"，还跟着一队敲锣打鼓的以壮声势。一行人先绕白骨塔三圈，再绕城一周，最后来到城隍庙门口，神将追上去拿住小鬼儿，押到城隍爷神位前磕几个头，接过赦令扭头就跑，装神扮鬼走这么一个过场，等同于赦免了孤魂野鬼，让它去投胎转世，不在地方上作祟了，以此保佑城中百姓平安，虽属无稽之谈，过去的人可都信这一套。

天津城的旧例是七月十五鬼节赦孤，相传这一天鬼门关大开，多有孤魂野鬼出来作祟，除此之外四月初八也来一次，这是城隍爷做寿的日子，地方上要举办城隍庙会，白天是"花会""鬼会"和"城隍出巡"，花会由各种民间表演组成，最前边是门幡开道，后跟挎鼓、秧歌、杠箱、高跷、十不闲、猴爬杆，什么热闹演什么；鬼会包括无常、意善、五福、五伦、十司、五魁等十道；城隍出巡的队伍紧接在鬼会后边，城隍爷的神像端坐在金顶红穗儿的永寿官轿里，身边摆放着瓶、盂、拂、鼎各式法器，前有铜锣开道、后跟十路神灵护驾，浩浩荡荡、极为壮观，围天津城绕一圈，天黑之后再以赦孤仪式收场。

起初赦孤就是这两个日子，再到后来找个名目就得来上一次，反正是地方上出钱，其中可捞的油水不少，咱不说别人挣多少钱，扮小鬼儿的就是一块银圆。这一块钱等于是白得的，不用干什么，却没人愿意接这个活儿，因为按迷信的说法，扮一次小鬼儿倒霉三年，要饭的也嫌晦气。

这一次赶上五月二十五分龙会，城隍庙赦孤，捉拿九河水鬼。正发愁没人扮小鬼儿，孙小臭儿就来了，他一个吃臭的土贼，成天和坟中的死人打交道，还有什么比这个晦气大？

孙小臭儿应了差事，忙去准备行头，神将的行头可以从戏班子里借，身上穿的、头上戴的、背上背的、手里拿的，样样俱全，脸也得勾上，一个个英明神武、杀气腾腾。扮小鬼的行头是什么呢？找一块义庄里裹死人的破布单子，披散了假发，脸上抹两把锅底灰，这就齐活儿了。

五月二十五分龙会溜溜儿下了一天的雨，直到傍晚时分才停，孙小臭儿没地方去，雨一停就跑到西门外白骨塔，扮好了小鬼儿在塔下一坐，茶呆呆发愣。

不知不觉天已经黑了，白骨塔四周多为义地，荒草当中不时闪出鬼火，孙小臭儿一个人坐着，眼前荒坟垒垒、草木萧条，想起这一次下山东，出去一年又回来，仍和从前一样穷，人见了人欺、狗见了狗咬，合该一辈子发不了财，心下好不凄凉，无意中一抬头，瞧见对面还坐了一位，也裹着一块破布单子，披头散发遮住了脸。可把个孙小臭儿气坏了，地方上怎么出尔反尔？说好了让我扮小鬼儿，为什么又找来一个？等一会儿扮神将的来了，追我还是追他？这不摆明了抢饭碗吗？

孙小臭儿屄包蛋一个，是个人就能欺负他，本就一肚子委屈，这一次可真急眼了，点指对方破口大骂："你谁呀？吃了熊心豹子胆敢来抢臭爷的差事？信不信我把你撕了喂狗？还不赶紧滚！"

并不是孙小臭儿下了一趟山东，回来长脾气变得气粗胆壮了，只不过见对方也沦落到扮小鬼儿的地步，想来比他好不了多少。再看那个"鬼"一动不动，连头都没抬。孙小臭儿一瞧这还是个轴子，当即一跃而起，顺手抓了把破扫帚去打对方，那个鬼抹头就跑。孙小臭儿见了能人直不起腰，遇上屄人压不住火儿，在后头一边追一边骂，前头那个鬼却不吭声。二人一前一后，一个追一个跑，离得不远不近，追又追不上，打又打不到。孙小臭儿窝火带憋气，铁棍子打棉花——有劲使不上，哪儿来这么一个滚刀肉、二皮脸，跟你臭爷我逗上闷子了，这不成心拱火儿吗？

一直追到南头窑儿一片坟地，前边那个鬼不见了。孙小臭儿"呼哧呼哧"喘着粗气，找了半天也没瞧见人，以为这一次遇上真的小鬼了，他倒不怕死鬼，埋在白骨塔附近的，无非冻饿而死的倒卧，成得了多大气候？往地上啐了口吐沫，骂骂咧咧正要走，却瞥见旁边的乱草中有一块破布角。孙小臭儿瞪大眼一瞧，原来是个塌了一半的荒坟，一边是土一边是个窟窿，乱草挡住了洞口，仅有一角破布露在外边，怪不得一转眼不见了，敢情钻进了坟窟窿，旁人没胆子近前，臭爷我可是常来常往，看我怎么把你揪出来！想罢也不作声，用手攥住了那块破布，使足劲往外一拽，从洞里拽出一个人来，只不过此人全身是血，还没有头！

5

南头窑儿位于白骨塔和如意庵之间，老时年间是烧城砖的官窑，由于窑砖堆积，使得这一带地势较高，发大水也淹不到，尽管刚下过雨，坟窟窿中并未积水，没了头的死尸还没烂，再加之阴雨连绵，这才没让野狗掏去吃了。兵荒马乱的年月，哪个城门口不挂几个人头？孙小臭儿也不是没见过，他可不怕死人，前文书咱说过，欺负他的全是活人，他能欺负的只有死人，何况还是个没有脑袋的，正想破口大骂出一口恶气，忽听有人在身后说话："半夜三更翻尸倒骨，胆子可不小啊！"

这一下可把孙小臭儿吓坏了，以为又来了巡夜的警察，当场一蹦多高，一屁股坐到了地上。只见乱草一分，走出一个老道，蟹盖也似一张青灰色的脸孔。孙小臭儿认得，这是在白骨塔收尸埋骨的李老道，方才松了一口气："李道爷，你别血口喷人啊，这个死人可不是我挖出来的，是我拽出来的！"

李老道说："那不一样吗？"孙小臭儿怕李老道冤他，赶紧说了一遍前因后果，求爷爷告奶奶，让李老道别去报官。李老道听罢点了点头，这才告诉孙小臭儿："贫道望见白骨塔下九道金光紧追一缕黑气，故此赶来查看，想来这个人死得挺冤，引你到此，必有所求。"

孙小臭儿一听是鬼，他倒不害怕了，鬼再可怕也比不了凶神恶煞一样的官差，不以为然地说："他冤我不冤？我孙小臭儿放屁崩了脚后跟，喝口凉水也塞牙，那天好不容易吃上一碗热汤面，手里没端稳全倒脖领子里了，肚脐眼儿上烫起了仨燎泡，天底下的倒霉事全让我赶上了，我喊过冤吗？再说我又不认得这个死鬼，他找我干什么？"

212

李老道蹲下身看了看死人，又对孙小臭儿说："你可知包龙图审乌盆、刘罗锅遇旋风？依贫道之见，这个鬼是找你给他申冤。"

孙小臭儿说："李道爷，咱变戏法儿不瞒敲锣的，你又不是不知道，我一个吃臭的，是个人就能欺负我，我还不知道找谁诉苦呢，怎有本事给他申冤报仇？这个鬼掉了脑袋不长眼，来找我顶个屁用？"

李老道一摆手："非也，你身上的九道金光非同小可。"

孙小臭儿一愣，我身上哪儿来的金光？上下一摸，身上仅有九枚厌胜钱，下山东从老坟中掏出来给了张三太爷，后来引领一众猎户剿灭千年粮食垛的狐狸，厌胜冥钱又落到了他手上，这九大枚是钱也不是钱，活人不收死人的钱，他也没舍得扔，一直揣在身上。

李老道说："九枚厌胜钱乃至邪之物，你的命窄，放在身上只会招惹灾祸。"

孙小臭儿一想还真对，冥钱妨人，怪不得一直走背字儿，说什么也得扔了。

李老道说："且慢，你先去报案，破这件案子可少不了九枚厌胜钱，做成此事，不仅是阴功一件，还有赏钱可拿。"

距离西头白骨塔最近的是蓄水池警察所，孙小臭儿刚让蓄水池的巡警讹过，他可不想去那报官。李老道说无头案不比寻常，必须找火神庙的刘横顺，孙小臭儿也是这个心思，这样的悬案非得找刘横顺不可，他把九枚厌胜钱交给了李老道，说什么也不在身上带着了。当天夜里，他还得应付扮小鬼儿的差事，反正死人跑不了，就暂且推入坟窟窿，转天李老道带他去火神庙警察所报案。

孙小臭儿口沫横飞，吹了一遍下山东的经过，说到得意之处还得比画几下，饶是众人左躲右闪，也让他喷了不少吐沫星子。刘横顺听出来了，至少一多半是这小子胡吹乱哨，自己给自己抬色，怎么邪乎怎么吹，就他这小身子板儿，还别说千年粮食垛里的老狐狸，都不够两只耗子啃一顿的，更别提什么要人命的恶鬼了，多半是这小子下山东掏坟包子发了笔小财，还犯财迷把人家棺材下边的厌胜冥钱顺手拿了回来。这些事情不必当真，他这么一说，你这么一听，也就罢了，不过孙小臭儿报的是人命案，刘横顺在天津城缉拿队当差，西头白骨塔出了人命，他也不能置之不理，就命老油条留守火神庙警察所，带上张炽、李灿、杜大彪，跟随二人来到白骨塔附近的义地，一看还真有孙小臭儿说的无头死尸。刘横顺没干过验尸的差事，可是当差已久，多少看得出些端倪，尸身脖子上的痕迹并非刀砍斧剁，似乎被什么野兽一口咬掉了脑袋，天津城周围一没有高山二没有密林，向来没出过猛兽，顶多有几条野狗，哪有这么大的嘴？再看尸身一丝不挂，裹在一块破布当中，并无衣冠鞋袜，两肋下各有三道红痕，是胎里带出来的印记，形如三道水波纹。刘横顺记得天津城中有这么一位，两肋之下就有相同的痕迹——九河龙王庙的庙祝海老五。海老五是个贪杯之人，喝多了之后胡吹乱侃，逢人便说他不仅在九河龙王庙当庙祝，还替龙王爷在此掌管九河水族，这肋下的红痕就是凭证，吹完了牛还不行，撩开衣服遍示众人，因此尽人皆知。

　　天津卫三教九流、地广人多，有的是庵观寺庙，供奉的神佛各有各的管辖，老百姓求什么到什么庙，九河龙王庙位于泥窝，这是个地名，在天津城东边的海河大拐弯上，庙中供奉九位龙王爷形态各异，赤、橙、黄、绿、青、蓝、紫，什么脸色儿的都有，身着蟒袍，鼻间撅出两条龙须，脚底下或是蹬着一只老龟，或是踩着一个青蛙，一般庙里的塑像都是泥胎，唯独九河龙王庙里的龙王爷用的是藤胎，外边糊上粗布，在上边描绘法身，因为龙王爷是水里的神道，泥干了就是土，土能掩水，犯了忌讳。庙里的这九位龙王爷分辖九河之水，保佑着靠河吃饭的这些个人们行船之时风平浪静，不会翻船倒槽，外带着还管行云布雨。每逢干旱，人们要把庙里的九尊神像抬出来，敲敲打打走街串巷擎受香火，神像后面有人扮成虾兵蟹将，还有的要穿臂举灯，边走边向街边的商户要香钱。一路锣鼓喧天送到玉皇阁，说是龙王爷要和玉皇大帝商讨行雨之策，为期三天，头一天叫送驾日，第三天叫接驾日，三天之内民间要举办祭祀庆典以求甘霖普降。庙祝海老五非僧非道、无宗无派，自称三教皆在，除了打理庙中的事务以外，还掌管"九河法鼓会"。当时天津城大大小小的法鼓会一共四十九家，其中四十八家是民间自发成立，凑钱置办家伙，闲时操练，什么地方请上一趟法鼓，可以出去赚一份犒劳。以海老五为首的九河法鼓会则是官办的，专做河道上的法会，比如"祭祀龙王、镇伏水患"之类，虽是给官府办事，官府可不出这份钱，当初立下规矩，另外四十八家挣了钱都得给他们一份。不过这个海老五掌管九河龙王庙，又统辖法鼓队，处处受人尊崇，没听说什么对头，谁会对他下手？人头兴许让野兽咬掉了，野兽可不会扒光死人的衣服，再用破布裹上塞进坟窟窿。缉拿队不负责破案，通常是官厅开了批票，他们去追凶拿贼，这是缉拿队的差事。刘横顺找到了无头尸，却不能擅作主张，吩咐张炽、李灿去西门外蓄水池警察所找人，此案该由辖区警察所上报官厅。那哥儿俩告诉刘横顺，报上去也没用，官厅的警察全不在，因为三岔河口出了大事！

第九章　火烧三岔河口　上

1

金风摧折秀林树，

狂浪排倒高岸堤。

妖魔作乱龙蛇地，

定有真君保太极。

　　前文书说到五月二十五分龙会，张瞎子暗中将阴司拘票给了刘横顺，飞毛腿在阴阳路上大难不死，一举除掉了魔古道的四大护法。转天一早，李老道带孙小臭儿到火神庙警察所报案。众人在白骨塔附近的南头窑找到一具无头尸，从肋下痕迹来看，似乎是九河龙王庙的庙祝海老五。刘横顺命人上报官厅之时，突然想起今天三岔河口有件大事，巡警队、缉拿队、保安队的人大部分去了三岔河口，不当差的也都跑去看热闹儿。因为这一天是阴历五月二十六，之前连降大雨，各处河道水位上涨，几乎漫过了大堤，该过铜船了！

三岔河口樯橹如林，大大小小的船只往来穿梭，河道上别的没有，船可有的是，过铜船有什么可大惊小怪的，至于如此兴师动众？那是您有所不知，过铜船非比寻常，对于当地老百姓来说，绝对是一等一的大热闹，再没有可以与之相比的。常言道"靠山吃山、靠水吃水"，九河下梢天津卫，三道浮桥两道关，有多少人指着河吃饭？行帮各派你都数不过来，运河上的漕帮、装船卸船的脚行、打鱼贩卖的鱼行、抄手拿佣的锅伙，皆是各管一块、各辖一方。唯独这个铜船，谁也管不了。不但管不了，打有皇上的年头就立下了规矩，只要铜船一来，河上往来的大小船只都要避让，哪怕是官船、军船也没有例外的。咱么这说吧，当年纵然是皇上坐的御船，一样得把河道让出来，慢一点儿都不行。可不是铜船有势力，再有势力还能大得过皇上吗？只因铜船上装得满满当当全是铜石，从海上过来，经大沽口进入运河。由于船只巨大，载重最沉、吃水最深，一来就是一个船队，途中变向改道极难，一旦堵塞了河道，那就谁也别想过了。如果有哪条船不让道，或是避让迟缓与铜船相撞，一律是撞了白撞，而且谁也撞不过铜船。

　　过铜船的日子并不固定，只是在分龙会前后，河道水位最高之时，这一年选在阴历五月二十六。当天三岔河口上可就热闹了，整个天津城的老百姓都挤来观看，大铜船比军舰还大，排成一队颇为壮观，一年只瞧这么一次，干旱之年也没有。九河龙王庙派一艘龙船，在前给铜船开道，龙船上旌旗招展、法鼓齐鸣。庙祝海老五扮成龙王爷，手持令旗，立于船头之上作法，往河里扔各式祭品：猪牛羊三牲、稻黍稷麦菽五谷、点心寿桃、包子馒头等等，不一而足。按照迷信的说法，因为铜船太大，它从河上一过，龙王爷的水府也得晃上三晃，所以要多扔祭品，以求龙王爷息怒。

刘横顺心念一动：龙船上的"龙王爷"一直是海老五，近十来年没换过人。如果坟洞中的无头死尸，当真是九河龙王庙的海老五，今天谁在龙船上作法？该不会有人杀了海老五，扔在南头窑义地的坟洞中，只为了扮成海老五上龙船？听李老道话里话外的意思，此案与魔古道有关，我得赶紧去一趟三岔河口，一来这是官厅的差事，二来瞧瞧龙船上的人到底是谁。于是吩咐下去，张炽、李灿二人带孙小臭儿去蓄水池警察所，问取口供、处置死尸，他和杜大彪前往三岔河口一探究竟。

　　李老道叫住刘横顺，说刘爷您先别忙走，尚需带上一物，说话掏出一挂冥钱交给他，此乃孙小臭儿二次献宝，下山东得来的九枚厌胜钱，已被李老道用红绳串成九宫八卦之形，这件镇物名为"鬼头王"，凡是孤魂野鬼没有不怕它的，带在身上如虎添翼，除了你刘横顺，没人压得住。魔古道在天津城屡次作案，无不围绕三岔河口，借龙取宝之说虽属虚妄，却恐另有所图，说不定会趁三岔河口过铜船，闹出一场大乱子。

　　刘横顺火一样急的脾气，怕误了正事，来不及听李老道多说，接过厌胜钱往怀中一揣，快步如飞来到三岔河口。铜船过了晌午才到，此刻时辰尚早，河边却已经挤满了老百姓，人挨人人挤人，密密匝匝、摩肩接踵，将三岔河口围了一个水泄不通，还引来了很多做买卖的小贩，有的在河边摆摊儿、有的挑着挑子在人群之中到处穿梭，吃的喝的玩的用的五花八门，卖什么的都有，都赶在这一天挣钱，说夸张点儿，卖好了一天能顶一年的进项，就说这卖凉茶的，搁在平时一大枚随便喝，喝吐了也不多收钱，多兑几壶凉水全出来了。在这一天可不同，看热闹儿的人山人海、摩肩接踵，又热又渴，五个大子儿一碗，不喝凉茶没别的，你还爱喝不喝。卖水果的更少不了，平常论筐卖，今儿个

218

把水果都砌成小块，一小块两大枚，翻着跟头折着个儿赚钱，其实都是烂了一半的，把坏的切下去，嫌贵您别买。不过可有一节，小商小贩卖的价高，也不都是自己赚的，得给地面上的巡警保安队留出一份进项，而且别看老百姓得多花钱，穿官衣的照样白吃白喝白拿。天津卫民间称这一天为"铜船会"，比赶大集开庙会还热闹。

做买卖的人里有一位最引人注目，太阳穴上贴着半块膏药，满脸连成片的大小麻子，穿着一件破旧的大褂，蹲在路边操着一嘴天津话连喊带吆喝，正是前文书咱提到过卖野药的金麻子。今天三岔河口这么热闹，难得做生意的好机会。但他可不是来卖"铁刷子"的，打胎药在这儿没销路，这个季节正是天气闷热、是最容易积食上火的时候，他特地配了几罐子人丹过来卖。人丹最早是从日本流传过来的，仁义的仁，写出来是仁丹，用来解暑提神，后来中国人抵制日货，自己研制了"人丹"，不仅可以解暑，更能够缓解五劳七伤，对脾胃也有好处。金麻子卖的人丹是他自己做的，找卖药糖的买几块人丹口味的药糖，回家用擀面棍儿磨成粉，掺上棒子面儿用水调了再搓成丸，又上了色，有甜味儿有药味儿，唯独没药劲儿，纯属骗人，可架不住这一天来的人太多，个顶个儿挤得满头大汗，前心后背都湿透了，为了防备中暑争相购买，不一会儿就把金麻子的人丹买空了。金麻子又从包袱里把大力丸拿出来摆在地上，他有个算计，今天整个儿天津卫的混混儿都在这儿呢，没有一个善茬儿，就奔着打架来的，我这大力丸正好卖给他们，其实就是中药铺里代客煎药剩下的药渣子，以前的药渣子都得倒在路上，金麻子专捡这些东西，粘不住怎么办呢？熬一锅江米粥，把药渣子掺进去，再一个个揉成药丸。这么做还有个好处，巡警过来管他卖野药就有话说了："副爷，我这是切糕丸，管饿不管病，要不您来一个尝尝？"巡警也拿他没辙，知道他这不是什么好东西，白给也不要。

金麻子的心眼儿都使在这上头了，他跟平常卖野药一样，也有一套生意口："各位老少爷们儿瞧好了，赶上今天斗铜船，我把家传的宝贝拿出来了，过了这村可就没这个店了，什么家传宝贝？一名虎骨壮筋丹，二名化食丹，要说这俩名字您不知道没关系，还有个响当当的名字叫'八宝十全百补英雄大力丸'！您说哪八宝？珍珠、犀角、雄黄、琥珀、龙骨、朱砂、冰片、麝香！哪十全？党参、白术、茯苓、炙甘草、当归、川芎、白芍、熟地黄、炙黄芪、肉桂。这么些个好东西使蜂蜜调了，做成这八宝十全大力丸，百补就甭说了，你缺什么补什么，没有不补的。除了补以外，咱这玩意儿抄了孙思邈的方子、得过华佗的传授，能治百病，像什么瘟病热病伤寒病、跑肚拉稀大头瘟、食疾疟疾大肚子痞积，没有不能治的。这还是内疾，外伤更管用，甭管您是让刀砍着、斧剁着、鹰抓着、狗咬着、小鸡子啄了迎面骨、耗子啃了脚后跟、鼠疮脖子连疮腿、腰翁砸背砍头疮，百试百灵、当时见效。那位说我没病，也不用补，吃你这大力丸就没用了吧？话可不能这么说，我这丸药还能强身健体、固本培元，老爷们儿吃了枪不倒，小媳妇儿吃了体不寒，孩子吃了长得快，老头儿吃了腰不弯，死人吃了能翻身，活人吃了变神仙，今天不买我的药，进了棺材闭不上眼！"

金麻子就靠这嘴上的本事，拿药渣子和江米面儿搓出来的大力丸也卖了不少。眼看着铜船会就要开始了，他把钱揣好了，刚要收拾摊子，正好缉拿队费通费大队长带着俩巡警打眼前过，正好看见金麻子，一脚踩在摊子上："又出来卖野药，没收非法所得！"身边的巡警上去就是俩嘴巴，把金麻子的钱全抢走了，这一天白忙活。金麻子之前想得挺好，那套说辞全没用上，他可忘了，跟穿官衣儿的有道理讲吗？金麻子心里这个别扭，跳大河想死的心都有，但是没看完过铜船就死，那可更亏了。当下将地上铺的破布卷起来往身后一背，也挤进人群争着抢着去看热闹。

那位说在河边看个铜船，纵然一年一次，何至于这么热闹？您是有所不知，铜船不是过去就完了，河岔子上搭了一座木台，几百条汉子相对而立，高的、矮的，胖的、瘦的，丑的、俊的，老的、少的，吊着膀子瘸着腿，嘴歪眼斜、神头鬼脸什么样的都有，可没一个善茬儿，一个个短衣襟、小打扮，拧着眉、瞪着眼，咬牙切齿、剑拔弩张，似有深仇大恨一般，台下大批巡警严防死守。这座台子才是最热闹的地方，双方均为漕帮，要在台子上分个高低、拼个死活。

说起来这也是铜船会的一个传统，天津城位于九河下梢，漕运最为发达，漕帮是当地最大的帮派，从大明朝开始南粮北调，维持漕运六百年，运河上的粮船、货船全归他们管，其中有漕帮自己的船，也有私人过来投靠的，因为在运河上行船得给官府交钱，如果说你自己交，一条船一百块钱，交给漕帮也就八十，他们自己留下二十，给官厅交六十，搁现在时髦的话讲叫"团购"，当然可不只是因为一次交得多才便宜，这其中多有官私勾结、明争暗斗，非得是漕帮才有这么大的势力，寻常的船户绝对干不了这个。你我说认头多给钱，就是不愿意入漕帮，那也不是不行，可有人明里暗里找你麻烦，说不准什么地方就出了岔头，让你吃不了这碗饭。由于干这一行的人太多，不可能全是一条心，别管什么帮什么派，都是为了独霸一方挣钱，难免分赃不均，什么师徒兄弟道义也顾不上了，所以漕帮内部也分门别派。远了不说，三岔河口就有两大帮派，上河帮把持北运河，下河帮把持南运河。在过去来讲，南、北运河称为潞、卫二水，两大帮会的官称是潞漕、卫漕，老百姓俗称为上河帮、下河帮，各辖一条运河，双方素来不睦。南北两条运河在三岔河口分开，船户们从谁的地盘过，钱就交给谁，所以这两个帮派之间争斗不断。

上下两河的帮会，谁也不愿意铜船从自己的河道过，因为铜船又大又慢，还不止一艘，一来就是十余艘，只要大铜船一进来，其余的船只都得让道。不仅上下两河的帮会，脚行和锅伙也是这样，南北运河是所有人的饭碗，这些人睁开眼就欠着一天的饭钱，过铜船这一天干不了活儿就得挨饿。上下两河的势力，为了此事经常发生冲突，那可没有小打小闹的，往往是少则几百人多则上千人的大规模械斗，死伤甚多，官府却管不了，这是漕帮内部的争斗，该交的钱交给你了，死走逃亡你别掺和，几百年来一直是这个规矩，官府的权利再大，管不了江湖上的帮会，也不愿意管，只要不是杀官造反、殃及无辜百姓，人脑子打出狗脑子也无妨。

可是冲突越演越烈，严重危及了地方，官府坐不住了，怕闹得不可收拾，真出了大乱子谁也脱不了干系，只得从中斡旋，最后上下两河帮会达成了协议——过铜船之前，双方在三岔河口的河岔子上较量一番，这得有个规矩，立下文书字据，不准群殴械斗，可以一对一，生死不论，哪一方落了败，就在台上晃动令旗，龙船从远处望见令旗，就带铜船往这边开。起初只是为了争河道，年复一年斗到如今，胜败已不止于争铜船了，更为了在天津卫老少爷们儿面前抖一抖威风、显一显锐气，胜的一方这一年扬眉吐气，压对方一头。

阴历五月二十六这一天，三岔河口天阴如晦，格外的闷热，似乎还憋着一场大雨，看热闹的都是汗流浃背。刘横顺和杜大彪穿过人群挤到近前，台下从里到外围了三层警察，就这儿容易出娄子，官厅可不敢掉以轻心。众人见刘横顺来了，给他闪出一个空当。当警察的并不怕出事儿，到时候该怎么办怎么办，该抓人抓人，真出了乱子，自有长官顶着，板子也打不到警察身上，他们只不过是地方上的臭脚巡，换了哪个当官的也得按月发饷，因此是看热闹不嫌事儿大，有人告诉刘横顺："刘头儿你来得正好，这就要比画了！"

2

刘横顺拿眼往人丛中一扫，瞧见缉拿队的大队长"窝囊废"费通也在其中，正抻着脖子瞪着眼往台上看呢。刘横顺挤到费通近前打招呼："二哥。"费大队长在家行二，官称费二爷，"窝囊废"是大伙儿私底下叫的，当面可没人喊，好歹是天津城缉拿队的大队长，官厅大老爷的掌上红人。费通一扭头，见是刘横顺，问道："兄弟你怎么才来？"刘横顺凑在费通耳边低声说："刚接到瞭高的送信儿，魔古道想趁今天过铜船，冒充法鼓会的会首海老五，在三岔河口大举作乱！"费通吃了一惊："海老五？龙船上那个不是他？"刘横顺说："真正的海老五丢了脑袋，死尸让人填了坟窟窿，二哥你还信我不过吗？"咱这位"窝囊废"费二爷，抓差办案没多大本事，却最擅长溜须拍马冒滥居功，换了别人跟他说这番话，他早给骂走了，可飞毛腿刘横顺不是别人，从来一口唾沫一个坑，要按这么说，这绝对是个升官发财的机会，便问刘横顺："兄弟，你二哥我信不过谁，也不可能信不过你。不过此事非同小可，上报官厅开下批票拿人怕是来不及了，依你之见，咱该如何处置？"

刘横顺说："咱们不宜打草惊蛇，二哥你去调动缉拿队的好手，四下埋伏盯紧了龙船，以免措手不及，再找五河水上警察队，让他们多派小艇接应，等龙船过来，我先带杜大彪上去，一举拿下冒充海老五的歹人，万一消息有误，上官追究下来，均由我一人承担。"

五河水上警察队就是前清的五河捞尸队，入了民国才改为水上警察，顶个警察的名号，干的仍是打捞浮尸疏通河道的行当。费通身为天津城缉拿队的大队长，找他们要几艘小艇不在话下，为了升官发财，眼前的热闹也不看了，他告诉刘横顺："兄弟，咱哥儿俩何分彼此？上头查问下来，理所当然是你二哥我去应付，我当这缉拿队的队长，不就是替兄弟们顶雷的吗？你甭担心，天塌下来也有你二哥我给你顶着！可有一节，你在三岔河口拿住了行凶作恶的歹人，这个功劳也得有哥哥我一份吧？"刘横顺知道这个窝囊废无利不起早，对他点了点头，让他快去准备。

其实说起来，火神庙警察所也在河边，刘横顺和五河水上警察队低头不见抬头见，他的腿又快，为什么不自己去一趟呢？原因有三：其一，水火不容，刘横顺不太愿意跟五河水警打交道，费通身为缉拿队的大队长，由此人出面那是官的，不用欠五河水上警察队的人情。其二，刘横顺也好看热闹，今天三岔河口过铜船，可是上下两河的帮会比斗，一年也不见得有这么一次。其三，旁门左道在此作乱，必定是待龙船驶入三岔河口，费尽周章选在这一天，不就是为了趁这个热闹吗？他得在这儿盯紧了，一旦有什么变故发生，不至于措手不及。

不提缉拿队的费通大队长如何调兵遣将，咱接说上下两河帮会争铜船，以往定下的规矩是一个对一个，可又不同于比武打擂，因为帮会的人或为船工，或为光脚不怕穿鞋的穷光棍，为了一套煎饼能打出人命来，却只是争勇斗狠而已，没几个打拳踢腿的练家子。双方还纠集了天津卫的六大锅伙站脚助威，哪六个锅伙呢？城里东西南北各有一路占脚称霸的，西城的老君、东城的老悦、北城的四海、南城的九如，这四个地方的锅伙没人敢惹，四个寨主更是一等一的大混混儿。另有两路：一路是老龙头锅伙，把持车站脚行的势力；再一路是侯家后锅伙，把持当地得明赌暗娼大烟馆，也都不是省油的灯。六大锅伙的混混儿一个个歪戴帽子、斜瞪眼，脚穿五鬼闹判的大花鞋，成天打架、讹人，三天不惹事儿就浑身不自在，从头到脚、从里到外的那么痒痒。这么一群乌合之众凑在一处，斗的是胆、比的是狠，肩并肩下油锅、个顶个滚钉板，白刀子进去红刀子出来，三刀六洞是家常便饭，不扔下几条人命绝不会罢休。彼此之间却是界限分明，谁要是越了界上别人的地盘闹事去，就得打起来，可不管三七二十一了，镐把、斧子、鸟铳、大刀，有什么招呼什么；还有站在墙头房顶往下倒开水扔砖头瓦块的，怎么狠怎么来。打人的下手没轻没重，挨打的也绝不含糊，谁也不能说服了谁，那可就栽了，锅伙里的兄弟都看不起你，那还怎么待？只能跟二混子似的，挑挑儿卖包子去。因此都是在自己的地盘耍横，很少有上外边找麻烦的，倒也是相安无事。

以往在三岔河口争铜船，两大帮会各显其能，各出奇招，比如上河帮这边出来一位，抱拳拱手说话客气极了，一套光棍调说下来，拔出一柄明晃晃的匕首，左手伸出一指，跟削萝卜皮似的，"刷刷刷"几刀下去，手指上的肉就没了，仅余三节白骨头，再打个弯儿让你瞧瞧，还得面不改色，说笑自若。接下来轮到下河帮，也得出来一位，同样抱拳拱手道一番辛苦，当场拎起一把切菜刀，从腿肚子上片下一大块肉，当场剁成了肉馅儿，拿荷叶包好了捧给对方，让他们回去包饺子吃，任凭腿上鲜血淋漓，脸上却若无其事，一个汗珠子也没有。

可还够不上狠的，头一阵就是垫场，分不出高下、见不了高低；二一阵更厉害，这边出来一位，拿一块石头放进嘴里咬住了，抄起榔头在自己的嘴上一通狠凿，然后连碎石头带满口的牙都给你唪出来看看。那边也出来一位，伸出舌头来用牙咬住，借刚才那位的榔头，给自己下巴来一下，鲜红的舌头冒着热气"吧嗒"一声掉在台上，一嘴的血不能吐出来，"咕噜咕噜"咽进肚子，这一阵仍是平手。这边再出来一位，搬过两个小石墩子并排摆好，当中留一道缝，胳膊伸进去大喊一声："给哥儿几个听一声脆的！"说罢一叫劲，"嘎巴"一响，把自己这条胳膊硬生生地撅折了，面不改色，气不长出。那边的不服气，再派一个人出来，也用这两块小石墩子，抬起一条腿，放在其中一个石墩子上，双手举起另一个石墩子，喊一句："我也还兄弟一声脆的！"然后将手里的石墩子往迎面骨上狠狠一砸，"咔嚓"一声这条腿就当啷了。当然也不能让他们白白落下残疾，如果说再也干不了活儿了，帮会的人出钱奉养至死，而且备受兄弟尊崇，因此出来争勇斗狠抽死签儿的人，并不一定都是被逼无奈。

几个回合走下来，像什么油锅里捞铜钱儿、割鼻子、切耳朵，手指头上穿过铁丝抓鸡蛋，什么狠招都想得出来，真可谓八仙过海各显神通。两大帮会还遍撒"英雄帖"，请来九河下梢的奇人异士，这些人有名有号，说到底可也是穷苦老百姓，谁出的钱多，就给谁帮忙，在铜船会上一显身手，借机扬名立万。双方一对一个，你来我往，谁接不住就算输。一阵接一阵比下来难分上下，谁也不服谁，那就得拿命填了。前一天开香堂抽定了死签，专等此时上场，上了台二话不说，拔刀就抹脖子。您想想，这样的"热闹"老百姓能不爱看吗？错过了上哪儿也看不着。两大帮会在台上争斗，台下离得近的都能溅一脸血，比老时年间看出红差砍脑袋还过瘾。

这一次五月二十六过铜船和往年一样热闹，上下两河的帮众、六大锅伙的混星子摆开阵势，混混儿们一人手里还捏着一张黄纸，这是给死人用的殃榜，过去人死了之后要请阴阳先生开殃榜，把死人的生辰名姓、死期、回煞的时日写在一张黄纸上，连同死人一起装棺入殓。在过去来说，很多穷苦人到死也置不起一口薄皮匣子，只能拿芦席卷了埋，这一张殃榜却不能少，死人没有这张殃榜出不了城，亡魂入不了阴，就连路旁的倒卧，也得由官面儿上请人开一张。混混儿们今天一人捏了一张殃榜，那意思就是来了就没想活着回去，如同将军抬棺上阵，要的就是这个豪横劲儿。双方的舵主和锅伙的六位大寨主，各自坐在椅子上，托茶壶、摇折扇、撇舌咧嘴，满面狰狞一脸的不服气。漕帮管事的叫舵主还有情可原，毕竟人家是指着船吃饭的，也算是个稳定的营生；锅伙则不然，说白了就是一间破房子，里边铺一张床板、立几条长板凳，混得好的兴许有个煤球儿炉子，烧的还都是煤渣子，茶壶茶碗儿没一个囫囵个儿的，要多寒酸有多寒酸，但混混儿们却称之为山寨，混混儿首领也就成了"寨主"，也不看看天津城周围一马平川，哪儿来的山？哪儿来的寨？除了这两路人马以外，另外还请来了几位漕帮中的长老，全都是上了岁数胡子一大把的，身穿长袍，头顶瓜皮帽，在椅子上正襟危坐、不苟言笑，装模作样地如同一排老古董。按规矩他们是来坐镇的，到了不可收拾的地步，全靠这老几位出来劝架，可要真打成了热窑，双方杀红了眼，凭他们几个糟老头子可拦不住。双方人马均已到齐，执事领命上台，说到斗铜船的执事，可不是随便找个人就行，须得是德高望重之人，上下两河帮共同推举出来的。只见此人年过六旬，须发花白，身穿长袍，黑缎子马褂，头戴瓜皮帽，走路掷地有声，一开嗓中气十足："上下两河，同为一脉；往来漕运，原属一帮；登台比试，各显神通。铜船之争，光明磊落，凡因私欲背信、不义、私斗者，皆为天地不容。九河之水，不为天开，不为雷动，不为霜停！生死不问，各安天命！"大致意思就是说要打就明面上打，别使阴招，各凭本事，死了白死。一通不伦不类的套话说完之后，首先得走一个过场，摆设香案，供上漕帮的龙棍、龙旗、龙票，以及三位祖师的神位，众人斩鸡头烧黄纸焚香膜拜已毕，这就比画上了！

　　台下的军民人等一个个瞪大了眼睛，看看今天谁打头阵。只听一

227

棒碎锣声响，由打上河帮阵中走出一个小孩，打扮得如同小混混儿，歪眉斜眼，横撇着嘴，一步三晃来在台上。挤在周围看热闹的老百姓一片哗然，刘横顺也是暗暗称奇，这也就是个十二三岁的孩子，身形瘦小、脸似黑炭，两个眼珠子挺大，别人没注意，他可看出来了，此人由打上台以来，不曾眨过一下眼，倒不是什么绝活儿，只因这个小孩没有上眼皮，这么大的上河帮，为什么让一个小怪物来打头阵？

3

那个小孩迈大步来至台上，别看年岁不大，可是一点儿也不怯阵，面不改色心不跳，先冲对方一拱手，又给围观的百姓作了一个罗圈揖，然后一把扯掉了小褂，身上居然长了一层鳞片，密密层层跟条鱼似的，看得人直起鸡皮疙瘩。他抱拳对下河帮的人说："各位叔叔大爷，小的我名叫厉小卜，跟船上混饭吃的，打小没爹没娘，是我们舵主从河里捡回来的，拉扯我这么多年无以为报，今天这头一阵我先来，败了扔下小命一条，如若让我侥幸胜了，那就该小的我在九河下梢扬名。虽说我人不大，有个小小的绰号叫三太子，皆因我身上长鳞，睁着眼睡觉，船上的人说我是龙王爷的三太子转世，那是疼爱我捧着我，我可不敢实受，一没力气二没手艺，只有这么一手儿入水闭气的本事，入不了高人的法眼，各位都是前辈，权当哄我玩玩儿，您要问我这一身鳞是不是真的，我抠一片给您瞧瞧！"说完掐住肋下一片鳞，使劲一拽，身上当时就是一个血窟窿，这鳞长得还挺深。

刘横顺见台上的厉小卜人不大，说起话来可一套一套的，句句都是江湖口，哪像个孩子，可跟那些只会三刀六洞、剁手拉肉的大老粗不一样，就看下河帮怎么接招了。

下河帮中也有的是能人，这才是垫场的头一阵，可不能让一个小孩子叫住了板，不等下河帮的舵主下令，便有一人越众而出，二十来岁，穿一身青，一脸的痦子相，跟厉小卜迎头对脸站定了，歪眉斜眼面带不屑，一张嘴连挖苦带损："小子，你可真让我雷梆子长见识了，今天我才知道，龙王爷的三太子长得跟河里泥鳅一样！"他这话一出口，下河帮的众人一阵狂笑。

厉小卜并不动怒，眉眼之间闪过一丝寒意，笑呵呵地问来人，是不是来斗这头一阵？

下河帮的雷梆子横打鼻梁："对了，大爷我陪你练练，咱也是在河上挣吃饭的，论别的不行，扎猛子憋气可是家常便饭，也别让人说我欺负小孩儿，你来画条道儿，我雷梆子接着。"

雷梆子想得挺简单，憋气能有什么花样，无非就是在铜盆里扎个猛子，看谁先憋不住，却见厉小卜拿过两个猪尿泡，均已灌满了水，他慢条斯理地说："这么着，咱俩把脑袋钻进猪尿泡里，再叫人扎严实了口，反绑上双手，谁先憋死谁输！"在场的众人皆是一愣，这小子可够狠的，一上来就玩儿命，这一次斗铜船可热闹了，如若雷梆子说不敢接招，头一阵就败了，后边也甭斗了。

雷梆子此时也后悔了，切胳膊剁腿顶多落个残，以后还能有口安稳饭吃，一万个没想到，厉小卜画了条死道儿，可是他已经出来了，有心不应，下河帮必定颜面扫地，回去他也落不了好，还是得死，又一想：说不定厉小卜只是咋呼得凶，连蒙带唬说大话压寒气儿，不见得真有本事，当下将心一横，咬牙对厉小卜说了一声："来，见真章儿吧！"

当时上来两个执事，七手八脚将厉小卜和雷梆子的双手分别反绑，又一人撑开一个猪尿泡，让他们把脑袋钻进去。猪尿泡本来就有弹性，脑袋钻进去一松手，尿泡口儿就紧紧箍在了脖子上，仍怕不严实，又用绳子来来回回扎了几道。两个人的头上套定猪尿泡，直起身子滴水不漏。台上台下鸦雀无声，全都凝神屏气盯着这俩人。过了这么一会儿，雷梆子全身发抖，显然闭不住气了，其实这已经不简单了，在船上混饭吃，别的不敢说，扎猛子憋气真不叫本事，皆非常人可比，厉小卜却身不动膀不摇，稳稳当当立于原地。又过了片刻，雷梆子可顶不住了，一头撞到地上，满地打滚儿，两条腿不住乱蹬。有个下河帮的人拔出匕首，想上前将尿泡割开。上河帮这边不干了，不用他们自己出手，锅伙里的混混儿过来把人一拦、把眼一瞪，牙缝里挤出一句话："你动一个试试！"下河帮的人自知理亏，无奈退了回去，再看台上那个雷梆子，倒在地上蹬了两蹬、踹了两踹，就再也不动了。直至此时，上河帮的人才出来，割破厉小卜头上的猪尿泡，解开反绑他的绳子。厉小卜面不改色、气不长出，嬉皮笑脸地冲四周一拱手，迈开大步回归本阵，找了个最不起眼的角落插手而立。看热闹的老百姓齐声喝彩，这小子不是吹的，难不成真是龙王爷的三太子？从此之后，九河下梢的七绝八怪中多了一个"三太子厉小卜"，到后来也闹出了许多奇事。下河帮败了头一阵，舵主命人给雷梆子收尸，按照以往订立的规矩，接下来轮到下河帮叫阵。

刘横顺站在台下冷眼观瞧，心中已有不祥之感，想不到今年的铜船会一上来就斗得这么狠，转眼之间扔下一条人命。正在此时，下河帮阵中走出一个人，虽然貌不惊人言不压众，穿得破衣烂衫，但是体格粗壮，牛高马大，大鼻子大眼大脸盘儿，大脚丫子、大屁股蛋儿，满脸的络腮胡子，胳膊根儿四棱起金线，身上全是疙瘩肉。围观人群中有认得他的，纷纷拍掌叫好，这位可了不得，七绝八怪中干窝脖儿的高直眼儿！

4

　　天津卫上河、下河两大帮会，为了争铜船，几乎斗了上百年，长久以来互有胜败，前年你压着我一头，去年我压着你一头，可以说势均力敌，哪一方也不曾一直占据上风，若非如此，斗铜船也就没这么热闹了。前来助阵的六大锅伙也是一边三个，上河帮胜了头一阵，下河帮也不是没有能人，第二阵走出来一位，并非帮中兄弟，而是请来的"外援"，九河下梢的市井奇人，天津卫七绝八怪之一，姓高，家穷命苦没有大号，人送外号叫高直眼儿，是个干窝脖儿的。咱先说说什么叫"窝脖儿"，这也是一个卖力气挣钱吃饭的行当，说白了是搬家的，又叫起重的，无论多重的箱子，两膀一较力就起来，往肩上一扛，正担在脖子上，久而久之在脖子后头磨出一层层老茧，积年累月变成一个大疙瘩，脖子再也直不起来，行走坐卧总得窝着脖子，老百姓将干这一行人的统称"窝脖儿"。

　　高直眼儿家里人口多，老老小小一大家子，都是张开嘴等饭吃的，全指他一个人养活，以前刚入行，恨不得多干活儿，别人两次扛走的东西，他一次扛走，扛完了赶紧赶下一家，就为了多挣几个钱。旧时的家具多为实木，八仙桌子、太师椅、几案躺箱、大衣柜，他不肯一件一件地搬，两件三件一齐上肩，压得他喘不过气儿，谁打招呼他也不回话，不是瞧不起人，全身的劲儿都使上了，舌头尖儿顶上牙膛，绷住了这口气，想说话也说不出来，俩眼直勾勾地只顾看路，这才得了个"高直眼儿"的绰号。正所谓出力长力，窝脖儿这一行他干了二十几年，两膀子力气非同小可，不光力气大，搬东西还讲究一个巧劲儿，只要上了肩，不论摞得多高，一不能摇二不能晃，给人家摔坏一件他可赔不起，加着十二万分的小心，久而久之就练出来了。到后来高直眼给人搬家成了一景，先把头往下一低，后颈顶上一张八仙桌子，桌面朝上，四个桌腿从肩上挎过来，再倒扣一张条案，上摞八个杌凳，再上边还能搁什么座钟、帽镜、胆瓶之类的物件，扛起来一人多高，他不用拿手扶，往街上一走又快又稳，一样也摔不了。引来很多闲人鼓掌叫好外带起哄，高直眼儿高兴了还能使一招绝的，双手往上托，腰往下沉，将上头这一摞东西转上几圈，简直跟杂耍一样，别人可没他这两下子。

咱再说高直眼儿上了台，仍和往常一样一言不发，给上河帮的人作了一个揖，伸手要来一把锃明瓦亮的菜刀，脚下叉开马步，头往下一低，右手抡起刀来，一下剁在了后脖颈子上。台下胆儿小的都把眼捂上了不敢看，这可不是胳膊腿儿，这是脖子，就他这两膀子力气，一刀下去还不把自己的脑袋剁下来，下河帮这是出了多少钱？值当让他把命都搭上？但听得"噌"的一声响亮，那叫一个脆生，刀刃落在高直眼的后脖颈子上，如同劈中生铁。再看台上的高直眼儿，他跟没事人似的收起架势，拎刀在手绕场一周，让三老四少瞧瞧，菜刀的刀刃中间崩出了豁口，已经卷了边。

台底下人群的喝彩声如同山呼海啸一般，高直眼儿这是刀枪不入的真本领，金钟罩铁布衫，达摩老祖易筋经，枪扎一个白点儿、刀砍一道白印儿，全身上下横练的硬气功！实则可不然，高直眼儿干了二十几年窝脖儿的行当，脖子后头那个老茧疙瘩，几乎和铁的一样，他才敢亮这一手，对准这个地方砍，使多大的劲儿也不要紧；换个地方可不行，上下错开几分，脑袋就搬家了。

上河帮中不乏装船卸货的苦大力，脖子后边也有这层老茧，不过

232

老茧再厚也是肉长的，天津卫除了高直眼儿，谁还敢用菜刀往脖子上招呼？一个个左顾右盼，大眼瞪小眼，愣是没人敢出来接招。上河帮的舵主直嗫牙花子，眼看这一阵是败了，刚想站起来说几句光棍话找回点面子，忽然有个女子叫道："且慢！"燕语莺声中透着一股子犀利，台上台下的众人无不纳闷儿，怎么还有女的？一个女流之辈也敢拿菜刀砍脖子？大家伙儿循声望去，只见看热闹的人群之中走出一个美艳少妇，一头青丝如墨染，上下穿的绫罗衫，面如桃花初开放，香腮红润似粉团，蛾眉纤细如弯月，杏眼秋波明闪闪，悬胆鼻子端又正，樱桃小口朱笔点，糯米银牙洁似玉，两腮酒窝把情传，杨柳细腰多窈窕，三尺白绫双脚缠，二十八九、三十岁不到，风姿绰约、分外妖娆，一朵鲜花开得正艳。

书中代言，这个美貌的少妇并非常人，也在七绝八怪中占了一个坑，彩字门里出身，江湖上有个艺名"一掌金"，不仅如此，还是上河帮舵主的媳妇儿，手底下的弟兄皆称嫂子。一掌金也是个苦命人，当初在天津城南门口卖艺，是个耍杂技的，打小起五更睡半夜练就了一身的绝活儿，功夫全下在这对三寸金莲上了。最拿手的是蹬大缸，仰面往板凳上一蹭，一只脚将大水缸托起来，另一只脚蹬着它转。不仅蹬空缸，虎背熊腰的壮汉钻入缸中，照样蹬得"呼呼"带风，转得人眼花缭乱。提起"蹬大缸的一掌金"，江湖上没有不知道的。可那会儿的艺人不容易，连大红大紫的名角都是半戏半娼，何况耍杂技的江湖艺人？一掌金长得美，脸蛋儿、身段儿，要盘子有盘子，要条子有条子，又有一双三寸金莲，裹得是真好，一不倒跟二不偏，好似虾米把腰弯，两头着地中间悬，二寸九分四厘三，瘦脚板儿、薄脚面儿、蛇腿腕儿，又端庄又周正。以前跑江湖卖艺，经常受到地痞恶霸、纨绔子弟的调戏，卖艺的惹不起这些地头蛇，半推半就做起了"流娼"，说是"娼"，可这些人多半仗势欺人，根本就不给钱，无奈之下只得晚上陪人睡觉，白天街头卖艺，说起来也够惨的。后来上河帮的舵主看中了一掌金，都是生于草莽、长于市井的苦命人，就把她娶过门，成了上河帮的大嫂，对她来说这就叫平步青云了，至少不用再当街卖艺，更没人敢欺负她了。

一掌金款动金莲，上了比斗台，冲上河帮的舵主一欠身："当家的，让我来会会这个窝脖儿。"

上河帮舵主是跑船的出身，一掌金身为走江湖的流娼，两口子门当户对，没那么多顾忌，见一掌金要替帮会出头，不但没生气，反而十分得意。

一掌金冲高直眼儿一招手："傻大笨粗的那个，你过来。"

高直眼这么大能耐，却没怎么跟女人打过交道，再怎么说也是个卖苦力的，没钱打茶围、喝花酒，他老婆也是粗手大脚的乡下女人，哪见过这等花枝招展、言行放荡的女子，听得一掌金叫他，当时脸就红了，也不敢拿正眼儿看，臊眉耷脸地走了过来。

一掌金看着高直眼儿的狼狈相，"咯咯"直笑，说道："傻大个儿，拿刀砍脖子我来不了，我一个妇道人家也不好使刀动枪的，你不挺有力气吗？敢不敢和我比比力气？"

没等高直眼儿开口说话，台底下已是喧声四起，再怎么说这一掌金也是个女子，天津卫说到力气大的，头一个是杜大彪，那是扛鼎的天降神力，吃五谷杂粮的凡人比不了。此外就是干窝脖儿的高直眼儿，常年卖力气练出来的身子板儿，一掌金这不是往人家刀口上撞吗？再看高直眼儿，也不知道是臊的还是气的，红着脸憋了半天才吞吞吐吐问了一句："怎么比？"

一掌金是真要得开，命人搬过一把椅子，大马金刀往上一坐，两条腿并紧了，对高直眼一笑："掰开我这两条腿，这一阵就算你赢。"

围观的人群炸开了锅，好多人看着一掌金直流哈喇子，嘎杂子琉璃球们更是连吹口哨儿带叫好。高直眼哪见过这阵势，一张大脸青一阵紫一阵，额头上也见了汗，愣在原地手足无措。下河帮的人也在后边跳脚起哄："高直眼儿，你怎么还不上啊？有便宜不占你等雷劈呢？"

高直眼儿脸红耳热万般无奈，下河帮已经输了一阵，他可不能再败了，既然对方画下道来，该比还是得比，只得把两个手掌心的汗往破褂子上抹了抹，伸手抓住一掌金的两个膝盖，薄绸儿的灯笼裤下边就是滑嫩的肉皮儿，用手一摸怎么这么舒服。高直眼儿心猿意马，暗自咽了一口唾沫，他知道一掌金以前是个蹬缸的，称得上身怀绝技，并不敢小觑了她，稳了稳心神，使劲往两边一分，不承想一掌金的双腿纹丝没动，看着高直眼儿的窘迫之相，调笑道："傻小子，快使劲儿啊，掰开了娘给你奶吃！"惹得众人又是一番狂笑。高直眼儿当时就有几分见傻，心说这小娘们儿还真有两下子，我虽然没使上全力，劲头儿可也不小了，抬头看了看一掌金，使上八成劲又是一下，却仍掰不开。高直眼儿额头上冒出冷汗，如若众目睽睽之下输给一个女流之辈，不仅会让围观之人笑掉大牙，下河帮的犒劳也甭想要了。他一想这可不成，顾不上怜香惜玉了，拧着眉瞪着眼，咬住了后槽牙，使足了十二分的力气，双膀一叫劲喊了一声："开！"忽听"嘎巴"一声，再看一掌金一动没动，高直眼的裤腰带却崩断了，裤子一下掉到了脚面上，臊了他一个大红脸，比染坊的红布还红，当时愣在台上，躲没处躲，藏没处藏，恨不得找个地缝儿一头扎进去，众人"哗"的一声全笑了。高直眼儿愣了一愣，忙提上裤子下了台，低头钻入人群灰溜溜地去了。

这一阵双方打成了一个平手，上河帮一胜一平占了上风。下河帮的人可不干了，舵主出来说："咱们两帮都是在河上挣饭吃的，可别忘了祖师爷定下的规矩——女子不能上船。上河帮靠个小娘们儿出头，

235

不嫌丢脸吗？"

　　过去河上行船的规矩众多，好比说烙饼或者吃鱼的时候，最忌讳这个"翻"字，"翻过来"要说成"划过来"；船上死了人也不能说死，要说"漂了"；锅碗瓢盆不许扣着放，吃完饭不准把筷子横担在碗上，这都不吉利。对于女人的忌讳更多，老时年间的说法"女人上船船准翻、女人过网网必破"，特别是孕妇，如果没留神从渔网上迈过去，哪怕这网是新的，也得扔掉。上河帮的舵主明知理亏，以前斗铜船从没有女子出头，论起来却是有些不够光棍，但是好不容易扳回了劣势，岂可错失良机？眼珠子一转站起身来说道："如今这都什么年头儿了？还信这套老例儿？再者说了，各位的船上当真没有女人吗？敢问你们后舱中供奉的妈祖娘娘是不是女子？"此话一出，众人面面相觑，哑口无言，按理说这叫大不敬，可再一想又无从反驳，跑船的都要供奉妈祖娘娘，谁敢说娘娘不是女人？上河帮的舵主见大伙儿无言以对，趁势说道："咱退一万步说，祖师爷定下的规矩是不让女人上船，又没说过不让女人上台比斗，想当初花木兰替父从军、佘太君百岁挂帅，皆为女中豪杰，后世之人无不敬仰，我媳妇儿众目睽睽之下挺身而出，一展绝技，凭什么不算？难不成你们一群大老爷们儿要在个娘儿们面前认尿耍赖不成？"下河帮的人被问得无话可说，只能承认这一阵打成了平手。

　　刚才这边台子上还没开斗，台下便有开盘口的，也就是下注赌输赢，老百姓有的看好上河帮、有的看好下河帮，很多人掏钱下注，没想到今天的形势一边倒，眼见上河帮占了先机，不少刚才买下河帮赢的，到这会儿心里都没底了，为了把钱捞回来又纷纷在上河帮这边添磅，台下乱作一团，便在此时，就听得台上"噔噔噔"几声闷响，震得木头台子直晃悠，众人将目光投过去，只见上河帮这边出来一个庞然大物。

5

五月二十六天津卫三岔河口过铜船，上下两河的帮会搭台比斗，上河帮旗开得胜，第二阵也战成了平手，按旧时定下的规矩，双方轮流叫阵，刚才那一阵是下河帮高直眼儿叫的，接下来又轮到上河帮了，只听一阵脚步声响，从人群中走出来一位。此人往台上一走，踩得台板子直颤，台下的老百姓闻声抬眼观瞧，不由得一个个目瞪口呆，这位的块头儿也太大了，竖着够八尺，横下里一丈二，相貌奇丑无比、一身横肉，胖得连眼都睁不开了。嘴巴子耷拉到下巴上，下巴耷拉到胸口上，胸口耷拉到肚子上，肚子耷拉到膝盖上，赶上跑肚拉稀想来贴膏药可费了劲了，扒拉半天肉也找不着肚脐眼儿。看热闹的当中有人知道这位，此人外号叫肉墩子，是上河帮的帮众。肉墩子生下来就胖，怎么吃也吃不饱，吃饼论筷子、吃馒头论扁担，这话怎么讲呢？咱们说这顿饭吃烙饼，肉墩子可不论张吃，更不论角吃，桌子上立一根筷子，用大饼往上串，一张接一张，什么时候串到饼和筷子一边齐，看不见筷子头了，这才撸下来往嘴里掖，什么菜也不用就，大饼跟倒土箱子里似的，眨眼之间就没了，吃上这么十几二十筷子当玩儿；吃馒头的时候，桌子上先摆一条扁担，由打扁担这头往另一头码馒头，一个挨一个顶到头，摆这么十几二十扁担馒头，刚够他吃个半饱，真让他甩开腮帮子敞开了吃，有多少也不够填的。

肉墩子长这么大没吃过好的，凭着馒头大饼、棒子面窝头儿吃出了一身的大肥肉，这就够受的了，他一顿饭能吃下去普通人家一个月的口粮，谁养得起他？上河帮掌管运河上的粮船，可也不是粮食多到没地方扔。肉墩子这个特大号的酒囊饭袋，搁在别处一点儿用处没有，对跑船的来说用处可挺大，平时当成压舱的，遇上风浪搬不过舵来的时候，船想往哪边走让他往哪边一站，船头立马儿就偏过去了。

上河帮的肉墩子两条腿也粗，跟俩树墩子似的，迈不开步，只能一点一点往前挪，半天才走到台中间，站在原地喘了一会儿，从兜里掏出一块画石猴，又费了挺大的劲，围着自己在地上画出一个圆圈，下河帮的人不知道肉墩子想干什么，嘴里可不能饶人，有人喊道："胖子，画错了吧？你这圆圈儿怎么没留口儿呢？"这就叫骂人不带脏字儿，以往给死人烧纸之时，画在地上的圆圈西南角会留出一个口子，可以让阴魂进来收钱。肉墩子不是听不出来，听见了也当没听见，低头画好了圆圈，又喘了几口大气，把手中的画石猴一扔，瓮声瓮气地说："甭嘴上讨便宜，我就站这圈儿里，看你们哪个能把我弄出去！"

众人听罢交头接耳、议论纷纷，眼前这家伙哪有个人样儿？来头大象也没他沉，谁有这么大的劲儿把他弄出圈去？下河帮的帮众你看看我，我看看你，谁也不肯上前。干窝脖儿的高直眼力气大，怕也推不动这个肉墩子，除非火神庙警察所的杜大彪上来，可是官厅的人不准参与斗铜船，九河下梢哪还有神力之人可以对付肉墩子？

肉墩子等了半天，见下河帮没人上前，咧开嘴哈哈大笑，此人嘴大、脖子粗，嗓子眼儿跟下水道似的，说出话来都"嗡嗡"作响，哈哈一笑更是声如洪钟，震得人耳朵发麻。原以为上河帮这一阵不战而胜了，但听得下河帮中有人说了一声："我来！"众人闪开一条道，从后边出来一个乡下老农，身穿粗布裤褂，一张脸黑中透紫，看得出常年干农活儿，两只手上皮糙肉厚净是老茧。

书中代言，此人家住城郊高庄，排行老四，一向认死理儿，或说为人愚钝，让他认准的事，天打雷劈也动摇不了，因此都叫他四傻子，上了岁数闯出名号之后，天津卫人称"神腿傻爷"，住在城郊种菜为生，从小愿意练把式。有一次从外地来了个出名的拳师，在高庄收了十来个徒弟，在场院中传授翻子拳，傻爷也去跟着练，可因愚钝粗笨，根本记不住拳招。拳师见他呆头愣脑，这样的人怎么学武呢？就传了他一招野鸟拧枝的踢腿，让他自己去蹭村口一棵大树，过后就把这个徒弟忘了。怎知傻爷有个轴劲儿，从此之后不分三九三伏，起五更爬半夜去村口蹭大树，三十年如一日，一天也没歇过，村子周围的树全让他蹭断了。咱在前头说了，傻爷一根儿筋，家门口没树可踢了，心里头没着没落，以后踢什么呢？后来在别人的撺掇下，傻爷进了天津城，庙门口踢过石狮子、豆腐坊里踢过磨盘，要不是当差的拦着，傻爷就把鼓楼踢塌了，从此闯下一个"神腿傻爷"的名号。这一次让人找来给下河帮助阵，见对方出来一个肉墩子，站在圈儿里叫阵，下河帮中无人敢应。傻爷心说这家伙横不能比石狮子还结实？于是高喊了一声"我来"，迈步来至肉墩子近前。台底下的老百姓知道有热闹可瞧了，肉墩子脑满肠肥，又笨又蠢，傻爷看着也木讷，可是肉墩子天赋异禀，往那儿一站城墙相仿，傻爷三十年练成的神腿，也不是好惹的，这才叫棋逢对手、将遇良才，他们俩谁胜谁败可不好说。

　　肉墩子不认得傻爷，见来者是个乡下老农，以为胜券在握了，就一个劲儿地傻笑。傻爷看肉墩子呵呵傻笑，心说这别再是个傻子吧？也忍不住笑出了声，两个人谁也没动地方，嘿嘿哈哈笑个没完，惹得台下的百姓都跟着笑。台上的二位舵主可笑不出来，眼看铜船就要进来了，再争不出个高低，大铜船从哪边走啊？各自催促己方之人，尽快开始比斗。肉墩子不用准备，身不动膀不摇往当场一站，如同一座肉山的相仿，全凭分量取胜。傻爷也不会摆架势，嘴里说了一句："胖子，我可踢了！"肉墩子没当回事，瓮声瓮气应了一声。再看傻爷身子一转这叫野鸟拧枝，这条右腿可就抡起来了，谁也没看清楚怎么踢的，为什么呢？太快了！"呼"的一下招呼过去，正踹在肉墩子的大肚子上，只听肉墩子闷哼了一声，"噔噔噔"一连往后倒退了十几步，"扑通"一声掉下了台，仰面朝天摔在地上，一口鲜血喷了出来死于非命。

傻爷追悔莫及，几十年来从没踢过人，不知道该使多大劲儿，为了胜这一阵，这一腿踢出去使足了力气，石头墩子也受不了，何况是个肉墩子？但是漕帮之间的比斗从来都是生死无论，各安天命，死了也就死了，只能说本事不够、能耐不到，官厅也不会过问。傻爷纵然心里有愧，可也是各为其主，只求这个大胖子做了鬼别来缠他，冲着台下肉墩子的尸首一抱拳："兄弟，对不住了。"说完回归本队。

斗到这一阵，双方又打平了，尚未分出高低，却已出了两条人命。上河下河两大帮会的舵主还要派兵遣将，那几位漕帮的长老可坐不住了，再这么斗比下去，还得死伤多少人？几个老爷子颤颤巍巍站起身来，想让双方就此罢休。其中有人说道："上河下河本是一家，依我们老几位看，今天应该到此为止了。"两河帮众却不答应，到此为止？人岂不是白死了？铜船往谁那儿走？又有漕帮元老出来说："不如这样，去年铜船是由下河帮走的，今年就从上河帮走，往后一年换一边如何？"

上河帮的舵主说道："胜败未见分晓，凭什么让我们吃这个亏？再者说了，如果可以一年换一次河道，我们这么些人吃饱了撑得拼个你死我活？您倚老卖老的还真拿自己当瓣儿蒜了，实话告诉你，不斗出个起落，今天这件事儿完不了！"

上河帮舵主在这边不依不饶，下河帮的舵主也不肯罢休，心想："去年就是我们输了，铜船一过损失一天的进项是小，我们丢多大人、现多大眼？一整年都让对方压着半头，好不容易等到了今年斗铜船，正想一雪前耻、吐气扬眉，你们几个老家伙上嘴唇一碰下嘴唇，说不斗就不斗了？天底下哪有这么容易的事儿？"当时怒骂一声："老梆子！让你们来就是当个摆设，还以为我真怕你们呢？甭说你们几个老不死的，皇上他二大爷来了我也不给面子！"气得几个漕帮长老吹胡子瞪眼，好悬没背过气去。

台上这么一乱，各大锅伙的一众混混儿也已闹上了，他们可不管什么规矩不规矩，就是憋着打架来的。天津城这六大锅伙也是积怨多年，谁看谁也不顺眼，说是来给两河帮会助阵，可都没安好心，暗藏镐把、斧头、攮子，恨不得越乱越好，只等大打出手，打出了名头谁都怕你，再出去讹钱就方便了。

锅伙的首领称为寨主，就听其中一位寨主叫道："哪那么多说道？抄家伙打吧！"说话从凳子上一跃而起，"咔嚓"一下踹折了凳子腿，拎在手上横着能抡、竖着能捅，摆开了架势，这就可以打人。干柴就差一把火、行舟单缺这阵风。一帮人都看着呢，就等个机会，有这位一带头，那还好得了吗？其余几位寨主也坐不住了，论打架谁都不含糊，干的就是这个买卖，吃的就是这碗饭，一个个撸胳膊挽袖子、脱小褂亮文身，两拨人马齐往上冲，眼看就是一场大乱子。

一众警察纷纷拽出了警棍，只等长官一声令下，就上去平乱。周围的老百姓也慌了，天津卫的混混儿打架不要命，群殴械斗打起来刀枪无眼，招呼上谁是谁，这个热闹纵然好看，可没人敢瞧，真挨上一下子可没地方说理去，看个热闹丢了命，那该有多冤？一时间哭爹叫娘，争相奔逃，只恨爹妈少生了两条腿，更后悔不老实在家里待着，非得出来凑热闹。眼看局面不可收拾，不知得死伤多少人，正当千钧一发之际，只听人群之中有人拿腔作调地高喊了一声："各位，且慢动手，全瞧我了！"

众人循声一看来的是这位爷，心说："得嘞，今天这场架是打不起来了！"

6

上下两河的帮会在三岔河口争铜船，斗了一个不分上下、旗鼓相当，六大锅伙的混混儿趁机闹事，想要打群架，台上台下乱成一团，局面已经失控了，眼看就是一场腥风血雨的冲突，忽然有人喊了一声："瞧我的面子，谁也别动手！"

从古至今，惹事从来不叫本事，只要豁得出去就行，舍得一身剐，敢把皇帝拉下马，大不了是个死。了事才叫本事，把天大的事大事化小、小事化了。两大帮会、六大锅伙在三岔河口争斗，已经扔下了两条人命，以前的皇上都管不住，漕帮的元老也解决不了，谁有这么大的脸，有这么大的势力，敢说这么大的话？

别处不好说，天津卫可真有这么一位爷，四十八家连名票号的少东家，姓丁，人称丁大少。他们家在天津城称为"大关丁家"，因为家住北大关，是天津城最早的商业区之一，商店铺户鳞次栉比，住在这一带的全是有钱人。老丁家在有钱人里也算拔了尖儿的，大宅院宽敞气派，一面院墙占半了半趟街，虎座的门楼子底下摆一对抱鼓石，刻着一个花瓶插三支戟外带一把笙，这叫"平生三级"，墙砖也满带浮雕，喜鹊登梅、白猿献寿、二龙戏珠、狮子滚绣球，外带《三国》《水浒》各种典故，全是出自名家之手，下设四磴高台阶，取"四平八稳"之意，双开的深紫色木头大门，对过儿是磨砖对缝儿八字影壁。全宅一共八个大四合院，每个院都有坐北朝南的五间大瓦房，倒座房屋也是五大间，东西厢房各三间，雕梁画栋、富丽堂皇，另外还设有门房、账房、

242

马号，并且建有后花园一座，园中有对对花盆儿石榴树，九尺多高的架竹桃，迎春探春栀子翠柏梧桐树，枝叶茂盛从墙头儿探出多高，引得往来的行人侧目以观。丁大少是家中独子，昆仑山上一根草、千顷地里一棵苗，真可以说是背靠金山，在钱堆儿里长大的，文不成武不就，什么能耐也没有，反正家里的钱几辈子也造不完，整天横草不拾、竖棍不捡，任吗不干，就是想方设法地花钱。

花钱可不是个简单的事儿，得看您花多少，怎么花，买个房置个地，那不叫本事，正经花钱的主儿，得花出境界来。丁大少就是这么一位，说到他花钱的本事，天底下没有不佩服的，不敢说空前绝后，那也称得上花钱界的一朵奇葩了。当年还有大清朝的时候，有一次丁大少上玉华楼吃饭，这是家淮扬菜馆儿，天津卫吃尽穿绝，大庄子小馆子数不胜数，各大菜系、地方小吃也是应有尽有，淮扬菜并非大鱼大肉、大碟子大碗，吃的东西都是精致、讲究，材料又多是从江南运过来的，价格自然也不低，非得是像丁大少这种腰缠万贯，山珍海味都吃腻了的主儿，才来这儿品滋味儿。他跟别的有钱人不一样，向来不进包间，为了让出来进去的客人见得到他，上前请安讨赏，他就打心眼儿里高兴，摆的就是这个谱儿。话说当天丁大少一上玉华楼的二楼，见靠窗的位置已经摆好了一桌上等酒席，早有手底下人过来打过招呼了，这顿饭要在这里吃，也不用点菜，玉华楼的伙计心里都有数，看差不多快到钟点儿了，先摆上"八大碗""八小碗""十六个碟子""四道点心"，这叫压桌碟儿，然后就是丁大少爱吃的几个菜，像什么炝虎尾，也就是鳝鱼，专门儿从江苏运过来的小黄鳝，素有"赛人参"之称，切好了条儿，开水一汆就熟了，再淋上特制的汤汁；还有一道叫乌龙卧雪，把鸡胸肉用刀背剁成泥，加上鸡蛋清，滑油凝成片儿，沥干净了摆在盘子里，这便是"雪"，"乌龙"是海参，得用最好的刺参，先汆水后焖烧，做得了摆在"雪片"上，吃的不光是材料和味道，还得讲究这么点儿意境。其余的还有什么砂锅元鱼、蟹黄鱼翅、香桃鸽蛋、琵琶大虾等等，总之都是又好又贵的菜色，主食一般是蟹粉汤包、糯米烧卖。那位说这么多东西几个人吃？就丁大少一个人，这位爷就这个脾气，甭管吃不吃，全得摆上来。

丁大少坐下来刚要吃，瞧见旁边一桌也有个吃饭的，三十来岁满面红光，穿绸裹缎，也是个有钱的主儿。这位吃得挺特别，桌子上只有一碟菜一壶酒，碟子里全是鸽子蛋大小的圆球，夹起一个放进嘴里，咂摸咂摸又吐到桌上，"吧嗒"一响。丁大少看着出奇，吃的什么这是？怎么还有我没见过的东西？招呼跑堂的过来一问，得知此人是个山西来的富商，晋商八大家之一曹家的少东家，在这儿吃了好几天了，嫌我们的鱼翅不好，买了一大包玛瑙球，让厨子用高汤煨了，跟着海参、鲍鱼一块儿炖，炝干了再勾上芡汁儿，就品上头那点味儿，嘬了完就扔，八个店小二等着收拾他这张桌子呢。

丁大少一听不乐意了，孔圣人面前念之乎者也、关老爷面前耍青龙偃月，这不是成心在我面前摆阔吗？专门上天津卫寒碜我来了！生可忍熟不可忍？生的熟的都不能忍！吩咐手底下人："去，照这个大小给我买一包翡翠珠子来，咱也这么吃！"手下人跑出去买来了翡翠珠子，丁大少打开包挑了又挑、拣了又拣，种水不好、不带春色的一概不要，随手就扔，择出二十几个晶莹剔透种水俱佳的翠珠交给伙计，也照那样做一盘。丁大少说话的时候成心提高了嗓门儿，好让那位少东家听听，这是天津卫，吃过见过的主儿多了，你背着手摇扇子——装什么大尾巴鹰！

一会儿的工夫，伙计把那碟子翡翠球端上来了，好看是挺好看，可这玩意儿能好吃吗？丁大少架门儿大，嘬了完不往桌上吐，一个一

244

个往地上啐，伙计一看问道："丁少爷，我给您收起来？"

丁大少嘴一撇："吃剩的折箩你让我收起来？你拿回去喂猫吧！"

伙计忙给丁大少作了个揖"谢丁少爷赏"，东捡一个西捡一个，翡翠球是圆的，落在地上滚来滚去，伙计猫着腰追，累得满头大汗，那也高兴啊，丁大少看着更高兴。

打山西来的少东家可不是个善茬，一看丁大少这做派明白了，这是给我瞧的，行啊，咱来来吧。将跑堂的叫过来："我说，你捡那猫吃的做什么，这个给你了。"当场摘下一个扳指，正经的和田白玉，温润如油、一丝杂色也没有，托在手里又滑又腻，值了老钱了。跑堂的八辈子也赚不出来这个扳指，可把他吓坏了，摆手不敢要。少东家笑道："这有什么，一个小玩意儿，拿回家哄孩子玩儿去吧。"

跑堂的正在这千恩万谢，忽听身背后丁大少痰嗽了一声叫道："过来。"说着话摘下一个宝石戒指，随手扔到桌上："捡这么半天也累了，这个你拿走，买壶茶喝。"这块宝石碧绿碧绿的，足有鸽子蛋大，一汪水儿似的，比和田玉还值钱，是他爹托人从南洋重金购得，丁大少不当回事儿，顺手赏给了跑堂的，抬头看了看那位少东家，面带不屑之色，又往地上吐了一个翡翠球，"吧嗒嗒哗啦啦"一响，心中得意至极。

那个外来的少东家也是花钱的秧子，岂能输这个面子？正好饭庄子门口儿有个唱曲儿的，就叫上来唱了一段，一曲终了，少东家叫了一声好，掏出一张好几千两的宝钞打赏。丁大少也把唱曲儿的叫过来，不用唱，一赏就是一万两的宝钞。唱曲儿的乐坏了，跪地上磕头谢赏，够他几辈子吃喝不愁了，回老家买房子置地足以富甲一方，弦子也不要了，揣上宝钞蹦着就下了楼，把一众看热闹的食客眼馋的，眼珠子都快流出来了。

那位少东家不服，把跑堂的叫过来，写了个条子让他去侯家后的窑子找五十个窑姐儿过来陪酒，跑堂的刚接过条子，丁大少这边的条子也写好了，让他去南市的班子里找五十个姑娘过来聊天。跑堂的带着条子出去办事，不到一个时辰带齐了人回来。这一百个窑姐儿往饭庄子里一座，莺莺燕燕喧闹非常，满堂的胭脂香粉味儿，熏得人直捂鼻子。两位少爷又比着点菜，你点什么我点什么，吃不吃无所谓，哪个贵点哪个。酒菜如同流水一般端上来，这一百位甩开腮帮子就吃上了。

少东家告诉那五十个窑姐儿："敞开了吃敞开了喝，吃多少都是我的，我额外还有赏。"说完他从褡裢里掏出一大把金镏子，都是用绳子穿成串儿的，让众窑姐儿伸出手来，一人手上一个，窑姐儿们捡了天大的便宜，美得鼻涕泡都出来了。丁大少把下人唤至近前，低声耳语了几句。下人扭头出去，很快拎来一个袋子，稀里哗啦往桌上一倒，也是金镏子。丁大少让那五十个姑娘一个手指头上套一个，再把鞋袜脱了，一个脚指头上套一个，谁多长个六指算谁便宜。

那个少东家急了，当场把桌子掀了，连碟子带碗"稀里哗啦"掉了一地，掏出宝钞告诉掌柜的："我赔你们一套金碟子金碗，上万宝楼金店买去。"

这么大的热闹，天津城都传遍了，老百姓能不抢着看吗？满地的翡翠玛瑙金镏子，捡上一个半个可就发财了，争先恐后往二楼跑。掌柜的吓坏了，怕把楼梯压垮了，赶紧拦住众人："老少爷们儿，留神咱这楼梯！"

丁大少接过话来："掌柜的，物华木器行，我送你们整套黄花梨的楼梯！"

掌柜的怕收不了场，连忙打圆场说："二位二位，您二位是财神爷降世，腿上拔根毛儿都比我腰粗，我们这是小本买卖，禁不住这么折腾，您了高高手，别闹了，我这儿给您二位作揖了。"

外来的少东家毕竟不比丁大少守家在地，褡裢已然见了底，只得顺坡下驴，冷哼一声迈步出了饭庄子，头也不回地走了。丁大少大获全胜，扬眉吐气，心里这叫一个痛快，把窑姐儿打发走，吩咐跑堂的去沏壶茶，跑堂的应了一声刚要下楼，丁大少一看周围还有不少看热闹的闲人，又摆开谱了："先别走，知道我丁大少怎么喝茶吗？到南纸行给我买上等的竹宣纸烧水，我就得意那口儿竹子味儿。"看热闹的当面挑大指，心里可都在骂，这个年月兵荒马乱，老百姓连饭都快吃不上了，这俩败家子为了争一口气，糟践了多少钱！

俗话说人比人得死、货比货得扔，别人看着怎么生气、怎么眼红都没用，架不住人家老丁家太有钱了，丁大少成天在外边胡吃海喝、变着法儿地挥霍，日子一长也有个腻。要说有钱的大爷消遣解闷，无外乎吃喝嫖赌抽这几样，丁大少则不然，觉得这些没意思，也玩不出什么花样了，就看天津卫的锅伙混混儿挺有意思，这帮人一个个有衣裳不好好穿、有话不好好说，站没站相、坐没坐相，斜腰拉胯拿鼻孔瞧人，七个不含糊八个不在乎，称英雄论好汉，花鞋大辫子招摇过市，打遍了街骂遍了巷，抄手拿佣、瞪眼讹人，还没人敢惹。丁大少的瘾头儿上来了，咱爷们儿不玩则可，要玩就得玩这个！

老天津卫说喜欢什么东西上了瘾、入了迷，就是这一行中的"虫子"，意思是把这东西钻透了，长在里边了。比如看戏有看戏的虫子，什么戏都听，而且听的时候走心思、动脑子，比唱戏的都懂，唱念做打翻、手眼身法步，大小节骨眼儿犄角旮旯儿没有不明白的，坐在戏园子里从来都是闭着眼听，一边听一边咂摸滋味，还别说忘了词儿、串了调，哪怕有一个字唱倒了音他都能听出来，喊一声倒好，台上的演员非但不恼，还得暗挑大指，心说这位是真懂戏。诸如此类，像什么听书听曲、古玩字画、喂鱼养鸟、种草栽花都有虫子，各走一路、各成一精。

咱说的这位丁大少，玩起来瘾头儿可真不小，一来二去就成了混混儿虫子。反正有的是钱，专门请出天津卫最有资历的老混混儿给他开蒙，告诉他什么叫锅伙、什么叫开逛，眼睛怎么斜、脖子怎么歪，怎么说话、怎么走路、怎么穿衣、怎么打人，又告诉他打架斗殴的叫武混混儿、挥笔似刀的叫文混混儿，有钱有势的叫袍带混混儿，乡下老赶叫土混混儿，总而言之统而言之，无论哪一路，皆有一个共同的特点，那就是好话不能好好说，以惹是生非为业、以受伤挂彩为荣。丁大少越听越爱听，越琢磨越上瘾，恨不得立刻出去开逛，又一想不成，混混儿归根到底是为了挣钱吃饭，就凭我们家这么有钱，当了混混儿也没前途，我不能当混混儿，我得管混混儿！

天津卫的混混儿自古就有，官府可都没把他们管过来，丁大少再有钱也不过是个平头百姓，他一个二世祖何德何能？有什么不一样的本事？丁大少可不这么想，这个事情说难也难，说简单也是简单，反正有的是钱，你不服我不要紧，也不用拐弯抹角，讲什么规矩礼数，我就拿钱砸服了你为止。他让手下人背上钱袋子，跟着他出去转悠，专找侯家后、三不管、河北鸟市这些混混儿聚集的去处。见有打架滋事的，他就上前平事。以前也有一路人专干这个，全是上了岁数的老混混儿，凭这么多年闯出来的名号，这边说那边劝，软的不行来硬的，靠面子压事儿。丁大少算哪根儿葱啊？根本没人听他那一套，该打接着打，丁大少也不恼，大把的钱往外一掏，我也不问谁是谁非，只要罢手不打了，这些钱全是你们的。混混儿们也发蒙，这是个什么路数？从没见过这么劝架的，给钱还能不要吗？架也不打了，接过钱来就走。丁大少却道一声且慢，既然拿了钱，谁都不许走，不打了就是给我面子，最好的饭庄子、最大的澡堂子、一等的班子，吃饭洗澡嫖姑娘一条龙，花多少钱都算我的。当混混儿的都是穷人，既没有手艺又不愿意卖力气，这才扎一膀子花儿开逛当混混儿，其实当上了混混儿也讹不来多少钱，有几个混出名堂的？大多是不怕死的穷光棍，上二荤铺来碗杂碎汤就叫过年了。丁大少摆谱请客的这些东西见都没见过，一个个全傻了眼，白吃白喝白玩，还有钱拿，谁会跟这位爷作对？从此丁大少在天津卫大大小小的锅伙中标名挂号了，专管混混儿们的闲事，一听说什么地方有混混儿打架，他带钱过去就把事儿平了，挥金似土、仗义疏财，心里那叫一个得意："天津卫的混混儿再厉害，也得给我面子；官府管不了的，我全能管！"在天津城中他丁大少绝对称得上一怪，是怪鸟儿的怪，他出马没有平不了的事儿，还真让人不得不服，也没别的，就是舍得掏钱，有比他有钱的，可没他手这么敞；比他有面子的，又没他有钱。丁家老爷实在忍不了这个败家儿子，一狠心给他关了起来，不许再出去扔钱了。

五月二十六这一天，上下两河的帮会连同六大锅伙的混混儿，齐聚三岔河口争勇斗狠。九河下梢有头有脸儿的人物全到了，台下还有这么多看热闹的百姓，这样的场合丁大少岂能不来？缺了他就不叫一台整戏，如果把这场事儿平了，这个脸就露到天上去了！他在家待不住了，他爹又不让他出去，不得已在房顶开了窟窿，翻后墙出来劝架，好悬没把腿摔断了，您说这得有多大瘾？劝了这么多年的架，丁大少也明白了许多门道，不能一上来就劝，那显不出本事，要是有一方先厌了，这架也打不起来，没必要劝，非得等到两边闹得不可收拾，刀枪相向、瞪眼宰人的时候再出来，所以他先在下边看热闹，来了一个"登上高山观虎斗，坐在桥头看水流"，直到双方人马亮出家伙一齐往前冲，眼瞅就是一场恶斗，丁大少等的就是这个时候，这才高呼一声，分开人群上了台，抱拳拱手："列位三老四少，瞧在我的面子上，今天别打了！"

第十章　火烧三岔河口　下

1

九水归一显真形，

河出伏流浪不平。

龙盘虎踞英雄地，

蛇鼠之辈岂能逃。

　　三岔河口两路人马一众百姓，连同刘横顺这些当差的警察，没有不认识丁大少的，这可是天津卫的一怪、有钱没地方花，专门给人平事儿。但是双方斗出了人命，纵然丁大少有面子，只怕也不好收场。

　　丁大少不紧不慢迈着方步上了台，抱拳拱手说道："众位英雄好汉，五湖四海皆相识也，咱都是在天津卫挣饭吃的，不看僧面看佛面、不念鱼情念水情，何必如此呢？不就是过个铜船吗？我也知道，铜船从哪条河上过，哪条河上的哥们儿这一天就吃不上饭，可是说到底天也没塌，饿一天总比死了强，为这么点儿事犯不上动刀动枪，各位瞧我了，

250

给我丁大少一个面子，这一天的钱让我出，该给多少我翻一跟头，而且往后年年如此，咱不打了成吗？"

上下两河帮会的人巴不得如此，斗来斗去还不是为了钱？斗铜船斗了多少年，皇帝老子都管不了的事，丁大少一出场几句话全解决了，这是多大的本事？看来以后得改规矩了，照旧搭台比斗，谁赢了铜船从谁的河上过，谁挣这份翻跟头的钱。有钱拿是不错，面子可也不能丢。下河帮的舵主上前一抱拳："丁大少，久闻大名如雷贯耳，今日得见足慰平生，当真是咱天津卫仗义疏财的豪杰，可我们两家是死过节儿，不只是为了钱，远了不说，我们刚刚还填进去一条人命，这个仇不报了？"

上河帮的舵主也说道："是这么个理儿，我们也折了一个弟兄，此仇不报，今后如何服众？"

丁大少哈哈一笑，可了不得，两条人命啊？这个年头最不值钱的就是人命，大骡子大马死了还能卖肉，死人值几个钱？路边儿的倒卧那么多，也没见人往家里捡，如果按官价出钱赔偿，我丁大少可不露脸，就让双方找来一架河边称货的大秤，各自把死人放上去称，称完死人再称银圆，人多重钱多重，如此一来上河帮可占了便宜，肉墩子不下几百斤，这得顶多少银圆？下河帮看得眼热却又无奈，谁也没长个前后眼，早知如此，我们也派个大胖子出来了。丁大少又掏出一块钱，银圆分两面，一面上河帮，一面下河帮，抛上去接在手中，打开看是哪一面，铜船就从谁的河上过，给一份翻跟头的钱，下一年换另一条河，怎么样？两大帮会的舵主你看看我，我看看你，一个屁也放不出了，说一千道一万不就是为了钱吗，钱给够了还有什么可说的？当场定了上河帮接铜船，帮会有龙旗，命人在台上打起龙旗，告诉龙船往这边带，铜船打这边走。怎么打也有讲究，河上一切大小船只，见到这个旗号，收船的收船，上岸的上岸，转眼之间就把河道让了出来。

看热闹的老百姓也算开眼了，这个主儿是真有钱，两大帮会在此斗狠，与他丁大少有何相干？咸吃萝卜淡操心，挑了房盖翻墙出来，拿钱把双方砸服了，就为了要这个面子？可是也好，一场大祸弭于无形，真要打起来，巡警总局可压不住，不知道得死伤多少人，又会牵扯多少看热闹的无辜百姓？谁能说丁大少这么做没积德呢？

丁大少平了两大河帮斗铜船，心中得意已极，在台上谈笑风生指点江山，跟两大帮会六大锅伙的各位当家一通寒暄，那些成了名的大混混儿，行帮各派的舵主，全是一跺脚天津城四个角乱颤的人物，都过来跟他论交情，直如众星捧月一般。正得意间，忽有手下人跑来通禀："少爷，大事不好！老爷得知您又跑出来给人平事儿，已经亲自来抓您了，还说要打折您的腿，看您以后还怎么往外跑，瞧这意思可是来真的，您赶紧躲躲吧！"丁大少就怕他爹，这个老爷子拿钱可砸不住，一听这话大惊失色，也顾不上面子了，蹦下台撒丫子逃了。

台下的老百姓捧腹大笑，河岔子上正乱着呢，不知谁喊了一句："铜船来了！"众人齐刷刷望过去，以法鼓会的龙船为首，二十余艘大铜船一字排开，缓缓驶入三岔河口。前边这艘龙船也不小，金头上雕着一对龙眼，目光如炬、炯炯有神，所谓"金头"是安装在船头上的一块横木，乃是斩风避浪的"出头橼"，上边的龙眼黑白描绘，中间点着鸡冠血，两眼上方各钉一枚元宝钉，钉子上挂着红色的布条，俗称"彩子"。船头的桅杆三丈开外，上刻"大将军八面威风、二将军开路先锋、三将军挂角开风"，顶端高挑一面绣金龙旗，当中一条探海金龙，左右绣着两行小字"龙头生金角、虎口喷银牙"，船上旌旗招展、法鼓震天。会首身穿大红法衣，上绣蟒翻身、龙探爪、海水江崖，头戴龙王爷的面具，蓝脸赤须、额上生角、口出獠牙，顶上无冠、脚下没鞋，披发赤足，手中仗剑，掐诀念咒。龙王庙法鼓队分列左右，击打法鼓的巨响，顺三岔河口水面传出去，仿佛排山倒海，声浪一波接着一波，声势十分惊人。

再说龙船后边的大铜船，运河上比较常见的大船，无外乎漕船、驳船，漕船可以运粮食货物，但是吃水浅，装不了铜石。运铜石必须特制的大船，木板子外边包铁皮，铜石在前、船舱在后，如此一队庞然大物，在海上显不出什么，进入运河却堪称奇观，拉动汽笛震天动地，响彻云霄。

老百姓看的是热闹，刘横顺可一直盯着龙船上的会首，过铜船的前一天城隍庙赦孤，孙小臭儿白骨塔遇鬼，在西头坟地找出了无头尸，遇害之人究竟是不是九河龙王庙的庙祝海老五？听李老道话中的意思，十有八九是魔古道杀了海老五，在龙船上扮成会首，给铜船引路，率领船队驶入三岔河口，到底有何图谋？魔古道接连在天津城作案，无不围绕三岔河口，扔下了多少童男童女，至今查不出来。刘横顺是在三岔河口长起来的，没少听"九龙归一、分水剑、邋遢李憨宝"的民间传说，可还是那句话，河底下并不通海眼，也没什么老龙。巡警总局下辖五河水上警察队，以往打捞河漂子的时候，并不是没有水警下去过。老时年间三岔河口清浊不混，后来没有这个奇观了，民间讹传憨宝的取走了分水剑，反正没人看见过，要说是海河改道的原因，好歹有据可依。刘横顺想破了头，也想不出魔古道为何在此作乱。

说话这会儿，五河水警的小艇已经到了，刘横顺带杜大彪上了小艇，准备登上龙船，查明会首的真身：是海老五什么都好说，倘若不是海老五，那就当场拿下！

2

此时的三岔河口黑云压顶，闷雷滚滚，正憋了一场大雨，周围的老百姓却挤成了人山人海，争看铜船和法鼓，生怕错过这一年才能赶上一次的热闹。刘横顺和杜大彪登上五河水上警察队的小艇，抬头再看龙船已经到了河心。船上的法鼓队真卖力气，一水儿的精壮汉子，头缠红巾、打着赤膊，一身疙瘩肉油亮油亮的，众人在甲板两侧排起二龙出水的阵势，法鼓打得震天响，和天空中的滚雷混在一处，接地连天、声势浩大，仿若天兵天将也来助阵。围观的人一阵阵地叫好助威，别人没看出有什么不对，刘横顺却发觉反常，三岔河口一年走一次铜船，多少年来皆是如此，过程大同小异，上下两河的帮会先在台上分出胜败，败的一方打上龙旗，远处的龙船见到旗号，就会引着大铜船进入三岔河口。按说过来这一路，龙船上敲打法鼓，一直把船队带进北运河或南运河，沿途不住抛下祭品，但是这一次的龙船与往年不同，驶入三岔河口便下了锚，不再往前走了，但是船停鼓不停，法鼓声一阵紧似一阵，越打越急、越打越快。扮成龙王爷的会首立于船头，举止诡异，似在指挥河中的千军万马，经过五月二十五分龙会天降大雨，各条河道中的水位上涨，河面比以往宽出许多，但见大河滔滔、浊流滚滚，水中隐隐约约升起一道黑气。

说话这会儿，后头跟着的大铜船缓缓驶入河口，压波分水从龙船旁边过去，可是没往北运河走，也没往南运河走，船头直冲天津城的方向而来。上下两河的帮众、六大锅伙的混混儿、维持治安的警察、围观的老百姓全蒙了，大铜船上的人是不是喝多了没瞅见令旗？上河帮打出令旗让铜船进北运河，怎么奔下边来了？

　　书说到此，咱得交代一下三岔河口的地势，九河下梢指的就是这一带，九河只是统称，主要有五条河，因此天津水警称为五河水上警察队，巡警局称为五河八乡巡警总局，倘若加上一些比较小的支流，实际上远不止九条。这些或大或小的河流，逐一并入北运河。北运河再与南运河交汇，这个地方称为三岔河口，也是风水形势中所说的九龙归一。天津卫的形势北高南低，上游的河水全从此处入海，后来经过多次裁河、改道，河口位置向北推移，潞卫二水失去了运河的作用，保存至今的河道早已不复昔日之规模。而在当时来说，三岔河口水面极宽，分岔处也不只三条河，下边还有一条泄洪河。天津城位于九河下梢，自古水患多发，一旦持续降雨，三岔河口的水位上涨，很容易发大水，为此开凿了泄洪河。清末以前，有一条老时年间取土烧窑砖留下的深沟，长约七里，旧称陈家窑，又叫陈家沟子，与北运河相连，一直被当成泄洪河。到后来淤泥越积越深，人踩马踏车轱辘碾，脏土炉灰渣子什么的也往里头倒，久而久之变为平地，多了很多住户。官府不得不另外开凿了一条河道泄洪，为了防止再被填塞，河道挖得挺深，河面却不甚宽，也过不去大船，仅用于行洪，上设一座闸桥，打开是闸，合拢了就是桥。

　　刘横顺在小艇上看见大铜船在三岔河口转了向，直奔泄洪河而去，当时吃了一惊，头上直冒冷汗，这么大的铜船，如何进得了泄洪河？一旦撞上闸桥，堵塞了泄洪河，那就得水漫天津城！

　　天津卫地处九河下梢，一大半位于大沽线以下，一旦上游洪水暴发，顺着几条河就会波及天津城，老百姓深受其苦，平均一年多闹一次水灾，从没消停过。去年汛期还发过一场大水，三岔河口的河水突然暴涨，洪水足有一人多深，一望无际，商民纷纷逃难。南市大街、荣业大街多处房屋倒塌，不少居民用船转移家当，过了半个多月大水才退。如果大铜船堵塞了泄洪河，天津城的老百姓又得遭殃。

两河帮会的人也看出情况危急，站在高台上拼命晃动龙旗，可是大铜船不改方向，直奔泄洪河而来。前文书交代过，大铜船上装满了铜石，吃水极深，转向非常迟缓，再改道也来不及了。上边的船工如同大难临头一般，接二连三跳入河中。挤在三岔河口看热闹的老百姓，到这会儿也明白过来了，不知大铜船为什么撞向泄洪河，真要撞上了闸桥，洪水会在一瞬间漫上来，住在河边的人大多会水，可是洪水如同猛兽，人被卷入洪流，水性再好也不顶用。人群一下子乱了套，你拥我挤，四散奔逃，那些争勇斗狠的帮众、标名挂号的混混儿也都顾不得颜面，平日里斜腰拉胯、走路装瘸，此时跑起来比兔子还快，摔倒了起不来的，可就让人踩扁了，一时间乱作一团，哭爹喊娘之声此起彼伏。

刘横顺一看这情形不对，凭五河水上警察队的小艇，无论如何挡不住大铜船。再看龙船上的会首却对乱状视而不见，只顾挥剑念咒，想必是此人作怪，当即将手一指，让杜大彪使出两膀子神力划水。兵随将令草随风，刘横顺发了话，杜大彪不敢怠慢，两条胳膊抡开了，将五河水警队的小艇划得如同离弦之箭，眨眼到得龙船近前。刘横顺不等小艇稳住，三蹿两纵直上船头，直取挥剑作法的会首。他出手如电，一把扯去了"龙王爷"的面具，只见对方一张剥过皮的老脸上血筋遍布，额顶开了一道纵纹，当中长出一个肉疙瘩。

"龙王爷"忙于调动法鼓，没想到对方来得如此之快，不必通名报姓，瞧见来人一身官衣，神威凛凛，有如火德真君下界，就知道是三岔河口火神庙警察所巡官飞毛腿刘横顺到了，当即恶狠狠地说道："刘横顺，你三番五次坏我大事、杀我门人，今日冤家路窄，正好做个了断！"

刘横顺一听也不用问了，船头上的"龙王爷"正是混元老祖，一众旁门左道在天津城装神弄鬼、荼毒百姓，均系此人在背后指使，这一次杀了九河龙王庙的会首海老五，扮成"龙王爷"在三岔河口作乱，不知使了什么邪法，引大铜船撞向泄洪河，天津城发了大水，对旁门左道有什么好处？刘横顺一时想不透，可也知道射人先射马，擒贼先擒王，你混元老祖不过一介丑类，如若和之前一样，在深山穷谷躲上一辈子，官厅未必找得到你，既然敢来天津城作乱，又是在三岔河口火神庙前，再不将你生擒活拿，缉拿队这碗饭我也不吃了。刘横顺念及此处，正要上前捉拿混元老祖，却发觉两条腿让人抓住了，可不是一两只手，少说得有几十只手，这些个手都不大，冷冰冰湿淋淋的，转头一看大吃一惊，居然从河中上来许多小鬼儿，打扮得有如童男童女，眼窝子只是两个黑窟窿，你争我抢潮水一般涌上龙船，在刘横顺后边抱腿的抱腿、搂腰的搂腰，拼命把他往河里拽！

3

　　三岔河口白昼如夜，天比锅底还黑，一道道闪电划破乌云，又将河面照得雪亮。电闪雷鸣之际，不仅刘横顺，正在逃命的老百姓中也有很多人瞧见了，一大群小鬼儿蜂拥上了龙船，从后边拽住刘横顺，另一边的大铜船下还有更多，拼命将铜船往前推，直奔泄洪河撞了过来。有胆子小的，见此情形吓得目瞪口呆，常听人说河中有拽人脚脖子拿替身的水鬼，可是这也太多了！而且刘横顺这一转头，从他背后显出一个三丈多高的大鬼，头角狰狞、面目凶恶，手足露筋、赤发钩髻，再没这么吓人的了，这就是李老道给刘横顺的"鬼头王"。这个大鬼一出来，吓坏了河中的小鬼儿，立时四散逃窜，任凭混元老祖掐诀念咒，却也拦挡不住，转眼都不见了。大铜船撞向泄洪河的势头也缓了下来，但是洪流汹涌，仍将大铜船推向闸桥。

说话这时候，费通费大队长带了几十个缉拿队的好手，分乘巡河队小艇，从四面八方围住了龙船。混元老祖也乱了手脚，见大势已去，不得已虚晃一招转身就走。龙船上有两队打法鼓的，均为混元老祖门下，也纷纷扔下法鼓，作鸟兽之散，你争我抢跃入河中逃命，有的被缉拿队开枪击毙，有的让挠钩扯上小艇活捉，不曾走脱一个。

刘横顺上前去捉混元老祖，忽觉一阵腥风扑面，蹿出一道黑影，挡住了去路。刘横顺闪目一看，竟是一条藏边凶獒，背生鬃毛、头如麦斗，口似血盆、横生獠牙，比个马驹子还大，鬃毛之中长了八个拳头大小的肉瘤，酷似人脸。刘横顺心说原来混元老祖的九头狮子，竟是一条凶獒，恶鬼未必吃得了，却可以屠狮灭虎，咬死几个活人更不在话下，甭问，海老五定是让它一口咬掉了脑袋。巨獒目射凶光，张开血口扑向刘横顺。刘横顺躲是躲得开，却怕放走了混元老祖，心下正自焦急，但听得一声虎吼，石破天惊相仿，连那凶獒都吓了一哆嗦。原来是杜大彪上了龙船，他往起一站比大狗熊还高出半头，扑住凶獒抡拳就打，这一人一獒滚了钉板一样厮打在一处。

火神庙警察所的杜大彪，有两件本事无人可及，一是扛鼎的神力，另有一件也厉害——行事莽撞，急了眼不管不顾，谁也拦不住，之前扔大水缸砸死五斗圣姑便是如此，上了岁数也没改脾气。新中国成立以后杜大彪七十多岁赋闲回乡，有一天抱着小孙子在村口乘凉，赶上一头牛惊了，在村中横冲直撞，犁地的耕牛少说也有个七八百斤，发起狂来势不可当，不亚于下山的猛虎，一对牛角利似尖刀，挨上死碰上亡，见人就顶，冲杜大彪就来了。周围的人全跑了，杜大彪可不怕这个，抱着孙子往村口一站，伸出单手一把攥住了牛角，使劲往下摁牛头，牛也不干了，使劲往上抬头，一人一牛在这儿较上劲了。这位爷一身的神力不减当年，心说你跟我较劲儿还差上几分，铆足了力气一使劲儿，单手将惊牛摁跪下了。这才有人追上来给牛鼻子穿上铁环，村民们也对杜大彪千恩万谢。杜大彪志得意满，低头一逗小孙子傻眼了，刚才一个手抱孙子、一个手摁牛头，这一使劲不要紧，却把亲孙子活活夹死在了怀中。老头儿捶胸顿足、后悔难当，一时想不开投河而亡。可叹扛鼎的杜大彪，天津卫"七绝八怪"当中的神力王，最后落了这么一个结果，真令人唏嘘不已。

后话按下不提，咱接着说三岔河口龙船上的恶斗，飞毛腿刘横顺追上去捉拿混元老祖，杜大彪则与九头凶獒滚在一处，凶獒一口獠牙里出外进，立如刀横如锯，铜皮铁骨也挡不住。杜大彪双手扳着它的脑袋，咬是咬不着，可这东西吃活人也吃死人，嘴里头腥臊恶臭，馋涎甩了杜大彪一脸，把他熏得蒙登转向，再这么僵持下去，不被咬死也得被熏死。杜大彪忍无可忍，全身筋凸大喝一声，双手用力一扭，只听"咔嚓"一声响，拧断了九头獒的脖颈。杜大彪怕它没死透，翻身跨上去，抡起铁锤也似两只大拳头，往巨獒脑袋上一通狠砸。

再说这边的混元老祖，眼见妖术邪法被刘横顺所破，心知大势已去，趁九头凶獒断后，就要下河借水遁脱身。此人一向老奸巨猾，又有异术在身，缉拿队虽然来势汹汹，却也擒他不住。怎知半路杀出个杜大彪，给刘横顺挡住了九头凶獒。刘横顺抽身追上混元老祖，抖开金瓜就打。混元老祖身法奇快，雷鸣电闪之下，如同一缕黑烟，左躲右闪避过金瓜。

正当此时，滚滚洪流中的大铜船也到了泄洪河前，三岔河口乱成了一片，人群四散奔逃，可也有没逃的，不仅不逃，还拼命往前挤，一边挤一边高呼："老几位，别打了，全瞧我了还不行吗？冤仇宜解不宜结，多个朋友多条道，多个冤家多堵墙，卖我一个面子成不成？"

说话的不是旁人，正是砸钱劝架的丁大少，之前蹦下台跑了，没跑多远听说三岔河口上打起来了，这场架可热闹，一方是缉拿队的飞毛腿刘横顺，一方是九河龙庙的会首海老五，一边是火神爷，一边是龙王爷，真要打起来那还了得？此等大事他丁大少可不能置之不理，别说让他老子打折一条腿了，再打折一条他也得去。刚挤到河边，大铜船就撞上了闸桥，只听震天撼地一声巨响，铁闸倒塌下来，铜船也破了一个大洞，半陷在泄洪河口。河道立时堵上了一多半，眼看大水就涨了上来。丁大少只顾往河边挤，没发觉洪水来了，结果被惊慌奔逃的人群撞入水中，一眨眼人就没了。

4

混元老祖没想到刘横顺追得这么紧，不将此人除掉，只怕难以脱身，猛地一转头，额前纵纹之中射出一道白光。刘横顺但觉一阵恶寒，见那白光中似有一物，高不过寸许，有头有脸、有鼻子有眼，心知此乃旁门左道的妖术邪法，急忙往后躲闪。天津卫当年有一个变戏法儿的老杨遮天，成名于清朝咸丰年间，擅长变幻之法，只要跟他一对眼神儿，他想让你瞧见什么，你眼前就有什么，据说这是摄心术。刘横顺估计混元老祖的手段近乎于此，不敢让那道白光摄住，只得不住后退，一时间险象环生。想用金瓜去打，但是白光乱晃，遮住了混元老祖的身形。刘横顺灵机一动，将九枚厌胜钱串成的"鬼头王"，当成暗器打了出去，只盼混元老祖侧头一躲，那道白光也会移开，可以趁机缓一口气。怎知旁门左道中人，对厌胜钱格外忌惮，这一下虽没打中混元老祖，眼前的白光却已不见，而且将他身后供桌上的长明灯打翻在地，灯油洒落，船上遍挂龙旗经幡，火捻儿落在上边"呼"的一下着了起来，霎时间烧成了一片火海。

刘横顺见四下火起，顿觉精神一振。混元老祖则心神大乱，他深知民间相传刘横顺是火神爷下界，身上六把阴阳火，脚踏风火轮。龙船在三岔河口上，四下里全是河水，天上电闪雷鸣，大雨将至，火气再盛也被水压住了，即便展开一番缠斗，刘横顺也必定落败。他本来有恃无恐，不料眨眼之间龙船上烈焰熊熊，混元老祖暗叫一声不好，斜眼一瞅，见刘横顺在火光之中身高八尺、膀阔三庭，剑眉凤目、目射金光，直如火神庙中的火德真君下了神台，显圣于三岔河口，不由得心惊胆裂。刘横顺眼疾手快，不容他再次睁开纵目，抡起手中的金瓜，搂头盖顶砸在天灵盖上，打得混元老祖脑浆迸裂，"噔噔噔"往后倒退了几步，死尸掉下龙船落入河中。

龙船上火势迅猛，船舱甲板、围栏旗杆也都烧了起来，传来阵阵木头爆裂、垮塌之声，刘横顺和杜大彪已无处容身。费大队长一边命人接应他们两个下船，一边催促手下用挠钩将混元老祖搭上小艇，活的没拿住，死的一样可以邀功请赏。

首恶元凶虽已伏诛，大铜船却已撞破河口，堵塞了闸桥，九河之水无处倾泻，瞬时猛涨，洪波汹涌，冲堤破岸，一场大水淹了多半个天津城。真可谓"洪水猛如潮，恰似天河倒，乱糟糟你追我也逃，只听得水声洪波啸"。城里城外全乱了，老百姓拉着老的抱着小的，东奔西走忙着避水，突然间枪声四起，原来是白庙一带的土匪，趁乱来抢劫军械局和金库。还好沉在河口的铜船只有一艘，仅堵住半条河道，后头的铜船驶入了北运河，这才不至于把泄洪河完全堵死，又有漕帮及时派遣大船和人手，从旁边挖开缺口泄洪，水才退了，这场大水来得快，退得也快，并未造成太大损失。作乱的土匪是好几路人马临时凑起来的，加在一起足有七八百号，不过天津城的巡警、水警、保安

261

队、缉拿队、巡防队，当差的加在一起不下五千人，也不都是吃干饭的，况且土匪均为乌合之众，一触即溃，官厅迅速出动，镇压了匪乱，一场大祸弭于无形。

后来民间传言，魔古道往三岔河口扔童男童女，并非借龙取宝，而是为了让铜船改道，引发一场大水。火神庙警察所的巡官刘横顺身后有鬼头王，吓退了水中的小鬼儿，当时很多围观的人都看见了，事后免不了由各大商会出钱出力，请僧道搭台作法，轮番念经，超度水中的亡魂，说野书的也愿意讲这段，又是斗铜船，又是魔古道，河中那么多小鬼儿，城里还来了这么多土匪，说什么也不如说这个热闹，会说的先生可以抻开了说上三个月。如此一来，又有很多人可以挣钱了，所以说咱也不能将此事完全当真。民间有民间的说法，官厅也有官厅的说辞，因为歹徒用铜船撞击泄洪河，这是确有其事，为什么这么干呢？前文书交代过，民国初年，时局不稳，距离天津城不远的土城、白庙一带仍由土匪盘踞。有一伙外来的歹人，勾结周边土匪，妄图在五月二十六过铜船这一天引发大水，趁机抢劫军械局、金库、银号，有了枪炮粮饷，再借九龙归一之说蛊惑人心，就可以挑旗造反了。那个年头兵荒马乱，这样的事情绝不罕见。

平息了这场大乱，当官的升级受赏不在话下，为了堵住众人之口，将刘横顺提拔为缉拿队的红名，一个月多发两块钱薪俸，还在火神庙警察所当巡官。官大一级压死人，你能耐再大也大不过官衔儿去，刘横顺不认头也不行。可在天津城的老百姓口中，真就把刘横顺封神了。九河下梢那么多的能人，比如神枪陈疤瘌眼、神力杜大彪、神腿傻爷等等，名号中也都有个神字，但是神字在前在后，区别可挺大。"神"字顶在前边，那只是形容身上的本事神了，可没说这个人是神。非得是名号中的最后一个字称"神"，那才够得上封神。刘横顺身为一个警察所的巡官，由于民间众口一词，封了个"火神"的名号，不枉他一辈子追凶擒贼、安民有功。

官厅又下令将混元老祖暴尸在南门口以儆效尤，那个时候已经没有城门了，只是找到城门的大致位置，把尸首挂在一根木杆子上示众，因为此处人来人往最为热闹，可以起到杀一儆百的效果。魔古道这一年多闹得挺凶，如今为首的挂了南门口，很多人家里的水还没扫干净就跑过来看，其中有眼尖的人看出不对了，五花大绑悬在高处的死人脸朝下，脸上没有皮，双眼紧闭，额顶那条纵纹却一直张着，形如一只竖长的怪眼，直勾勾盯住底下看热闹的老百姓，让人觉得心里直发毛，再加上伏天闷热，尸臭传出甚远，几乎可以把人呛死。

原以为混元老祖伏诛，一天云彩满散，不承想接下来天津城中闹起了时疫，死了不少人。其实大水过后，往往会有大疫，可那个年头迷信的人太多，都说是混元老祖的积怨太深，死后还要作祟。当官的多一事不如少一事，忙让抬埋队摘下混元老祖的尸首，拿草席子裹上，还没等扔到义地，就被李老道用小车推走了。迄今为止，白骨塔的李老道一共收去了九具尸首。混元老祖、五斗圣姑、飞贼钻天豹、大白脸、狐狸童子、说书的净街王、哭丧的石寡妇、喝破烂的花狗熊、剃头的十三刀，这一干以妖法作乱的旁门左道之辈，死了也就死了，总不能再毙一次，这就叫人死案销，尸首让李老道收入白骨塔也没什么，可是城隍庙的阴差，至今没抓到这九条阴魂！

5

刘横顺对李老道的举动一清二楚，虽然觉得古怪，却没由头查问，收尸埋骨不犯王法，哪儿的黄土不埋人呢？他只是在天津城缉拿队当

263

差办案，却不能连死人都管，况且查办魔古道一案，多得李老道暗中相助，也知道这些走江湖的惯于装神弄鬼，便睁一只眼闭一只眼，不再多问了。

五月二十六一场大乱之后，刘横顺忙于行文报卷，也就是把案卷上呈官厅，不认字的可以口述，由文书代笔。前后有九个入了魔古道的妖人折在刘横顺手上，不把来龙去脉说明白了不成。当然为了不找麻烦，他也清楚什么能写，什么不能写。全写完之后，再由缉拿队的大队长费通亲自"润色"，无非给他自己抬色、贴金，如何运筹帷幄，指挥若定，这本案卷足有一寸多厚，层层递交上去，案子就此完结。刘横顺交了差，想起还有一件事没办，五月二十五分龙会那天，他让人用纸棺材拜得生魂出窍，多亏城隍庙的张瞎子，将走阴差的拘票放在他身上，他才得以生还，如今也该完璧归赵了。

处理完手头上的事务，刘横顺由打缉拿队出来没直接去城隍庙，为什么呢？见师叔不能俩胳膊拎俩爪子——空着手去，说什么也得给师叔买点好吃的，一早到鲜货行买了两蒲包果品，又在诚兴茶庄买了一斤上好的茶叶，这些东西拎在手里直奔南货铺，什么好吃买什么，熏对虾、醉螃蟹、腊肉、叉烧，再来上几盒南路点心，和北方的不一样，样式精致，东西也讲究。刘横顺买齐了吃的，又上广茂居买了两瓶玫瑰露，这才拎上大包小裹直奔城隍庙，见过师父张瞎子，磕头拜谢已毕，将走阴差的拘票原样归还。当天中午，爷儿俩摆上小桌喝酒叙谈，张瞎子讲起了走阴差这个行当：阳有阳差、阴有阴差，阳差抓人、阴差拿鬼，虽是阴阳相隔，其实都是一个意思。阳间抓不住人，官厅销不了案子，阴间拿不到鬼，地府中也没个交代。干这个行当的人，必须行得端做得正，没干过亏心事。张瞎子自打当上了走阴差的，可以说是尽心竭力，没从他手底下放走过一个孤魂野鬼，但这一年多接连出了岔子，共有九条阴魂不知去向，这可不是小事，当年走阴差的皮二狗两口子放走了一个鬼，天打雷劈死在家中，他张瞎子一丢就是九个，这可如何交代？

刘横顺心中一动，问张瞎子这九个人是谁？张瞎子说就是入了魔古道的九个妖人，他也听说从小西关法场枪毙钻天豹以来，直到混元老祖在南门口悬尸示众，尸首均被白骨塔的李老道收去了，此事颇为古怪，那个李老道虽然收尸埋骨，可不是走阴差的，九条阴魂也让此人收去了不成？张瞎子是瞽目之人，无力追查此事，任凭他久走江湖见多识广，也想不出李老道意欲何为。刘横顺性子最急，听罢再也按捺不住，赶紧去了一趟白骨塔，却没找到李老道，塔中那尊白骨娘娘的泥塑也不见了。

咱们这部《火神：九河龙蛇》，说的是天津卫四大奇人之一飞毛腿刘横顺，凭一双飞毛腿追凶拿贼，生平抓过的凶顽贼人不计其数，咱们掐头去尾只说了魔古道一案，还有很多更离奇的案子，像什么"土城剿匪、黑猫报案、凶宅分尸、老桥绣鞋、白骨娘娘、青龙潭怪婴、小树林七仙女"等等等等，在民间一直流传至今。开篇的时候提到过，如果把这一整套书说全了，有个名目《四神斗三妖》，《火神：九河龙蛇》仅是其中一部，四神指天津卫四大奇人——火神刘横顺、河神郭得友、捉妖的崔老道、憨宝的窦占龙，均已悉数登场。九河下梢龙蛇混杂，能人异士从来不少，从清朝咸丰年间，直至新中国成立后的五六十年代，除去封了神的四大奇人，还有民间所传的"七绝八怪、九虎十龙"，其中包括的人，前前后后换过好几拨儿，其中有好有坏、有善有恶、有正有邪，却没有得了道的神仙、成了佛的罗汉，有的凭真本事称绝，有的靠一派惊人的言语出众，扬名立万于市井街头，各有各的怪招绝活儿，平常却不平庸。

九河下梢的"七绝八怪"中，究竟哪些人称为一绝，哪些人占了一怪，由于版本太多了，一直以来众说纷纭。比如扛鼎的杜大彪是一绝，有一身拔山的神力，没人比得了；陈疤瘌眼儿也是一绝，枪法如神，已至绝顶地步；在城隍庙走阴差的张瞎子是一绝，并非指他以前飞檐走壁的本事，也不是走阴差拿鬼，而是扎彩的绝活儿，有眼的也比不了他；说书的净街王可以算一绝，口若悬河，有说开华岳之能，还有神腿傻爷、三太子厉小卜、变戏法儿的扬遮天、砸钱的丁大少等人。能够称为一怪的，有刨坟掘墓的孙小臭儿、干窝脖儿的高直眼儿、吆喝破烂的花狗熊、哭丧的石寡妇、窑姐儿夜里欢、卖野药的金麻子、守城门的常大辫子、挑大河的邋遢李、吃仓讹库的傻少爷、混白事的李大嘴、押宝的冯瘸子、劫道的白四虎、倒脏土的黄治安、耍猴的连化青、磨剪子抢菜刀的闫老屁、骑木驴的毛艳玉，或是长相出奇，或是言行怪异、举止反常。说了这么多位，"三妖"可一个也没出来，临了得给您说了，咱这叫"夜里下雪——明了白了"，白骨塔收尸殓骨的李老道正乃三妖之一——妖道李子龙，以前是崔老道的同门大师兄，后来入了旁门左道，在天津城中收去九条阴魂，妄图兴妖灭道。这正是"世恶道险妖邪生，蛇入鼠出敢横行。掌中流星如雷火，要与人间断不平"。书说至此，《火神：九河龙蛇》告一段落，欲知后事如何，且留《火神：外道天魔》分说！

《火神：九河龙蛇》完

天下霸唱全部作品目录

《凶宅猛鬼》（无实体书）

《鬼吹灯1：精绝古城》　　《鬼吹灯2：龙岭迷窟》

《鬼吹灯3：云南虫谷》　　《鬼吹灯4：昆仑神宫》

《鬼吹灯5：黄皮子坟》　　《鬼吹灯6：南海归墟》

《鬼吹灯7：怒晴湘西》　　《鬼吹灯8：巫峡棺山》

《贼猫》

《牧野诡事》

《地底世界1：雾隐占婆》　　《地底世界2：楼兰妖耳》

《地底世界3：神农天匦》　　《地底世界4：幽潜重泉》
　　　　　　　　　　　　　　　（又名《谜踪之国》）

《死亡循环》　　　　　　　《死亡循环2：门岭怪谈》

《我的邻居是妖怪》

《傩神：崔老道和打神鞭》（又名《鬼不语》）

《无终仙境》

《迷航昆仑墟》

《摸金校尉：九幽将军》

《摸金玦：鬼门天师》

《河神：鬼水怪谈》

《大耍儿1：湾兜风云》　　《大耍儿2：两肋插刀》

《大耍儿3：生死有命》　　《大耍儿4：肝胆相照》

《天坑鹰猎》　　　　　　《天坑追匪》

《天坑宝藏》　　　　　　《天坑走马》@

《崔老道捉妖：夜闯董妃坟》（四神斗三妖系列1）

《崔老道捉妖：三探无底洞》（四神斗三妖系列2）

《火神：九河龙蛇》（四神斗三妖系列3）

《火神：外道天魔》（四神斗三妖系列4）

《窦占龙憋宝：七杆八金刚》（四神斗三妖系列5）

《窦占龙憋宝：九死十三灾》（四神斗三妖系列6）

《河神：秽忌天兵》@（四神斗三妖7）

《河神：还阳自说》@（四神斗三妖8）

　　　　　　　（@为待出版，副标题以最终出版实体书为准）